Pete Sebastian, Coach

Jean C. Joachim

Moonlight Books

Informazioni sul libro che avete acquistato

Questa è un'opera di fantasia. Nomi, personaggi, luoghi e avvenimenti sono il prodotto dell'immaginazione dell'autore o sono usati in modo fittizio e ogni somiglianza con persone reali, vive o morte, imprese commerciali, eventi o località è puramente casuale.

Grazie per aver acquistato questo e-book. L'acquisto non rimborsabile, di questo e-book garantisce UNA SOLA copia legale a testa da essere utilizzata su un solo pc o dispositivo di lettura. **Questo e-book non potrà essere in alcun modo oggetto di scambio, commercio, prestito, rivendita, acquisto rateale o altrimenti diffuso senza il permesso scritto dell'editore e dell'autore.** Qualsiasi distribuzione o fruizione non autorizzata, totale o parziale, online oppure offline, su carta o con qualsiasi altro strumento già esistente o che deve ancora essere inventato, costituisce una violazione dei diritti d'autore e come tale è perseguibile penalmente. Chiunque non desiderasse più possedere questo e-book deve cancellarlo dal proprio pc.

AVVERTENZE:

La riproduzione o distribuzione non autorizzata di questo prodotto, protetto dal diritto d'autore è illegale.

Dedica

Ai miei lettori, per i quali vale sempre la pena di continuare a scrivere. Grazie, vi adoro tutti.

Ringraziamenti

Grazie, Mary Farden Lock, per aver contribuito a questo libro suggerendomi il nome Daisy per il carlino di Jo. È stato un consiglio perfetto.

Grazie, Larry Joachim, perché riesci a sopportare la follia che dilaga nella nostra casa quando cerco di finire un libro prima della scadenza. Grazie anche ad Homer, la mia musa e il mio amato amico carlino.

Capitolo Uno

Il Coach Peter Sebastian uscì dalla palestra e salì le scale, sentendo la rabbia montare dentro di sé. *Che idea stupida, è solo una cazzata per toglierci i media dalle scatole. Questo Parker è un coglione che non conosce nemmeno la nostra squadra, evidentemente. Giudicare tutti noi prendendo come esempio quelle due mele marce è una stronzata.* Più pensava al modo in cui quel tizio aveva turbato inutilmente i suoi ragazzi, più l'ira divampava dentro di lui.

Corrugò la fronte e accelerò il passo, gli occhi marrone chiaro annebbiati dalla rabbia. *Insegnerò io a questo stronzo come deve trattare la mia squadra.* Svoltò l'angolo e si fermò davanti all'ufficio accanto al suo, poi alzò le braccia e appoggiò le mani contro lo stipite, riempiendo lo spazio della porta con il suo snello e sudato metro e ottantasette d'altezza.

Pete fissò la persona seduta alla scrivania e inarcò le sopracciglia. «Sto cercando Joe Parker,» annunciò.

La donna, che in quel momento era girata verso la finestra, si voltò sulla sedia girevole e lo guardò con due grandi occhi blu. «Sì?» Pete la vide lasciar vagare lo sguardo sul suo corpo, coperto solo da un paio di pantaloncini sportivi e una canottiera, prima di riportarlo sul suo viso.

«No, sto cercando *Joe* Parker,» ripeté, confuso.

«Sono io. Jo, scritto J-o, è l'abbreviazione di Josephine. Cosa posso fare per lei?» La donna si alzò dalla sedia e Pete si accorse di avere la bocca secca.

Perfino con i tacchi alti, Josephine non superava il metro e settanta. La P.R. indossava un completo di seta turchese e sotto la giacca sbottonata l'allenatore intravide una camicetta bianca, sempre di seta, la cui scollatura mostrava abbastanza pelle candida da attirare la sua attenzione.

Pete abbassò le braccia ed entrò nell'ufficio. Jo aveva i fianchi sottili e le gambe snelle, ma non troppo magre. Quando il coach alzò lo sguardo, notò che il viso ovale di lei era incorniciato da capelli biondi che sembravano quasi brillare, e che il colorito roseo della sua pelle era un po' arrossato sugli zigomi, e che le sue labbra lucide di rossetto rosa acceso erano perfette per essere baciate.

Pete non aveva mai visto una donna tanto bella a Monroe. Quando si rese conto di indossare solamente una canottiera e un paio di pantaloncini, di essere praticamente nudo e così sudato che probabilmente puzzava come un caprone, e di non essersi nemmeno rasato, per il nervoso cominciò a sudare sotto le ascelle. Si passò una mano sul mento, come per nascondere la barba ispida e incolta.

«E lei è?» chiese infine Josephine avvicinandosi, e fu seguita da una discreta fragranza floreale, di sicuro un profumo costoso, che gli solleticò il naso.

«Pete Sebastian, il Coach Pete Sebastian. Il Capo Coach Pete Sebastian,» farfugliò Pete. *Affascinante, coglione, molto affascinante.*

La donna si lasciò sfuggire una risatina cortese: aveva una voce un po' gutturale ma comunque lieve e Pete avrebbe potuto ascoltarla per tutto il giorno. «È un piacere fare la sua conoscenza,» gli disse, guardandolo dritto negli occhi e tendendogli una mano.

Il coach si ripulì il palmo sudato sui pantaloncini, poi si ricordò che in effetti non erano troppo puliti nemmeno quelli e arrossì. La stretta di Jo era ferma, sicura e assolutamente perfetta, il dorso della sua piccola mano morbido sotto i suoi polpastrelli coperti di calli. Cercò di non stringerla troppo forte, ma poi si dimenticò di lasciarla andare.

«Lyle mi ha detto che la squadra la chiama Coach Bass, posso chiamarla così anch'io?» domandò la P.R.

Per un attimo, Pete non riuscì a dire nulla per colpa del nervosismo, che gli serrò la gola e gli fece accelerare il battito del cuore a dismisura, e si limitò ad annuire.

Jo rise ancora e si liberò con delicatezza dalla sua stretta. «Cosa posso fare per lei?» gli chiese.

Il coach non riuscì a fare altro che fissarla, la mente completamente svuotata. *Cristo, ho quarantadue anni, non tredici. Parla, di' qualcosa. Che diavolo sono venuto a fare qui, comunque? Merda, non me lo ricordo.*

Il silenzio calò tra di loro, mentre rovistava nella sua mente alla ricerca della ragione per la quale si trovava lì.

«Si tratta forse del promemoria che ho attaccato al muro in palestra?» lo spronò Jo con un sorriso caloroso.

«Oh, già. Quello.» Finalmente, Pete riuscì a ritrovare la voce. «I miei ragazzi sono rimasti un po' turbati.»

«Oh? Perché?»

L'allenatore si schiarì la voce e si ricordò che era venuto a fare a pezzi quella donna per via di quello stupido promemoria. All'improvviso, però, le regole del gioco erano cambiate. «Beh, uh, loro si sentono... beh, non sono persone violente e... ehm, pensano che venire costretti a fare un corso sulla gestione della rabbia, quando non sono loro il problema...» farfugliò, poi abbassò lo sguardo sulle sue scarpe.

«Intende dire che si sono incazzati?» domandò la P.R.

Pete rialzò di scatto la testa e incontrò il suo sguardo. «Esattamente.»

«Sapevo che non gli sarebbe piaciuto e che non avrebbero partecipato a meno di non essere minacciati, quindi non sono sorpresa.» Josephine si voltò e tornò alla scrivania. Il computer era acceso e sullo schermo era visibile un foglio con delle scritte.

Il coach la seguì. «Allora perché l'ha scritto?»

«Perché è il mio lavoro. Sono stata assunta per porre rimedio al casino combinato da Washburn e Corcoran e Lyle vuole che renda chiaro che i Connecticut Kings non tollerano assolutamente la violenza domestica,» rispose la donna.

«Ma non può essere stata un'idea di Lyle.»

«No, è stata mia.»

«E cosa spera di ottenere?»

«Voglio mostrare al mondo che i Kings vogliono seriamente tenere la violenza del football fuori dalla camera da letto. Questo progetto è stato ideato per *aiutare* la squadra, non per danneggiarla,» spiegò Josephine.

«E se loro non vorranno cooperare?» ribatté Pete.

«Verranno imposte delle sanzioni.» La donna si sedette.

L'allenatore le si parò davanti, sporgendosi minacciosamente verso di lei, e Jo alzò lo sguardo su di lui. «I ragazzi si ribelleranno e la odieranno,» la avvertì.

«Non mi importa. Non sono qui per vincere una gara di popolarità, ma per fare il mio lavoro. I Kings si faranno la reputazione di leader nella NFL grazie a questo progetto, e otterranno un sacco di pubblicità positiva per il modo in cui aiutano i giocatori a gestire le loro vite e tenere insieme i loro matrimoni.»

Pete strinse le mani a pugno e se le mise sui fianchi. *Convincerla ad abbandonare questa idea non sarà tanto facile.* Lanciò un'occhiata alla mano sinistra di Josephine. *Niente fede nuziale. Mmh.* «Quindi si tratta di terapia di coppia, adesso? Pensavo stessimo parlando di un corso di gestione della rabbia. Lei non è sposata, cosa ne sa di queste cose?» Aveva usato un tono stizzito, lo sapeva, ma non era riuscito a non lasciar trapelare dalla sua voce l'irritazione che provava. Voleva andarci piano e persuaderla a lasciar perdere quella stupida idea, ma lei si rifiutava di cedere e quindi lui non aveva altra scelta che impuntarsi. *Non posso lasciare che una donna mi metta i piedi in testa, per quanto sia carina.*

«La rabbia può portare alla violenza domestica, che a sua volta può portare al fallimento di un matrimonio. Quindi, sì, suppongo che per certi versi si tratti anche di terapia di coppia, anche se non è questo lo scopo principale del programma. E non mi serve essere sposata per riuscire a mettere insieme i pezzi, qualunque idiota riuscirebbe a fare questo collegamento,» si difese Jo.

Adesso sono "qualunque idiota"? Non metterti contro di me, signorina. «Sta chiamando me... e anche i ragazzi della squadra, degli idioti? E ora stiamo parlando di un intero programma? Pensavo fossero solo un paio di miseri seminari.»

Quando Pete pronunciò la parola *miseri,* Josephine cambiò espressione: le guance le si arrossarono e l'allenatore avrebbe potuto giurare di vederle uscire il fumo dalle orecchie. «Se vuole solo sminuire il mio lavoro, può anche andarsene. Per citare un vecchio slogan, Coach Sebastian, *se non sei parte della soluzione, allora sei parte del problema.* Quindi la prego di levare subito le tende dal mio ufficio, lei e il suo atteggiamento ostile e polemico e tutto il suo sudore.»

Pete arretrò, come se lei gli avesse dato uno schiaffo. Gli occhi di Josephine ardevano d'ira, quando gli lanciò un ultimo sguardo tagliente prima di girarsi di nuovo verso il computer. «Non riuscirà mai a convincere la squadra a partecipare,» la avvertì di nuovo.

«Il suo comportamento non è d'aiuto. È da molto che nella lega si parla di mandare i giocatori a seguire corsi di gestione della rabbia, e Lyle vuole essere un pioniere in questo campo. Vuole essere il primo a creare un programma obbligatorio per la sua squadra e pagato dalla sua squadra, ed è per questo che mi ha assunta.» Josephine addolcì il tono di voce e aggiunse: «Sono sicura che sarebbe deluso, se sapesse che lei non supporta i suoi sforzi.»

Era ovvio che la P.R. lo stava trattando con condiscendenza e Pete, ferito nell'orgoglio, non ci vide più dalla rabbia. «Senta, Signorina Arroganza! Ho appena vinto il Super Bowl per il vecchio Lyle. Sta ancora facendo i salti di gioia e io posso quasi camminare sull'acqua, quindi non si permetta di minacciarmi. Lei è nuova, qui, quindi perché non chiude il becco e non rimane ad osservare la situazione per un po', prima di cercare di cambiare tutto e comandare la gente a bacchetta? Cazzo, ha proprio una bella faccia tosta!» L'allenatore alzò la voce, sentendo la pressione sanguigna salire. Allargò le gambe, si mise le mani sui fianchi e si sporse sopra la scrivania, l'ira che gli montava nel petto.

Le labbra di Josephine si piegarono in un sorriso compiaciuto, come per nascondere il lampo di paura che le aveva appena attraversato lo sguardo. «Sa, Coach, credo che un corso sulla gestione della rabbia potrebbe farle comodo, in questo momento. Scommetto che le piacerebbe trascinarmi di fuori e farmi vedere chi comanda con quei suoi grossi pugni, non è vero?» Si alzò in piedi e cercò di sostenere il suo sguardo, ma c'era di nuovo quella scintilla di terrore nei suoi occhi, e le dita le tremarono quasi impercettibilmente quando prese in mano una penna e fece un passo indietro per mettere un po' di distanza tra di loro.

Pete lo notò.

La furia che lo aveva riempito evaporò non appena si rese conto che Jo aveva detto la verità. Abbassò lo sguardo sulle dita della P.R. e vide che stava cercando di nascondere il tremore stringendo la penna abbastanza forte da farsi sbiancare le nocche.

Coglione, l'hai spaventata a morte. Si asciugò il viso con l'asciugamano che aveva attorno al collo, poi fece un respiro profondo. «Mi dispiace, non volevo spaventarla,» disse con voce più dolce.

«Ma voleva intimidirmi, giusto? Così avrebbe ottenuto quello che voleva, no?»

Pete rimase in silenzio: Josephine aveva ragione e quel pensiero lo riempì di vergogna. Si sporse sopra la scrivania e le coprì la mano con la sua. «Mi scusi, ho oltrepassato ogni limite. Non ho mai colpito una donna, non lo farei mai,» le assicurò.

«Ma voleva farlo, anche se solo per un attimo, gliel'ho visto negli occhi. Anche se un uomo resiste a quell'impulso, se gli viene voglia di farlo, beh, è difficile tornare indietro. Questo programma aiuterebbe i giocatori a tenere sotto controllo le emozioni prima che arrivino al punto di non ritorno.» Jo inspirò e la paura nei suoi occhi svanì.

Pete spostò a malincuore la mano, gli era piaciuto sentire la morbidezza della sua pelle. Nonostante le sue parole dure, la P.R. era pur sempre una donna e lui le aveva mancato di rispetto. Josephine era nuova e lui l'aveva spaventata e intimidita, aveva veramente oltrepassato ogni limite. Pete Sebastian non aveva mai terrorizzato una donna in quel modo, nemmeno la sua ex-moglie. «Ha chiarito la sua posizione,» disse, imbarazzato, e si preparò a battere in ritirata il più velocemente possibile.

«Questo vuol dire che darà il suo supporto al programma?» chiese Jo, alzando un sopracciglio.

Pete si fermò davanti alla porta e si girò a guardarla. «Lasci che ci pensi sopra. Potrebbe darmi qualche informazione in più?»

«Ci stavo lavorando proprio adesso. C'è molto di cui occuparsi, prima di mettere in piedi il progetto,» rispose la donna.

«Sono sicuro che riuscirà a gestire la mole di lavoro.»

«Mi farebbe piacere, se volesse aiutarmi. Insomma, lei conosce i ragazzi e il suo contributo sarebbe veramente prezioso. Non vorrei creare un programma che non vada bene per la squadra, che non si adatti alle sue esigenze,» offrì Jo.

«In questo momento, nulla di quello che potrebbe organizzare si adatterà alle loro esigenze. I locali sono irrequieti e se la stanno prendendo gli uni con gli altri. Prima dirà loro cosa vuole fare, meglio sarà,» ribatté Pete.

«Non ha tempo?» insistette la P.R.

«Oh, sì che avrei tempo, ma se si tratta di roba psicologica, beh, non fa per me.»

«È proprio per questo che lei sarebbe perfetto per aiutarmi a mettere in piedi qualcosa che potrebbe andare a genio perfino all'uomo più riluttante.» Jo gli si avvicinò, con un portamento sensuale e una camminata quasi provocante. Pete sapeva che stava usando il suo corpo per manipolarlo, ma non gli importava, ai suoi occhi non sfuggì nemmeno un ondeggiare dei fianchi o un oscillare del seno. «Andiamo, sarà interessante. Ho bisogno di aiuto.» Lei lo fissò con i suoi occhioni azzurri e lui si sciolse.

Gli aveva detto le parole magiche: aveva bisogno d'aiuto. Pete Sebastian non era mai riuscito a resistere a una donna in difficoltà, fin da quando aveva dodici anni. Quando la vedova della porta accanto aveva avuto bisogno d'aiuto per spalare la neve nel suo vialetto d'inverno, lui c'era stato. Quando una ragazza a scuola aveva avuto bisogno d'aiuto per portare qualcosa di pesante, Pete era arrivato a soccorrerla. Bastava che ci fosse una ragazza in difficoltà, in qualsiasi momento e in qualsiasi luogo, e il buon vecchio Pete arrivava a darle una mano. A volte pensava che fosse la sua tendenza ad aiutare la gente a renderlo un allenatore di successo.

«Okay. Ha vinto,» cedette. *Glielo devo, dopo aver fatto lo stronzo in quel modo. È il minimo che possa fare.*

«Bene!» Jo batté le mani, con un sorriso così brillante che Pete si chiese se il sole avesse cambiato posizione e si fosse messo ad illuminare l'ufficio con tutta la sua luce.

«Qual è il piano, allora?» domandò.

La donna lanciò un'occhiata all'orologio. «Adesso devo compilare queste liberatorie, ma che ne dice di vederci a pranzo nella sala conferenze? Potremo parlare del progetto nei dettagli. Offro io.»

Pete scoppiò a ridere. «Pete Sebastian non lascia mai che sia una donna a pagare. Devo andare a darmi una ripulita, ci vediamo di nuovo qui a mezzogiorno. Lei ordini, pagherò io.»

«Pagherà Lyle. È un pranzo di lavoro,» ribatté Jo.

Questo è quello che pensi tu, sorella. L'allenatore le sorrise. «Mi sembra una buona idea. Arrivederci, allora.»

Riuscì a trattenersi dal canticchiare finché non entrò nelle docce dei dirigenti. Iniziò a strofinarsi senza riuscire a togliersi dalla testa *Can't Smile Without You,* poi cominciò a fischiettare, e infine prese a cantare ad alta voce. Quando tornò in palestra a prendere le sue cose, si imbatté in alcuni membri della sua squadra.

«Beh, Coach, ha detto a quel Parker dove può metterselo?» gli chiese Bullhorn Brodsky.

«Parker non è un uomo, è una donna. E no, non l'ho fatto. Perché voi ragazzi non aprite un po' la mente a nuovi orizzonti? Sarà un programma all'avanguardia, e noi saremo i primi nella NFL a dare ai nostri giocatori un aiuto per gestire la rabbia,» rispose l'allenatore.

«Programma? Pensavo che fosse un solo seminario, cazzo. Un'ora e via,» esclamò Griff Montgomery.

«Mentalità aperta, Griff. Aiuterò questa signora a mettere insieme il progetto, quindi voi provate almeno a fare un tentativo, va bene?»

Gli uomini ridacchiarono. «Quindi Parker è una donna, eh? E scommetto che è anche sexy. Lo è, Coach?» lo provocò Trunk Mahoney.

Pete aggrottò la fronte: l'ultima cosa che gli serviva era che i ragazzi lo prendessero in giro per via di Jo Parker. Percepì un'ondata di calore risalirgli lungo il viso. «È intelligente e non rinuncerà al suo progetto, e questo è tutto quello che avete bisogno di sapere.» Detto questo, raccolse le sue cose dalla panchina e si diresse verso la porta. *Stai battendo in ritirata come un maledetto codardo. Sebastian, che ti sta succedendo? Ti sei fatto manipolare da un bel faccino e mettere in imbarazzo dalla tua squadra.* Scosse la testa, salì le scale e imboccò il corridoio che portava alla sala conferenze. Con il cuore che batteva all'impazzata, si raddrizzò la cravatta per la terza volta, prese un respiro profondo ed entrò nella stanza.

«Caesar salad con pollo, ho sentito che è la sua preferita,» annunciò Jo, appoggiando dei contenitori sull'enorme tavolo. Aveva già sistemato la giacca sullo schienale di una sedia.

Pete riusciva a intravedere la forma del suo reggiseno sotto la stoffa sottile della camicetta, e il cuore gli batté ancora di più quando sentì il suo splendido profumo. «Grazie. Chi ha fatto la spia?» scherzò.

«La segretaria di Lyle. Ha ordinato lei, diceva di sapere esattamente quello che le piace.»

Pete sorrise: gli piaceva quando una donna si faceva in quattro per compiacerlo. Avrebbe dovuto dedicarle la sua partita migliore, dopo quella cortesia, perché la segretaria era brava, davvero brava. E poi, il sorriso affascinante, la sua evidente intelligenza e il suo corpo sexy le avevano già fatto guadagnare un posto nei suoi sogni. «E lei, invece?»

«Io ho preso lo stesso. Voglio vedere se è davvero così buono,» rispose Josephine.

«Tony cucina benissimo, spero che le piaccia.»

«Sono sicura che sarà così.»

Il modo in cui Jo lo fissava, il fatto che gli stesse così vicina e le sue labbra così perfette gli fecero venire voglia di baciarla. *Lavoro. Sei qui per lavoro, cretino. Non essere stupido, non puoi fare passi falsi con lei. E se la baciassi e poi lei facesse causa alla squadra per molestie sessuali?* Un rapido brivido lo attraversò. Da quel giorno, mantenere l'autocontrollo sarebbe stato il suo motto, anche se di certo non sarebbe stato facile.

****

Appena l'allenatore uscì dal suo ufficio, la maschera che Jo indossava crollò. L'espressione allegra svanì, l'emozione le strinse la gola e dovette appoggiarsi contro la scrivania e fare un paio di respiri profondi. *Maledizione! Gli ho lasciato capire che mi ha spaventata.*

Riuscì a mantenere il controllo abbastanza a lungo per fermarsi alla scrivania di Edie a ordinare il pranzo, poi si diresse verso il bagno delle donne. Entrò in un box, chiuse la porta a chiave e crollò sulla toilette, nascondendo il viso tra le mani e lasciando che il suo autocontrollo cedesse. Le lacrime le colarono dagli occhi, ma lottò per contenere le sue emozioni e buttò fuori un respiro tremante.

Tutto questo non è affatto professionale! Sono quasi scoppiata a piangere qui dentro. Che pensavo? Che mi prendesse a schiaffi? Sarebbe stato da pazzi. Ma la sua espressione era così arrabbiata, e il tono della sua voce... Prese ancora un paio di respiri profondi e cercò di scacciare dalla mente un'immagine che la tormentava fin dall'infanzia: l'espressione irata sul viso di sua madre, una mano alzata per colpire e una voce bassa e minacciosa. *Il dottor Sumner mi aveva detto che alcune cose avrebbero potuto scatenare reazioni emotive come questa. Mi aveva anche detto di non preoccuparmi, perché sarebbe passato tutto.* Srotolò un po' di carta igienica e si asciugò il viso mentre aspettava che il battito del suo cuore tornasse ad una frequenza normale.

Poi la porta del bagno delle donne si aprì.

«Jo? È lì dentro? Sta bene?»

«Sto bene, Edie, esco tra un attimo,» rispose Jo.

«Faccia con calma. Il cibo è già arrivato, lo metto nella sala conferenze.»

«Grazie.»

La porta si richiuse e Jo poté aprire il rubinetto e passarsi una salvietta fredda sugli occhi per alleviare il rossore. Aprì la borsa e cercò quello che le serviva per rinfrescarsi il trucco.

Il fatto che Pete Sebastian fosse un uomo così giovane e bello l'aveva sorpresa: gli allenatori con cui aveva lavorato in passato erano tutti vecchi, grassi e sposati. Quando il coach era entrato nel suo ufficio, tutto sudato ma incredibilmente attraente, non era riuscita a toglierli gli occhi di dosso. Adorava gli uomini con il pelo sul petto e il Coach Bass ne aveva proprio la giusta quantità, da quel che era riuscita a vedere. Era snello ma aveva le braccia muscolose, e aveva riempito lo spazio della sua porta con una sensualità mascolina che l'aveva fatta rabbrividire.

Poi lui se n'era uscito con quelle cazzate maschiliste e lei si era arrabbiata. *Nessun coach retrogrado manderà a puttane il mio lavoro. Questo è il mio sogno: ho lavorato sodo per ottenere questo posto, me lo sono guadagnato e me lo terrò. Dovrò fare attenzione, allora. Lui sarà anche sexy, ma solo finché non perde le staffe. Rimani su un livello professionale, Jo. Sì, ha un bel culo e un petto splendido, ma tieni giù le mani.*

Piegò le labbra in un sorriso finto e uscì dalla toilette. Quando si fermò a ringraziare Edie, notò che la donna più anziana la fissava con espressione seria, ma distolse lo sguardo perché non aveva voglia di tentare di spiegare nulla a nessuno. *I miei sentimenti sono affari miei.*

Quando entrò nella sala conferenze, il suo lato professionale prese il sopravvento. Appese la giacca allo schienale della sedia e aprì il suo raccoglitore, poi mise in ordine le proposte di diversi terapisti ed esperti del controllo della rabbia e le sistemò sul grosso tavolo. Infine, si occupò del cibo.

Quando il Coach arrivò, rimase spiazzata da quello che vide: chiaramente, aveva fatto di più che lavare via il sudore. Si era rasato, aveva indossato una giacca sportiva blu, una camicia bianca, pantaloni grigi e una cravatta a righe verdi e blu, e si era pettinato i capelli alla perfezione. Aveva un aspetto fantastico. *Quando si veste bene, è quasi bello come quando non si veste. Attenta, ragazza!* Il Coach Bass era alto e aveva spalle larghe e un sorriso bianco e luminoso: era stupendo, un uomo a cui qualsiasi donna avrebbe lanciato una seconda e una terza occhiata.

Si tratta di affari. Piantala di fissarlo, o capirà che sei attratta da lui. Non è stupido. Jo abbassò lo sguardo sul suo pranzo e i due fecero un po' di conversazione mentre mangiavano.

«Questo è il suo primo incarico come P.R. per una squadra di football?» chiese Pete.

«Il primo? Oh, no. Appena uscita dal college, ho fatto uno stage con gli L.A. Tigers che poi si è trasformato in un lavoro a tempo pieno. Dopodiché, sono andata a St. Louis,» rispose Jo.

«Era lì quando hanno vinto il Super Bowl?»

«È stato fantastico!» confermò la donna.

«Adesso, passiamo ai Kings. Quanti anni ha, se non le dispiace dirmelo?» volle sapere l'allenatore.

«Nessun problema. Ho trentadue anni e spero che i Kings diventino la mia nuova casa.»

«Le piace il football?»

«Guardavo le partite con mio padre, è lui che mi ha trasmesso questa passione. Da lì in poi, è stata come una storia d'amore.» Jo sentì le guance scaldarsi. «Insomma, lavorare nella NFL è sempre stato il mio sogno.»

I due continuarono a mangiare in silenzio, osservandosi attentamente a vicenda.

«E lei? Era un giocatore?» chiese infine Jo.

«Ho trascorso tutta la mia carriera nei Kings, prima dell'incidente al ginocchio ero il loro quarterback di punta,» rispose Pete.

«Ha dovuto fare un intervento?»

«Come l'ha capito?»

«Ho notato la cicatrice.»

«Prima sono diventato assistente allenatore per la difesa, poi ho assunto il ruolo di coach principale quando Barney Stanton è andato in pensione,» continuò lui.

«Da quanto tempo allena la squadra?» Jo masticò un pezzo di lattuga.

«Da circa cinque anni.»

«È un ruolo impegnativo?»

«Certo che lo è.» Pete rise. «Ogni anno è diverso. Uno dei novellini si fa male, e noi dobbiamo cambiare formazione e inventarci nuovi schemi. Lavoriamo come schiavi.»

«Sono sicura che sia così. Avete degli ottimi record,» commentò Jo.

«Oh?»

Imbarazzata, la donna si affrettò a spiegare: «Mi tengo informata su queste cose, si tratta della mia carriera. Insomma, non sono finita a lavorare qui per caso.»

«No?» L'allenatore alzò le sopracciglia.

«Ho scelto io di lavorare con i Kings. Il fatto che il coach sia molto longevo è sempre un buon segno, vuol dire che è felice, lo trattano bene e il proprietario della squadra lo rispetta. E poi un record di vittorie così è importante. Secondo me, gira tutto attorno all'allenatore: se lui è bravo, tutta la squadra è contenta.»

L'uomo arrossì lievemente. «Quindi ha fatto delle ricerche su di me?»

«Ho fatto delle ricerche sul suo lavoro, non su di lei come persona.»

«Wow, per un attimo mi sono montato la testa. Non voglio nessun falso complimento.» Un'espressione ferita attraversò rapidamente il viso di Pete, che si affrettò ad ingoiare una forchettata d'insalata.

Jo corse subito ai ripari: «Non volevo... non volevo dire che lei non è importante. Insomma, chi è lei, il modo in cui fa quello che fa, che tipo di uomo è, sono tutti elementi chiave per avere un'ottima squadra.»

L'allenatore agitò una mano in un gesto noncurante. «Va tutto bene, Jo. Non si preoccupi per me, sono fatto di ferro. E poi, ho allenato la squadra che ha vinto il Super Bowl, non c'è nulla che possa abbattermi.»

Perché sono così in imbarazzo, quando sono con lui? È solo un coach. Ma Pete Sebastian non somigliava affatto a nessun altro allenatore con cui avesse mai lavorato: era single, affascinante, snello, atletico e assolutamente sexy. Stare semplicemente nella stessa stanza con lui le faceva alzare la pressione. In quel momento, il coach stava sfoderando tutto il suo fascino e Jo si chiese perché si fosse arrabbiato con lei prima, non sembrava una cosa da lui. O forse quello era un modo molto sottile di flirtare con lei? Quell'idea la scaldò tra le gambe. *Forse l'ho presa troppo sul serio? Affari, torniamo agli affari.* «Mi dispiace, Coach, non era mia intenzione offenderla.»

Pete la fissò in silenzio, poi abbassò lo sguardo sul suo piatto.

«Aveva ragione sull'insalata, è deliziosa.» Jo sorrise e l'uomo ricambiò il suo sorriso.

«Cos'è questa roba?» le chiese, agitando il braccio per indicare le pile di fogli.

«Ho messo in ordine le proposte. Alcune vengono da veri terapisti, altre da gente che dice di essere esperta nel campo della gestione della rabbia, e ce ne sono un paio che sono una via di mezzo. Immagino che la cosa più importante sia in che modo abbiano in mente di strutturare il programma e quanto siano disposti a modificarlo,» rispose Jo.

«Le ha già guardate? Perché non me le illustra?» domandò Pete. Lei annuì.

«Bene, allora mi dica che ne pensa.»

Pete si appoggiò allo schienale della sedia, tracannò dell'acqua e la ascoltò mentre gli illustrava ogni singola proposta. Passarono due ore a parlare e mettere mano ai progetti per trasformarli in un programma fattibile.

«Quindi abbiamo deciso di assumere la dottoressa Wendy McMillan?»

«Sembra la migliore del gruppo, e poi è disposta a organizzare anche qualche sessione privata per i ragazzi a metà prezzo. Mi sembra un buon affare.»

«Sessioni private?» Pete alzò le sopracciglia. «Pensavo che un paio di queste sessioni di gruppo sarebbero bastate per rimettere in sesto tutti, e poi saremmo potuti passare oltre.»

«Non funziona così. I problemi che possono causare eccessi d'ira non svaniscono quando il terapista agita la bacchetta magica, ci vuole del tempo. Alcuni dei ragazzi potrebbero avere dei problemi più complessi che hanno bisogno di esplorare,» ribatté Jo.

«Sembra che lei sappia un sacco di cose su questa roba psicologica.» L'allenatore la fissò.

La donna distolse lo sguardo. «Sono cose che ho studiato. E poi, si tratta di semplice logica.»

«Non per me. Perché questo argomento le interessa tanto?»

Jo si mosse nervosamente sulla sedia, evitando lo sguardo del coach. «Per nessun motivo importante. Le mie ragioni sono noiose, davvero.»

«Non lo sono per me,» ribatté Pete, sporgendosi verso di lei e tirando la sua sedia più vicino.

Prima che Jo potesse rispondere, Lyle Barker, il proprietario della squadra, entrò nella stanza. «Sono lieto di vedere che andate d'accordo. Girava voce che prima aveste litigato,» esordì.

«Chi è che diffonde queste bugie?» Gli occhi di Pete brillavano di malizia. «Abbiamo solo avuto una sana differenza d'opinioni, giusto, Jo?»

«Giusto!» Jo annuì. *È veramente tutto quello che è successo?*

Il sorriso di Lyle si allargò ancora di più. «Proprio come avevo pensato. Devo andare, Tiffany mi aspetta.»

«Dove andate?» indagò Pete.

«A fare shopping, che altro?» Lyle si accigliò, ma subito riprese la sua espressione gioviale. «Divertitevi, voi due.»

Quando l'altro uomo se ne fu andato, Pete scosse la testa.

«Che c'è?» chiese Jo.

«Dopo che la moglie di Lyle è morta, si è risposato con Tiffany. Lui ha settant'anni, lei trentacinque. Tutto quello che vuole lei è spendere i suoi soldi.»

«Lyle è uno di quelli che mantengono l'amante? Sono sorpresa. Durante il mio colloquio, mi era sembrato un tipo burbero e pragmatico,» si stupì Jo.

«Oh, lo è. Con tutti, tranne che con Tiffany. Immagino che si stia divertendo, ma non vorrei mai fare a cambio con lui.» Pete si alzò in piedi e si stiracchiò.

«Non le piacciono le trentenni?» La P.R. sbatté le ciglia, fingendo di essersi offesa.

Il coach rise. «Non ho detto questo. È solo che non sceglierei mai una donna che vuole solo i miei soldi.»

«La stavo solo prendendo in giro.» Jo raccolse i rifiuti, con l'aiuto di Pete, e poi rimise i fogli nel raccoglitore. «Metterò tutto per iscritto per Lyle e le manderò una copia,» disse.

«Bene. Io convincerò i ragazzi ad aderire al programma.»

«Grazie.»

«È stato un piacere.»

Pete si bloccò goffamente sulla soglia della porta e Jo intuì che stava per fare qualcosa, ma alla fine l'uomo cambiò idea. Arrossì, un'espressione imbarazzata sul viso, poi alzò una mano in un gesto di saluto e se ne andò.

Jo alzò le spalle. *Uomini. Possono essere così difficili da capire.*

Capitolo Due

Pete uscì dalla sala conferenze e si diresse verso l'ufficio di Lyle, che però aveva già finito la sua giornata di lavoro. Al suo posto trovò Edie, che lo squadrò con un ampio sorriso.

«Riesci ad andare d'accordo con la Signorina Arroganza?» gli chiese, con un sopracciglio inarcato.

L'allenatore si passò una mano sul viso rasato. «Ti prego, non ricordarmelo!»

«Sembra che ti abbia davvero fatto arrabbiare.»

«C'è stato solo un piccolo fraintendimento. Hai i suoi documenti?» cambiò argomento Pete.

«Certo. Il suo curriculum è abbastanza per te?»

«È un inizio.»

«Sospetti che abbia in mente qualcosa?» chiese Edie.

«Sono solo curioso. Puoi spedirmi tutto per mail?» rispose Pete.

«Sicuro.»

Pete sapeva che lo stipendio per quell'incarico era di centocinquantamila dollari, e la donna che era riuscita ad ottenerlo doveva valerli tutti. Tornò verso il suo ufficio e, quando vi entrò, scoprì che il curriculum lo stava già aspettando. Aprì il documento e iniziò a leggere.

Laurea triennale a Stanford, facoltà di Psicologia. Questo spiega perché conosce tutta quella roba. Master in Gestione d'Impresa ad Harvard. Hmm... ha lavorato tre anni con i Tigers, poi cinque anni con i Sidewinders. Notevole. C'era una lista di programmi che Jo aveva messo in pratica a St. Louis, e a quanto pareva la città aveva ricevuto un sacco di buona pubblicità grazie ad essi. L'immagine positiva che avevano presentato aveva portato a un incremento nelle vendite dei biglietti della squadra e una crescita dei guadagni sufficiente per implementare nuovi bonus. *Lyle è più intelligente di quanto credessi, assumerla è stata un'ottima mossa. Il coglione che faceva questo lavoro prima del suo arrivo si limitava a organizzare pranzi di quattro ore con i reporter.*

E di sicuro non si farà mettere i piedi in testa né da me, né da Lyle. Sarà una rompipalle con manie da dominatrice o è solo sveglia?

Pete si appoggiò allo schienale della sedia girevole, mise i piedi sul tavolo e allacciò le dita dietro la nuca. Guardò fuori dalla finestra, rimuginando su Jo Parker: ora che era riuscito a zittire la sua libido, o almeno a tenerla in parte sotto controllo, voleva sapere di più su di lei. Il suo curriculum diceva che veniva dalla California, ma quella bellezza di sicuro non era una di quelle coniglliette da spiaggia con la testa vuota che passavano tutto il giorno su una tavola da surf indossando solo un bikini minuscolo, anche se l'immagine che gli lampeggiò nella mente a quel pensiero era tutt'altro che sgradevole.

Nossignore. Quella donna era un pacchetto completo: intelligente, indipendente e capace di prendersi cura di se stessa. Pete aggrottò le sopracciglia. *Perché si è spaventata tanto quando ho alzato la voce? Non può essere stata la prima volta che qualcuno le ha urlato contro. Cavoli, non avevo intenzione di ferirla. L'ha presa troppo male. Perché? I giocatori di football hanno davvero una reputazione così brutta?*

Il rumore di passi che si avvicinavano gli fece perdere la concentrazione e spostare l'attenzione sulla porta, dov'erano accalcati Brodsky, attaccante linebacker, Buddy Carruthers, wide receiver, e Robbie Andrews, il kicker.

«Allora, le ha già chiesto di uscire?» domandò Carruthers.

Pete abbassò le gambe e si sedette più dritto. «A chi?»

«Lo sa a chi,» sussurrò Brodsky, così forte che avrebbe potuto sentirlo anche dal fondo del corridoio.

«Non ho idea di cosa stiate parlando. E poi la mia vita privata non è affar vostro.»

«Andiamo, Coach. Siamo appena passati davanti al suo ufficio e abbiamo visto che Jo Parker è sexy,» intervenne Robbie.

«Super sexy!» si intromise Buddy.

«Da paura,» aggiunse Brodsky.

«Uscite da qui, prima che mi venga in mente un motivo per sanzionarvi!» Pete si alzò in piedi e si lanciò verso la porta, e nonostante la loro stazza i giocatori si dispersero come scarafaggi sotto una luce troppo forte. Anche se trovava il loro comportamento seccante, l'allenatore non riuscì a non ridacchiare tra sé e sé. *Cristo, è come essere alle medie. Terranno d'occhio me e Jo? Probabilmente. Meglio mantenere il controllo.*

Controllò l'orologio e vide che erano le cinque: quando finiva la stagione sportiva, quella era l'ora di staccare. Notò che la luce nell'ufficio accanto al suo si era appena spenta e sorrise. Sapeva quando Jo andava a casa, quindi avrebbe potuto fare in modo di incontrarla nel parcheggio in tempo per fare due passi. *Chissà? Dal parcheggio, potremmo passare a un hamburger al The Savage Beast, e questo potrebbe portare a... chissà dove?*

«Sta per andare via?» chiese sulla soglia dell'ufficio di Jo.

«Sì, in effetti,» rispose lei.

«Andiamo, la accompagno fino al parcheggio.»

«Perché? Non è un posto sicuro?»

Pete girò di scatto la testa per guardarla, ma la donna stava ridendo.

«Era una battuta, Coach Bass. Solo una battuta,» lo rassicurò.

Il coach sorrise divertito e le posò una mano sulla parte bassa della schiena per condurla verso la porta. Jo non aveva bisogno di essere guidata, ma era pur sempre una scusa per toccarla e a lei non sembrava dispiacere. Quando arrivarono all'uscita, la P.R. si bloccò.

«Aspetti!» Un uomo stava correndo lungo il corridoio verso di loro. «Aspetti, Jo. Aspetti.»

«Nelson, ecco dov'era,» replicò la donna.

Nelson Barker, il nipote di Lyle, si unì a loro, ansimante e senza fiato. Era alto circa un metro e settanta, quindi doveva alzare lo sguardo per guardare Pete in viso, ma i suoi capelli biondo rossiccio e i suoi occhi azzurri potevano essere considerati attraenti. «Ciao, Pete. Non portarmela via, dobbiamo andare a cena insieme,» gli disse.

«Davvero?» Pete non riuscì a non lasciar trasparire la sorpresa dalla sua voce.

«La porto al The Sweet Magnolia,» rispose Nelson.

L'allenatore sentì tutto il suo corpo scaldarsi. *Anch'io volevo portarla lì. Merda.*

Nelson offrì a Jo il braccio e la donna strinse le dita attorno ai suoi minuscoli bicipiti, poi il nipote di Lyle si allontanò insieme alla ragazza dei sogni di Pete. Il Coach Bass rimase da solo nel parcheggio, accanto alla sua macchina, e li guardò andare via.

* * * *

Jo non si aspettava molto da quella cena con Nelson Barker, dato che aveva deciso che quell'uomo arrogante non le piaceva non appena lo aveva incontrato, ma era il nipote del suo capo, quindi immaginava che condividere un pasto con lui l'avrebbe aiutata a rendersi la vita più semplice sul posto di lavoro. Aveva intenzione di mangiare in fretta e poi tornare subito a casa.

L'appuntamento fu un disastro. Nelson era noioso, nonché uno sbruffone che si prendeva il merito dei traguardi raggiunti dagli altri.

La guardava in modo lascivo, fissandole il petto e rendendo evidente quali fossero le sue vere intenzioni, e Jo dovette fargli spostare la mano dal suo ginocchio con uno schiaffo più di una volta. Era così nervosa che non riuscì a mangiare molto, voleva andarsene il prima possibile.

Quando risalirono in macchina, Barker si trasformò in una piovra a otto braccia, riuscendo a mettere sempre le mani nei posti sbagliati. Jo provò tutti i trucchi che aveva imparato al corso di autodifesa, ma l'unico che funzionò fu dargli un pugno sulla gola. Quando Nelson si portò le mani al collo, lei aprì la portiera. L'uomo allungò una mano verso di lei, ma Jo gli sbatté le nocche sul dorso della mano e lui gridò e si ritrasse. La donna corse di nuovo dentro il ristorante, con le gambe che le tremavano. *Ugh. Disgustoso pervertito.*

Fortunatamente, Nelson preferì mettere in moto e andarsene, piuttosto che affrontarla. Senza la sua auto, Jo non aveva modo di andarsene. Provò a chiamare una compagnia di taxi locale, ma non le rispose nessuno. *Probabilmente sono chiusi per la notte.* Si morse le labbra e iniziò a camminare su e giù, poi sospirò, rassegnata, e utilizzò il suo nuovo elenco telefonico dei Kings per chiamare il Coach Bass.

«Mi dispiace disturbarla. Cavoli, forse è ad un appuntamento o qualcosa del genere, ma sono un po' nei guai,» esordì.

«Jo? Che succede?» domandò Pete.

Jo gli spiegò quello che era successo con Nelson.

«Non muova neanche un muscolo, arrivo subito,» le ordinò l'allenatore.

Jo si sedette sul davanzale di una finestra affacciata sul parcheggio ad aspettarlo. *Cattiva mossa, Jo. Sei in grado di prenderti cura di te stessa, sei autosufficiente. Non hai bisogno di quel coach, e poi lui ha un caratteraccio, e tu che ne sai del suo passato? La cosa più sicura per te è rimanere da sola con Daisy.*

La vergogna e l'imbarazzo provocati dalla stupida sceneggiata da donzella in difficoltà che aveva fatto con il Coach Bass la spinsero a fornirgli qualche dettaglio in più per spiegarsi, quando arrivò. «La ringrazio tantissimo per essere venuto. Il ristorante mi ha confermato che il servizio di taxi di Monroe è chiuso a quest'ora. Sarei andata a piedi, ma con queste scarpe non riuscirei a percorrere nemmeno un miglio, figuriamoci cinque.»

«Oh, mio Dio! Non ci pensi nemmeno, Jo. Per l'amor di Dio, mi ha chiesto solo un passaggio, mica il mio primogenito. E andare a piedi sarebbe stato pericoloso. Cosa sarebbe successo se quello stronzo di Nelson avesse fatto il giro e fosse tornato per lei?» ribatté Pete.

Jo rabbrividì a quell'idea.

«Comunque non avevo nulla da fare, quindi non c'è nessun problema,» aggiunse il coach.

«Grazie.» Jo era grata della risposta che l'uomo le aveva dato, ma anche un po' preoccupata all'idea di quello che sarebbe successo quando fosse arrivata a casa. *Pete mi tratterà come ha fatto Nelson? Spero di no.*

Viaggiarono in silenzio. Pete Sebastian sembrava perfettamente a proprio agio al volante della sua Mercedes Classe SLK argentata, e Jo si mise comoda sul sedile di pelle e guardò fuori dal finestrino. Ormai era buio e la donna non conosceva la strada che stavano percorrendo. Strinse forte il bracciolo. *E se non mi stesse portando a casa?* Il cuore iniziò a batterle a mille e le mani a sudare. Lanciò un'occhiata a Pete, che in quel momento aveva solo una mano sul volante, ma non riuscì a capire quali fossero le sue intenzioni.

«Abita nel complesso residenziale Mountain View?» le chiese il coach.

Jo annuì. «Sì. Numero 246, sulla destra.»

Pete ridacchiò. «Adoro Monroe. Lo chiamano complesso anche se in tutto ci sono solo venti case.»

«È piccolo, è vero, ma questo è proprio uno dei motivi per cui mi piace,» ribatté Jo.

«Con le sue credenziali, sarebbe potuta andare a vivere ovunque avesse voluto. Perché ha deciso di abitare proprio qui?»

«Amo le piccole città.»

L'allenatore scoppiò a ridere. «Allora è venuta nel posto giusto.»

Cinque minuti più tardi, videro le luci delle altre casette a schiera. Quando vide Mountain View, Jo smise di trattenere il respiro, anche se non si era nemmeno accorta di averlo fatto.

Pete accostò sul ciglio della strada e spense il motore. «Eccoci qua,» annunciò, poi scese dall'auto. Il cuore di della donna riprese a battere rapido. L'allenatore fece il giro della macchina, venne ad aprirle la portiera e le porse la mano per aiutarla ad uscire: era calda, asciutta e un po' ruvida, ma stranamente rassicurante. «Questa portiera ha così tanti gadget che nessuno riesce mai a capire come fare ad aprirla,» le spiegò.

«Grazie,» disse Jo, rivolgendogli un sorriso.

Il coach la accompagnò fino al quadrato di cemento di fronte alla sua porta, poi si fermò e alzò una mano in un cenno di saluto. «Buonanotte. Mi dispiace che Nelson si sia comportato da stronzo,» disse.

«Grazie, Pete. Le sono grata per avermi tirata fuori dai guai.»

«Quando vuole, Jo,» disse Pete, poi si girò e tornò verso il suo veicolo.

Jo sospirò, sollevata. Forse non tutti i modi antiquati del Coach Bass erano così male: incontrare un gentiluomo era più di quanto si aspettasse, quella sera.

Girò la chiave nella serratura della sua villetta e sorrise quando sentì Daisy, il suo carlino, abbaiare. Jo non aveva fratelli, ma aveva affittato uno spazio abbastanza ampio in attesa che i membri della sua vecchia sorellanza venissero a farle visita. Aveva trentadue anni, ma si teneva ancora in contatto con alcune ragazze della Pi Alpha Phi.

Entrò nel piccolo atrio, dove la cagnolina le si aggrappò alla gamba e poi iniziò a saltellare su e giù finché Jo non si chinò, permettendole di leccarle il viso. Accese le luci in soggiorno e sorrise: le piacevano le fantasie e gli svolazzi aggraziati e aveva arredato la stanza con due comodi divanetti con cuscini, decorati con un delicato motivo a fiori in rosa, verde acceso e bianco, rifiniti con delle balze sul fondo e sistemati uno di fronte all'altro davanti al caminetto. C'era anche un vecchio tavolino da caffè in legno di quercia grezzo col ripiano levigato. L'atmosfera country era insaporita da un tocco molto femminile.

Le lunghe tende bianche trasparenti coprivano una porta scorrevole in vetro che portava alla veranda. I pavimenti era bianco sporco e la stanza aveva un aspetto confortevole e invitante che faceva sentire Jo benaccolta ogni volta che entrava. Aveva passato un sacco di tempo a far ristrutturare la sua nuova casa, prima di trasferirsi da St. Louis. Aveva sempre sognato di possedere una casa tutta sua, e anche se non era molto grande, quella apparteneva a lei e lei la adorava.

La cena con Nelson Barker era durata di più di quanto avrebbe voluto ed era già buio. Jo infilò a Daisy l'imbracatura e la portò a fare una passeggiata. *Un bagno. Mi serve un bagno, decisamente.* Non vedeva l'ora di lavarsi via la sensazione di sporco che la tormentava da quando aveva dovuto respingere le avance di Nelson.

Quando tornò, diede a Daisy qualcosa da mangiare, poi salì al piano di sopra e andò in camera sua. Aveva fatto allargare il bagno, sacrificando lo spazio per un armadio in più. Il pavimento della stanza era a piastrelle bianche e nere e sulle pareti c'era una graziosa carta da parati in azzurro chiaro e bianco. Jo preparò un bagno pieno di bollicine nella grossa vasca con i piedi a forma di artiglio che aveva scovato a un'asta. Riusciva a concentrarsi e pensare meglio, quando era immersa nell'acqua calda, e quella stanza era stata progettata per l'ozio e il piacere.

C'era perfino un lettino per il cane, e Daisy trotterellò su per le scale e ci si raggomitolò sopra mentre lei si insaponava e sfregava. Non riusciva a comprendere il Coach Bass: prima sentiva che c'era della chimica tra di loro, poi lui le faceva paura, e infine veniva a salvarla. Che tipo era davvero Pete Sebastian? *Non ho mai incontrato un uomo che non riuscissi a capire. Dovrò individuare il suo modus operandi, così riuscirò a scoprire tutto di lui. Forse è solo un bravo ragazzo con un carattere difficile?* Scosse la testa.

La vita le aveva insegnato che i bravi ragazzi non esistevano, ecco perché era single. *Il Principe Azzurro è solo una favola, non esiste veramente. E questo vale anche per Pete Sebastian. Continua a dipendere solo da te stessa, Jo, sei l'unica che non ti ha ancora delusa.*

Scivolò sotto le lenzuola, nuda, sentendo la brezza che entrava dalla finestra e rinfrescava la stanza. Daisy saltò sul letto e si sdraiò ai suoi piedi, dopo aver girato un paio di volte su stessa alla ricerca della posizione migliore per mettersi comoda. Jo adorava quel buffo balletto, la faceva sempre ridere.

Fissò la luna, il corpo stanco ma la mente all'erta. Pete Sebastian la intrigava e la sfida rappresentata dal suo nuovo lavoro la spaventava un po'. *Posso farcela. Se lavorerò abbastanza sodo, ce la farò. Ho già avuto successo nei miei altri incarichi, e lo avrò anche qui. Un successo ancora maggiore. Mi farò conoscere sul piano nazionale e farò sì che i Kings vengano ricordati come la squadra più progressista di tutta la lega.*

Si raggomitolò sotto la coperta di lana e presto, cullata dal lieve russare del suo piccolo carlino, si addormentò.

* * * *

Pete si fermò sul vialetto della sua casa in riva al mare sulla costa del Connecticut ed entrò, dopo aver riposto l'auto al sicuro nel garage. Il silenzio lo assordò. Da quando le sue gemelle, Alyssa e Alexis, erano partite per la Kensington State University, la casa era diventata troppo tranquilla per i suoi gusti.

Accese la radio e la regolò su una stazione che trasmetteva musica orecchiabile, tanto per avere un po' di rumore di sottofondo. Durante la stagione sportiva tutta quella pace era rilassante, perché le sue giornate erano piene di baccano, gente e football, ma quando la stagione finiva e Pete si concedeva una pausa di qualche settimana, si ritrovava a girare per casa senza scopo come l'ultimo pisello solitario rimasto nel baccello.

Calciò via le scarpe e lanciò un'occhiata all'orologio mentre andava in cucina a prendersi una birra. *Sono solo le dieci. Nell'Illinois sono le nove, Bill sarà ancora sveglio.* Stappò la bottiglia, prese il cellulare e si sedette sul divano ad angolo davanti alla grande finestra panoramica affacciata sul mare. A quell'ora, la luce della luna piena si rifletteva sull'oceano. Pete compose il numero di suo fratello.

Bill Sebastian faceva l'allenatore di wrestling e baseball in un college e i due fratelli erano soliti scambiarsi appunti sui loro successi, i loro fallimenti e le sfide che affrontavano. Sebbene vivessero molto lontani, erano rimasti molto affiatati e spesso parlavano al telefono dopo la fine delle loro stagioni sportive.

«Ehi, Pete, come va?»

«Bene. Ci sono novità?» Pete si portò la bottiglia alla bocca.

«Tutto bene. Non è che mi stai chiamando per dirmi che ti sei fidanzato?» volle sapere Bill.

Pete rise. «No.»

«Non c'è nessuno nella zona rossa?»

«Mi dispiace dirtelo, ma non c'è nessuno nemmeno sulla linea delle cinquanta iarde.»

«Maledizione! Non sei rimasto da solo per troppo tempo?»

«Dammi un po' di tregua. Questo è solo il secondo anno che è passato da quando le ragazze se ne sono andate di casa,» protestò Pete.

«Sono pronto ad arrendermi. Sei già uscito con tutte le donne disponibili a Monroe,» ribatté Bill.

«Non tutte, solo quelle belle.» Il coach rise.

«Amplia le tue ricerche, prova ad andare in un'altra città.»

«Non preoccuparti per me. Come stanno tutti?»

«Sam ha trovato un nuovo lavoro e Sandy pensa di essere sul punto di fidanzarsi ufficialmente,» lo informò Bill.

«Cristo! Mia nipote andrà all'altare prima di me!» Pete ridacchiò. «Ottime notizie. Come sta Meg?»

«Sta ancora pensando a cosa vuole fare.»

«Trovarsi un marito migliore, magari?»

«Non esiste un marito migliore,» ridacchiò Bill. «Meglio che tu ti dia una mossa, o dovrai cercarti una moglie alla casa di riposo,» aggiunse.

Pete rise. Suo fratello maggiore cercava sempre di spingerlo a sistemarsi e di recente i suoi incoraggiamenti avevano iniziato a colpire un nervo scoperto, poiché l'allenatore stava cominciando a sentirsi sempre più solo. Era pronto a cedere la sua corona di re degli scapoli di Monroe. Dopo anni passati ad uscire e andare a letto con molte donne senza impegnarsi, Pete Sebastian si sentiva stanco di quella routine e frustrato dalla sua incapacità di trovare la ragazza giusta.

La sua donna ideale era qualcuno in grado di ascoltarlo mentre parlava dei suoi problemi, che gli sembravano infiniti durante la stagione sportiva, e di capirlo. Quelle con cui usciva, invece, gli rispondevano sempre, «Oh, quella roba del football. Non la capisco proprio», o «È solo un gioco, di che ti preoccupi?»

Hah! Per Pete, non era solo un gioco: il football era la sua vita, il suo mezzo di sostentamento, la ragione per cui si alzava dal letto ogni mattina. Adorava quel gioco, la sua squadra, e perfino Lyle Barker, anche se quell'uomo aveva un carattere un po' difficile. Pete Sebastian e il football erano sinonimi, perché le donne non riuscivano a capirlo? Scosse la testa.

Appena udiva quelle parole, si incamminava verso la porta. Più di una volta era poi venuto a sapere che la donna che aveva lasciato non aveva idea del perché fosse scomparso, e per lui quel fatto diceva tutto quel che aveva bisogno di sapere. Bill lo accusava di essere troppo esigente. Cazzo, sì che era esigente, esigente per quanto riguardava la sua squadra e quando si trattava delle donne. Ne voleva una che fosse intelligente, sexy e carina, anche se non per forza bellissima, e che conoscesse il football e lo amasse. Inoltre, voleva anche che avesse un buon senso dell'umorismo e che fosse dolce, pazza di lui e brava con i bambini, non necessariamente in quell'ordine. Trovarne una che fosse anche brava a letto non sarebbe stato male.

Quando recitava quella lista di requisiti davanti a qualche amico benintenzionato che pensava di conoscere la ragazza perfetta per lui, quello sospirava rassegnato e cambiava idea. No, la Signorina Perfezione ancora non si trovava. Pete credeva di essere ancora troppo giovane per abbassare i propri standard, anche se forse, quando avrebbe avuto cinquant'anni, avrebbe dovuto rivedere le sue priorità. Per il momento, comunque, quegli standard rimanevano in piedi senza dare alcun segno di cedimento.

Pete attaccò e si mise a girare senza meta nella sua grande casa. *Forse dovrei prendermi un cane. I carlini sembrano essere la razza ufficiale della squadra.* Ridacchiò tra sé e sé, pensando a Griff e al suo amato Spike e a Buddy e Blitz. Poi si ritrovò a pensare a Jo Parker.

Sentì l'ira bruciargli nel petto, quando ripensò al modo in cui quel delinquente di Nelson l'aveva molestata. *Beh, almeno non devo preoccuparmi che esca di nuovo con quello stronzo.* Rise a quel pensiero. *Quell'idiota ha sprecato la sua opportunità.* Si chiese come stesse Jo. In macchina gli era sembrata nervosa, si era aggrappata alla portiera e aveva evitato il suo sguardo per tutto il tempo.

L'ho spaventata così tanto con il mio stupido caratteraccio che adesso ha paura di rimanere da sola con me? Oppure ha paura degli uomini in generale? Nelson l'ha attaccata? È probabile, è un tale idiota. Però lei mi ha chiamato. Pete sorrise. *Ma sembrava quasi spaventata, quando l'ho accompagnata fino alla porta. Cosa si aspettava che facessi, credeva che le sarei saltato addosso? È ridicolo. Cosa le sarà successo?*

Jo lo intrigava. Mentre beveva la sua birra, si chiese come fosse la sua casa. Visualizzò un ambiente moderno ma sterile con dei bei divani rigidi comprati più per fare scena che per potersi sedere comodamente, e la mente gli si riempì di tante immagini in colori freddi e cromati e in bianco e nero. Rabbrividì a quell'idea. *Quella sarebbe una buona ragione per terminare una relazione.* Pete scoppiò a ridere. *Non ho una relazione, non ho nemmeno la speranza di cominciarne una!*

Durante il resto della settimana, il coach si tenne occupato rivedendo i filmati delle partite con il suo staff, ma la presenza di Jo Parker continuò a tormentarlo. Sfiorarla per sbaglio in corridoio e lanciarle un rapido cenno e un sorriso quando passava davanti al suo ufficio lo rendeva acutamente consapevole del fatto che la donna era lì, lo sentiva nel sangue.

Pete provò a reprimere quelle sensazioni, ma Jo Parker continuò ad occupare i suoi pensieri per giorni. Era così perfetta che era curioso di scoprire quali fossero le sue imperfezioni. *Nessuno è così abbottonato.* Ogni giorno, la P.R. arrivava al lavoro con un nuovo vestito colorato a fasciarle quel magnifico corpo, come se volesse provocarlo, e Pete notava ogni sua curva, ogni rigonfiamento e avvallamento, e sentiva il desiderio che provava per lei crescere.

Eppure, continuava a mantenere la distanza tra di loro. Anche Pete era un professionista e non aveva intenzione di mettersi nei casini perché non riusciva a tenerlo nei pantaloni. La squadra era già rimasta coinvolta in abbastanza incidenti di quel tipo, quindi lui non avrebbe assolutamente fatto gli stessi errori.

Guardò *Friday Night Lights* per la ventesima volta, poi si spogliò e si mise a letto. La spiaggia era il suo posto preferito dopo il campo. La melodia delle onde che si infrangevano sulla battigia entrava dalla finestra aperta e quel ritmo lo cullò come una ninnananna finché non si addormentò. Passò una notte irrequieta e tormentata da sogni in cui Jo Parker usciva con una fila infinita di uomini senza volto, ma mai con lui.

****

Il lunedì mattina successivo, Pete aprì la sua email e vide che gli era arrivata la proposta che Jo aveva inviato anche a Lyle Barker riguardo al programma sul corso di gestione della rabbia. Era ben scritta e occupava solo una pagina. *È breve, bene. La curva dell'attenzione di Lyle è molto corta, quando si tratta di qualcosa che non sia farsi Tiffany.* Ridacchiò tra sé e sé.

La testa di Jo fece capolino sulla soglia del suo ufficio. «Sta ridendo della mia proposta?» chiese, aggrottando le sopracciglia.

«Per niente.» Pete la invitò ad entrare con un cenno della mano.

La P.R. andò a sedersi davanti a lui. Indossava una canotta color avorio e una gonna rosa scuro, ed era bellissima. Pete lasciò vagare per un attimo lo sguardo sulla sua pelle perfetta, ammirandone in silenzio l'aspetto luminoso. Due occhi blu come il mar dei Caraibi e velati di dubbio lo fissarono.

«Stavo solo pensando che è davvero perfetta,» la rassicurò Pete.

«L'ho vista ridere. Non finga di non averlo fatto.»

«Notavo solo che è stata molto saggia a non dilungarsi. La capacità di Lyle di concentrarsi su cose più complesse della taglia del reggiseno di Tiffany è limitata.» Il coach rise di nuovo.

Jo si unì a lui. «Mi sembra di aver capito che gli piacciono le cose concise.»

«Gli sta concedendo il beneficio del dubbio. Se qualcosa è più lungo di una pagina, lui non lo legge. Te lo rimanda indietro e ti ordina di fargli un riassunto.»

«Oh? Sul serio? Grazie per il consiglio.»

«Non è difficile andare d'accordo con Lyle, quando impari a conoscere lui e le sue priorità,» commentò Pete.

«Che sarebbero?»

«Vincere le partite, fare un sacco di soldi e sua moglie. Non necessariamente in quest'ordine.»

Jo annuì. «E quali sono le sue priorità, invece?»

L'allenatore si appoggiò contro lo schienale della sedia e intrecciò le dita di una mano con quelle dell'altra, poi guardò la P.R. negli occhi. *Scoprire chi sei.* «Vincere le partite, tenere i giocatori di buonu more e fare tutto quello che serve per raggiungere questi due obiettivi.»

«Ha senso. La fa sembrare una cosa semplice, anche se non lo è per niente. Quante volte deve inventarsi nuovi schemi di gioco? Era un problema costante, a St. Louis. Alla fine, c'è un numero limitato di formazioni che si possono utilizzare,» disse Jo.

Pete si sedette più dritto. *Hai proprio ragione, signorina.* «Già.»

Vennero interrotti dal ronzio dell'interfono. Era Lyle, quindi Pete dovette rispondere.

«Jo è lì con te?» gli chiese l'altro uomo.

«Sì, è qui,» rispose il coach.

«Potete venire nel mio ufficio tutt'e due? Parliamo un po' di questa cosa della rabbia.»

«Arriviamo subito.» Pete spinse l'interfono.

Jo si alzò e si lisciò le pieghe della gonna.

L'allenatore lasciò vagare lo sguardo sui suoi fianchi il più rapidamente possibile per non farsi scoprire, ma quando rialzò lo sguardò, vide che la donna lo stava guardando dritto in viso. Si sentì arrossire. *Mi ha sorpreso a guardarla. Maledizione!* Si spostò di lato per farla passare. «Prima le signore.»

«Lo sta facendo perché così potrà guardarmi anche il culo?» gli chiese Jo, ma Pete notò che i suoi occhi brillavano di malizia.

«Non ci avevo pensato. Ora che me l'ha detto, però, è una buona idea,» le rispose. Lei scoppiò a ridere, e la sua risata riecheggiò lungo il corridoio.

Edie li stava aspettando e aprì la porta per loro. «Che c'è di così divertente?» domandò.

Pete e Jo si scambiarono un'occhiata e poi entrarono rapidamente nell'ufficio di Lyle. La stanza era immensa, c'erano un divano ad angolo affacciato sul campo e una scrivania grande abbastanza per tre persone. Lyle fece loro cenno di sedersi sul divano mentre Edie portava una brocca d'acqua, dei bicchieri e i suoi biscotti al cioccolato preferiti. Ne prese uno e si sedette.

«Ho letto la sua proposta, Jo. Molto interessante, ben congegnata, ben scritta...» attaccò.

Poi si interruppe.

«Ma?» intervenne Jo.

«Ma sono già venuti sei membri della squadra nel mio ufficio a gridarmi addosso per questa cosa. Sono incazzati e si rifiutano di partecipare.»

«Ma c'è una multa.»

«'Fanculo la multa. Continueranno a lottare anche contro di quella,» sbottò Lyle.

Pete si mise comodo e rimase ad ascoltare. Le guance di Jo erano chiazzate di rosso e la donna gli lanciò un'occhiataccia.

«Ehi, non è colpa mia,» protestò.

«Chi erano quei giocatori?» domandò la P.R.

«Mi hanno chiesto di non rivelare i loro nomi,» rispose Lyle.

«Lei lo sapeva?» Jo si voltò verso il coach.

Pete si tirò più su. «No, non lo sapevo. Non ne avevo idea e non so chi siano quei giocatori, anche se potrei provare a indovinare.»

Lyle alzò una mano per fermare la discussione. «È vero, Pete non c'entra. In effetti, si sono lamentati anche di te, Pete. Hanno detto che gli hai raccontato qualche cazzata sul dare una possibilità alle novità.»

Pete si sentì arrossire.

Jo gli posò una mano sul braccio. «L'ha detto davvero?»

«Gliel'ho detto, ho provato a convincere i miei uomini. Non mi aveva creduto?» Il coach inarcò un sopracciglio.

Fu il turno della donna di arrossire. «Sì, più o meno.»

«Non possiamo lasciare che i giocatori della nostra squadra siano scontenti. Altrimenti, prima che ce ne rendiamo conto, avranno già firmato un contratto con i Bobcats.» Lyle si alzò in piedi e iniziò a camminare su e giù per la stanza. «Siamo i numeri uno, e voglio che lo rimaniamo.»

«Ma la stampa, il gesto per dimostrare le vostre buone intenzioni...» tentò Jo.

«'Fanculo la stampa. Oh, mi dispiace, Jo. Che le buone intenzioni vadano a farsi benedire, i miei uomini vengono prima di tutto.»

Pete si appoggiò contro lo schienale del divano e si passò una mano sul mento, come faceva sempre quando pensava.

«Dovremo cestinare l'intero progetto. Non mi piace il fatto che abbiano la meglio loro, ma non lascerò mai che i miei migliori giocatori si allontanino,» continuò Lyle.

«Aspetta, Lyle, ho un'idea. Che ne dici se invece di multarli se non aderiscono al programma, gli dessimo un bonus se lo fanno?» chiese Pete.

«Cosa? Un bonus di quanto?» Lyle strizzò gli occhi.

«Quanto ti puoi permettere per tenere felici i tuoi uomini e rimanere un leader della NFL? Pensa a quanta buona pubblicità ci farebbe la stampa. E poi i ragazzi avrebbero più soldi da spendere. Che te ne pare di diecimila?»

«Diecimila? Ma sei pazzo? Se dieci giocatori aderissero, dovrei dargli centomila dollari!»

«Le buone intenzioni non sono a buon mercato, Lyle. Non vuoi porre fine a quei brutti titoli sui giornali? Non vuoi smettere di dover tirare la tua squadra fuori di galera? Anche quello costa. E pensa alle spese legali! Cazzo, quelli ti fanno spendere molto, molto più di centomila dollari.»

Lyle crollò sul divano, le sopracciglia aggrottate e un'espressione pensierosa sul viso. Jo rivolse a Pete un sorriso caloroso e incrociò le dita.

«Beh, visto che la metti così, forse potrebbe valerne la pena. Di sicuro i ragazzi la vedranno in modo diverso, se non dovranno pagare una multa. E se vogliono un po' di soldi in più, beh, questo è un modo facile per ottenerli,» cedette Lyle.

«Dovranno partecipare a tutte e cinque le sessioni,» intervenne Jo.

«Okay, sembra una condizione ragionevole. Cavoli, sarebbero duemila dollari solo per presentarsi,» replicò il proprietario della squadra. «Facciamo cinquemila. Mille a sessione.»

«Secondo me va bene,» aggiunse Pete.

«Okay. Lasciate che ne parli ai ragazzi, poi vedremo. Anzi, no! Pete, glielo dirai tu. Dillo a tutta la squadra nello stesso momento, e poi vedremo chi verrà da me a lamentarsi. E abbiamo deciso di sbarazzarci della multa, giusto?»

«Giusto.» Pete annuì. «Gli incoraggiamenti funzionano sempre meglio delle punizioni, con i ragazzi.»

Jo si alzò in piedi. «Meglio che vada a modificare il programma. Grazie, Lyle.»

«Ottimo lavoro di squadra, voi due,» si complimentò Lyle. «Pete, puoi rimanere ancora un po'?» aggiunse.

Il coach annuì, ma stava guardando Jo. Adorava guardarla mentre si allontanava. «Che succede, Lyle?» domandò.

«Che ne pensi veramente di quest'idea ridicola?»

Pete spalancò gli occhi. «Pensi che sia un'idea stupida?»

«Non mi sembra molto credibile,» rispose Lyle.

«Pensavo che avessi assunto Jo per via delle sue capacità e della sua esperienza.»

«Ha delle belle tette, Pete. Edie è fantastica e tutto, ma non è un bel vedere. Jo, invece...»

Pete si sentì pieno di vergogna: anche lui aveva pensato le stesse cose riguardo all'aspetto di Jo. «Vuol dire che l'hai assunta per la sua... la sua carrozzeria?»

«Avevo bisogno di qualcuno che ricoprisse quella posizione. E ho anche risparmiato cinquantamila dollari scegliendo lei invece di quell'ubriacone di Gowan. Inoltre, Stanford, Harvard e delle tette magnifiche sono una combinazione imbattibile,» rise Lyle.

«La paghi cinquantamila dollari in meno di Gowan?» chiese Pete, incredulo.

«Già.»

«Ma lui non faceva un cazzo e lei è riuscita a fare la differenza nei primi cinque minuti in cui è stata qui.»

«Se continua così, forse tra un anno potrei darle un aumento,» disse Lyle.

«Ti tirerai indietro per quanto riguarda il programma, vero?» Pete cominciò a sudare.

«Ah, non scaldarti. Ho detto che lo farò partire, e lo farò sul serio, ma non mi aspetto di ottenere molto. Spero che si iscrivano solo un paio di ragazzi, così sarà meno costoso.» Lyle si sedette sulla grossa poltrona dietro la scrivania. «Pensavo che magari tra voi due potesse nascere qualcosa, ma evidentemente non sta succedendo nulla del genere. Devi essere cieco, figliolo, se non riesci a vedere quello che vedo io. Comunque, Jo è abbastanza sveglia. Immagino che ogni uomo debba andare a pescare i suoi pesci da solo.»

Barker prese in mano il cellulare, il che era segno che Pete doveva andarsene. Il coach percorse il corridoio sentendosi quasi sotto shock. Non aveva mai visto il lato maschilista di Lyle, o almeno non in modo tanto evidente. Sapeva in che modo il proprietario della squadra vedeva sua moglie, ma quello... beh, quello era troppo. Pete si sentiva sopraffatto, non sapeva cosa fare. *Anch'io sono così? Anch'io sono un maiale? Giudico le donne in base alla taglia del loro reggiseno? Oh, mio Dio.*

Crollò sulla sedia dietro la sua scrivania, appoggiò i gomiti sul legno e si prese il viso tra le mani. *Io non sono così. Sono a favore della sua idea. L'ho ascoltata, l'ho aiutata e l'ho presa sul serio. Che ci posso fare se è bellissima e sono attratto da lei? Grazie a Dio, Lyle non lo sa. Non smetterebbe più di tormentarmi.*

Qualcuno bussò alla porta, interrompendo il flusso dei suoi pensieri, e poi la testa di Jo fece capolino nel suo ufficio. «Posso entrare?» chiese. Pete le fece cenno di sì. «Come posso ringraziarla? La sua idea di offrire una ricompensa ai giocatori è stata assolutamente geniale. Lyle pendeva dalle sue labbra,» si congratulò la donna.

«Beh, non esageriamo, ma sì, gli ho dato un motivo per supportare il progetto,» replicò il coach.

«Le devo un favore, uno grosso. Usciamo a cena, pago io.»

Pete fissò Jo, il bellissimo viso arrossato per la felicità e l'emozione della vittoria e gli occhi che brillavano. Aveva voglia di baciarla, di prenderla tra le braccia, di dirle di correre a cambiare lavoro il prima possibile. «Io... io... io...» balbettò. Lì davanti a lui c'era il suo sogno, una cena da solo con un sogno erotico in carne ed ossa, e non riusciva nemmeno a parlare.

«Bene, allora è deciso. Facciamo sabato sera?» propose Jo.

Pete annuì.

«Vengo a prenderla alle sei e mezza. Che ne dice di andare al The Sweet Magnolia?»

Perfino il ristorante era quello dei suoi sogni. «Sicuro,» squittì.

Jo uscì dal suo ufficio quasi saltellando, canticchiando tra sé e sé sottovoce.

Pete non sapeva che fare, così si alzò e andò alla finestra. *Glielo dico o non glielo dico? Glielo dico. No, non glielo dico. Non posso dirglielo, Lyle mi ammazzerebbe e lei ne sarebbe distrutta. Merda. Cazzo, odio i segreti.*

Il suo telefono squillò: era Lexie, sua figlia. Si sentì immensamente sollevato all'idea di lasciarsi sommergere dalle sue buone notizie sui voti e sul suo nuovo ragazzo. Di solito a Pete non piaceva sentir parlare di ragazzi, perché sapeva a cosa pensavano veramente, ma quando le ragazze erano lontane e non doveva vederli di persona, era più tollerante. Quando terminò la chiamata, si congratulò con se stesso per aver cresciuto una ragazza così sveglia e con la testa sulle spalle.

Ha l'aspetto da modella di sua madre e la mia intelligenza, è una combinazione perfetta.

Ben presto, i suoi pensieri si rivolsero di nuovo al *problema Jo*, come aveva iniziato a chiamarlo. *Quindi, Lyle l'ha scelta per me, eh?* Pete scoppiò a ridere. *Niente chimica?* Ridacchiò di nuovo. *Bene, lasciamogli pensare che sia veramente così. Già è abbastanza irritante che i ragazzi ci stiano tenendo d'occhio, non ho bisogno che anche Lyle mi stia con il fiato sul collo.*

Quando tornò a casa, andò a controllare il suo guardaroba. La sua figlia più modaiola, Alyssa, lo aveva portato a fare shopping, e lui aveva riposto i vestiti che lei aveva insistito perché comprasse in un angolo in fondo all'armadio. Prese le buste chiuse con la cerniera lampo e le aprì.

Poi prese il cellulare.

«Alyssa. Sabato ho un appuntamento e mi serve un po' d'aiuto con i nuovi vestiti che mi hai fatto comprare. Sì. Cosa va con quello?» Pete si sedette sul letto e seguì le istruzioni di sua figlia.

Capitolo Tre

Dopo la loro abituale passeggiata del sabato pomeriggio, Jo slacciò il guinzaglio a Daisy. Faceva fresco per essere l'inizio di maggio, pur essendo una giornata soleggiata. Mentre l'acqua calda riempiva la vasca, esplorò il suo guardaroba. *Cosa indosso stasera?*

Aveva un'adorabile collezione di prendisole colorati che aveva trovato a Cape Cod l'estate in cui aveva affittato lì una casa per le vacanze con Mitzi e Beth, le sue due migliori amiche, ma quelli andavano bene per un clima più caldo. Si morse le labbra, vedendo che non c'era nient'altro che facesse al caso suo. *Che ti importa? Scegli qualcosa. Non è veramente un appuntamento, lui è solo un collega.* Rovistò tra i vestiti, esaminando gruccia dopo gruccia e scartando tutto quello che non le sembrava abbastanza bello, finché non trovò una gonna di tweed rosa e grigia.

L'aveva comprata a Londra. La lana era un po' pesante, quindi non la indossava quasi mai. La stese sul letto e poi cercò il maglioncino di cashmere rosa nel cassetto. La combinazione dei colori era perfetta. Inoltre, i maglioni di cashmere la facevano sempre sentire sexy e ben consapevole del suo seno, come se la stoffa morbida le accarezzasse la pelle. E quando gli uomini la toccavano, anche semplicemente sul braccio o sulla spalla, poi parlavano sempre di quanto la lana fosse soffice al tatto. Il maglioncino aveva una lieve scollatura e maniche a tre quarti. *Perfetto!*

Chiuse il rubinetto e si immerse lentamente nell'acqua bollente. Il calore le piaceva, rilassava i suoi muscoli irrigiditi. Non capiva perché fosse tanto tesa. *Non è che sia un vero appuntamento. Lo sto solo ringraziando per aver appoggiato la mia idea, ecco tutto. Niente di più.* Rise forte. «Ma a chi la do a bere? Certo che è un appuntamento,» si disse, voltandosi verso il suo carlino. «Ho chiesto al coach di uscire con me. Daisy, ma non ho alcuna vergogna?»

La cagnolina, che stava riposando sul suo lettino, aprì un occhio come per controllare se Jo stesse bene, poi si riaddormentò. La luce del sole filtrava attraverso le tende bianche e increspate e il profumo del suo costoso olio da bagno permeava la stanza, ispirandole pensieri d'amore. Si rannicchiò sotto il livello dell'acqua e nella sua mente balenò l'immagine di lui come si era presentato nel suo ufficio per la prima volta, tutto sudato, mezzo nudo e bellissimo. *Avrà quell'aspetto, subito dopo aver fatto l'amore? Piantala di fare questo genere di pensieri su di lui.*

Quando lui la guardava, il bagliore nei suoi occhi pieni d'esperienza la faceva rabbrividire. Si muoveva con disinvoltura e una grazia sottile, come se fosse perfettamente a suo agio con il proprio corpo, e tutto in lui sembrava gridare *sesso*. Forse aveva un carattere un po' difficile, ma dopo le sue sfuriate si scusava ed era disposto ad ascoltare. L'aveva trattata con rispetto. La sicurezza del Coach Bass la attirava come il miele attirava un orso.

Stanca di uomini giovani e incerti che volevano farsi rassicurare da lei, Jo era stata sul punto di rinunciare agli appuntamenti per sempre. I ragazzi che non avevano idea di cosa stessero facendo la annoiavano a morte, e ne aveva incontrati fin troppi che non conoscevano né le donne, né i loro corpi, o a cui non importava se anche lei provava piacere durante il sesso. O, ancora peggio, uomini convinti che anche solo fare sesso con loro fosse abbastanza per soddisfarla e che quindi non avessero motivo di sforzarsi per compiacerla.

C'era qualcosa nel modo in cui il Coach Bass la guardava che la spingeva a pensare che lui sapesse molto bene come soddisfare una donna. Il suo intuito le diceva che sarebbe stato un buon partner a letto.

Jo rabbrividì, ricordando una spiacevole conversazione con l'ultimo uomo con cui era uscita. Lui l'aveva chiamata frigida e lei gli aveva riso in faccia, perché non c'era nulla di frigido in Josephine Parker. Gli aveva detto di andarsene e di non tornare mai più.

Pete Sebastian era più vecchio di lei di dieci anni e aveva due figlie che andavano al college. *Cos'è questa storia? Perché sta crescendo due ragazze da sola?* La curiosità che provava nei suoi confronti crebbe. *Che tipo di uomo è? Ecco lo scopo di questo appuntamento: conoscerlo, nulla di più. Scoprire la verità.* Daisy alzò la testa per guardare la sua padrona.

«Okay, va bene, forse non è tutto qui. Non completamente. Ma non ho intenzione di andare a letto con lui. E poi, lui potrebbe non volerlo nemmeno.» Jo scoppiò nuovamente a ridere. Sapeva che Pete la desiderava, l'aveva capito la prima volta che i loro sguardi si erano incontrati. Non appena era entrato nel suo ufficio, l'elettricità tra di loro aveva fatto alzare la temperatura nella stanza di venti gradi.

Jo diede da mangiare a Daisy, poi si vestì e scelse una collanina di perline e un paio di orecchini coordinati. Applicò un leggero velo di trucco, si spruzzò il suo inconfondibile profumo al mughetto e indossò un capotto di lana color avorio, poi uscì e chiuse la porta a chiave.

La sua Volkswagen Jetta non sembrava molto lussuosa al confronto della magnifica Mercedes di Pete, ma doveva accontentarsi. Aveva avuto successo, ma non aveva mai guadagnato i milioni che un bravo coach poteva ottenere. Comunque, era riuscita a convincere l'allenatore a lasciare che fosse lei a venire a prenderlo. Guidò lungo una bella strada fiancheggiata da grandi case di lusso che terminava in un vicolo cieco e finalmente vide la casa di Pete. *Sembra più una villa.*

L'edificio a tre piani occupava il semicircolo della strada. Le vecchie tegole in stile shaker contrastavano con gli infissi candidi e un'enorme finestra panoramica sulla facciata frontale della casa le permise di intravedere l'interno e la finestra della stessa grandezza sul retro. Riusciva a vedere l'oceano sullo sfondo e Pete in soggiorno, e quella vista le tolse il fiato.

Boccioli e piccoli arbusti fiancheggiavano il vialetto lastricato in pietra che portava fino alla gigantesca porta d'ingresso bianca. Jo fece un respiro profondo: era difficile conciliare l'immagine un po' scialba del semplice e pragmatico Coach con quella della persona che viveva in quel posto tanto lussuoso. *In quell'uomo c'è molto più di quanto le apparenze non rivelino.*

Suonò il campanello, poi fece qualche respiro profondo per rilassare i muscoli. Quando la porta si aprì, si trovò davanti Pete, abbigliato in modo impeccabile con un blazer blu, pantaloni marrone chiaro, una camicia bianca e una cravatta a fantasie blu e crema. Si era rasato, aveva tagliato e pettinato i capelli castani alla perfezione e aveva un profumo paradisiaco.

«Venga, entri. Le faccio fare un giro,» la invitò.

Jo lo seguì in un atrio dal soffitto alto. Il pavimento era coperto di larghe assi in legno massiccio, dipinte in quello che le sembrò grigio talpa, e i muri erano dello stesso colore, solo più chiari. Davanti alla finestra panoramica c'era un grosso divano ad angolo coperto di tela bianca e di cuscini dall'aria comoda, ed era come se la stesse chiamando a sé.

Fece per sedersi sui cuscini morbidi, ma Pete la prese per il gomito. «Aspetti, non si sieda subito. Lasci che le faccia fare il tour completo.» L'allenatore si bloccò e le passò le dita sul braccio. «Cosa indossa?» le chiese.

«Cashmere.»

«Incredibile. Non ho mai sentito nulla di più soffice, a parte la pelle nuda,» commentò Pete, poi arrossì alle sue stesse parole.

Beccato. Jo rise e replicò: «È fantastico, e tiene molto caldo.»

«Ci scommetto. Venga.» Il coach la guidò nella sala da pranzo, dove c'era un'altra alta finestra affacciata sull'oceano. Sembrava che ogni stanza del primo piano fosse stata progettata per poter vedere il mare. Anche se Jo non sapeva molto di quell'uomo, si stava innamorando della sua casa. Dopo aver visto la sala da pranzo, andarono in cucina.

La stanza era grande almeno quanto il soggiorno. I piani da lavoro in granito color terra facevano risaltare alla perfezione le credenze bianche e c'era anche un'isola con un tavolo da lavoro e degli sgabelli. Jo immaginò Pete seduto lì la mattina, con il caffè e il giornale, il viso non ancora rasato ma comunque attraente. Deglutì, nervosa, e quando si girò vide l'allenatore scomparire su per le scale.

«Lo studio al primo piano è il posto in cui guardo i filmati delle partite della nostra squadra e di altri team, è lì che lavoro quando sono a casa. Questa invece è la parte delle ragazze.» Pete la condusse in un'ampia stanza arredata con un divano ad angolo, un enorme televisore e un mini-frigo. Le pareti erano coperte di carta da parati tigrata a colori accesi come rosa, arancione, nero e bianco, e attraverso una finestra a saliscendi si accedeva a una gigantesca camera da letto. All'interno di essa c'erano due letti singoli posizionati di traverso l'uno all'altro e fiancheggiati da una finestra affacciata sul mare. I muri erano color rosa scuro e la stanza era arredata con mobili bianchi, ognuno dei quali aveva un suo gemello. C'erano perfino due sedie a dondolo.

«Da ragazza avrei dato qualsiasi cosa per avere una stanza come questa,» sospirò Jo.

«Le ragazze la adorano, e poi qui hanno anche un po' di privacy,» replicò Pete.

In fondo al corridoio, c'era la camera da letto dell'allenatore.

«Quella è la mia stanza,» le disse, poi cercò di farla tornare verso le scale.

«No, no. Voglio vederla.» Jo si liberò dalla sua presa ed entrò nella camera. *Si può capire un sacco di un uomo dalla sua camera da letto.* Un tappeto verde scuro copriva il pavimento e le pareti erano dipinte di verde mare chiaro, e i mobili erano tutti in legno di noce. Il letto era coperto da una trapunta con un grazioso motivo cachemire in verde acqua, verde e bianco e davanti alla finestra c'era una poltrona reclinabile carica di cuscini. Il letto a due piazze non era ancora stato rifatto e c'erano dei vestiti appesi sul bracciolo della poltrona.

Vedere il letto disfatto le fece correre un brivido lungo la schiena. *Cavoli, sono nella sua camera, a pochi centimetri dal letto in cui dorme. Wow, fa caldo qui dentro.* Jo si asciugò una goccia di sudore dal labbro superiore.

Appese alle pareti, c'erano delle foto delle figlie di Pete. La donna le esaminò e annuì. «Sono bellissime.»

«Sì, lo sono. Mi dispiace per il casino, non volevo portarla qui dentro,» si scusò Pete.

«Perché no?»

Il coach arrossì di nuovo. «Non pensavo che portarla in camera da letto fosse... beh, ho creduto che potesse metterla a disagio.»

Avevi ragione. «Va bene,» disse Jo, poi distolse lo sguardo in modo che lui non potesse vedere i suoi occhi. Non era mai stata una brava bugiarda. Si mise a gironzolare finché non arrivò davanti alla finestra panoramica. *Immagina come sarebbe fare l'amore con lui in quel letto, ascoltando il rumore delle onde.* Si passò le braccia attorno alla vita per reprimere un tremito.

«Lei è *davvero* a disagio. Forza, andiamo.» Pete la fece uscire dalla stanza e la condusse giù per le scale. «Abbiamo tempo per bere un drink? Per quand'è la prenotazione?» domandò.

Jo lanciò un'occhiata al suo orologio. «È meglio se andiamo, adesso.» *Niente più tentazioni, in fondo sono solo umana. Devo uscire da qui.*

Pete aprì la porta e la seguì fino alla macchina.

«Ha davvero una bella casa,» disse Jo mentre metteva in moto.

«Giri a destra dopo il prossimo angolo, è una scorciatoia. Grazie,» replicò Pete.

Lei seguì le sue indicazioni.

All'ingresso del ristorante, il maître li salutò e strinse la mano all'allenatore. «Ah, signor Sebastian Coach Bass. Quando questa bellissima signorina ha chiamato per prenotare, non sapevo che dovesse cenare con lei. Lasci che vi trovi un tavolo migliore.»

«Grazie, Simon.»

Jo fissò Pete inarcando un sopracciglio e gli chiese: «Viene spesso qui?»

Il coach aveva le guance arrossate. «A volte,» rispose.

«È lo scapolo d'oro della città? Porta un sacco di ragazze a mangiare qui?» insistette la P.R.

«Forse.» Pete aveva il viso in fiamme.

«Allora è così, eh?»

«Il vostro tavolo è pronto.» Pete assunse un'espressione sollevata quando Simon li portò al loro tavolo, che si affacciava sul patio in pietra e sul canale. «Non fa ancora abbastanza caldo per aprire il patio ai clienti. Qui va bene?» domandò il maître.

Pete indicò Jo con un cenno e disse: «È la sua serata.»

«Oh, mi scusi. Va bene, signorina?»

«È tutto perfetto, grazie,» replicò Jo.

Simon le tirò indietro la sedia e quando si fu seduta le posò un tovagliolo azzurro in grembo. «Posso portarvi un drink?» chiese.

Jo ordinò un Cosmopolitan e Pete un Johnny Walker Black con ghiaccio.

«A proposito, porti a me il conto quando avremo finito, Simon,» disse Pete.

«Mi scusi, Coach, ma la signorina ha già deciso di pagare per entrambi.»

L'allenatore le lanciò un'occhiataccia. «Non faccio pagare le donne al posto mio.»

«Questa notte, pagherò io,» insistette Jo, poi si appoggiò allo schienale e gli sorrise. *Perché mi piace tanto vederlo in difficoltà?*

«Pianifica sempre ogni mossa in anticipo?» chiese Pete.

«Faccio del mio meglio.»

Il coach scoppiò a ridere, poi il cameriere tornò con i loro drink e prese i loro ordini.

«Visto che paga lei, potrei anche prendere il filet mignon.» Pete la guardò dritta negli occhi, una luce maliziosa nello sguardo.

«Posso permettermi qualsiasi cosa lei voglia mangiare,» scherzò Jo, sostenendo il suo sguardo.

Lui sorrise divertito. «Allora, mi dica cos'ha imparato a St. Louis.»

«Vuole che le riveli i segreti della concorrenza?»

Pete si sporse verso di lei, puntellandosi sui gomiti. «Non lavora più per loro, quindi perché no?»

«Ho firmato un contratto con obbligo di riservatezza valido per sei mesi,» rispose Jo.

«Maledizione! Mi racconti di lei, allora.»

«Cosa vuole sapere?»

«Da dove viene? Ha dei fratelli? Degli amici? Quali sono i suoi cibi preferiti? Cominci da dove preferisce,» disse Pete, poi si appoggiò contro lo schienale della sedia e bevve un sorso del suo drink.

«Okay. Vengo da Perriville, una cittadina della California. Avevo un fratello maggiore, ma è morto prima che nascessi. Niente fratelli minori. Le mie due migliori amiche, Mitzi e Beth, facevano parte della mia sorellanza al college. E i miei cibi preferiti li scoprirà stasera,» rispose Jo.

«Cos'è successo a suo fratello? Se non le dispiace che glielo chieda,» domandò il coach in tono più gentile.

«Mi hanno detto che Bobby era il bambino perfetto. Ho visto alcune sue foto e sono d'accordo. Era bellissimo, grazioso, con un gran sorriso. Quando aveva dieci anni, morì in un incidente in barca. I miei genitori ne furono distrutti, Bobby era tutto il loro mondo. Hanno interi album pieni di foto delle loro gite insieme e dei momenti più importanti della sua infanzia.»

«Ma è terribile.»

«Dopo aver superato il lutto iniziale, i miei decisero che dovevano avere un altro figlio. Sfortunatamente, nacqui io,» continuò Jo.

Pete le prese la mano nella sua. «Perché dice così?»

«Io non sono Bobby. Ero così timida. Lui amava stare all'aperto, mentre io ero goffa e non ho sviluppato nessuna capacità atletica fino all'adolescenza. Non importava a quale squadra Bobby si unisse, ne diventava sempre il capitano e la stella. Io ero silenziosa, un topo di biblioteca, mentre lui era popolare e aveva tanti amici,» spiegò la donna.

«Se non l'ha mai incontrato, come fa a sapere tutto questo?» le chiese il coach.

«I miei genitori mi hanno raccontato tutto di lui. Ogni singolo dettaglio.»

All'improvviso, Jo si sentì la gola secca e dovette bere un sorso del suo Cosmo. L'espressione dolce di Pete indicava che la capiva, ma questo peggiorava solamente le cose. Con il tempo era diventata abile nel nascondere il dolore quando parlava di Bobby, ma quella sera non ci riusciva. Sentì le lacrime pungerle gli occhi e fece un lungo respiro per calmarsi.

«Sono sicuro che non può essere veramente così. Un genitore ama tutti i suoi figli,» tentò di rassicurarla Pete.

«Sono stata una grossa delusione. In primo luogo perché ero una ragazza, in secondo luogo perché ero io. Avevano perfino già scelto un nome da maschio, Joseph, ma l'hanno dovuto cambiare quando hanno scoperto che sarei stata una femmina,» ribatté lei.

«È per questo che è andata a Stanford e ad Harvard?» domandò l'allenatore.

Jo annuì. *Questa conversazione sta andando troppo sul personale, ma non riesco a smettere di parlare.* «Pensavo che se fossi stata la migliore, se fossi arrivata in cima, le cose sarebbero cambiate. Ma così non è stato.» Bevve un altro sorso per riprendere fiato.

«È una cosa terribile.»

«È una buona cosa che abbia quelle credenziali, e poi ho imparato molto sul duro lavoro.»

«E non ha mai voluto scoprire chi è veramente?» chiese Pete.

«Per quello mi sono fatta aiutare da alcuni professionisti, ma adesso non mi importa più come una volta. In ogni caso, ho seguito la mia strada. I miei volevano che diventassi avvocato ed entrassi in politica, ma io preferivo il football. Loro pensano che sia un'idea sciocca, quindi non ne parliamo spesso. In effetti, non parliamo spesso e basta,» rispose Jo.

«Dove sono i suoi genitori adesso?» Il coach la stava ancora tenendo per mano.

«Da qualche parte a fare turismo in Europa.»

«Quando torneranno?»

«Non ne sono sicura.»

«Passa le vacanze con loro?»

Jo scosse la testa. «Loro partono sempre per le vacanze.»

Pete corrugò le sopracciglia, facendo risultare ancora più evidenti le rughe che aveva sulla fronte, poi si portò le sue dita alle labbra. «Mi dispiace tanto,» sussurrò, stringendole la mano tra le sue.

«Non ci vediamo molto spesso, ed è meglio così,» ribatté lei.

Il cameriere riapparve con le loro Caesar salad. Jo esalò un lungo respiro tremante e Pete le diede un colpetto leggero sulla mano per confortarla, poi la lasciò andare.

Perché mi sono aperta con lui? Conosco appena quest'uomo, e poi siamo colleghi, non amanti. A volte, non so davvero quando stare zitta. Jo represse i suoi sentimenti e ammonì se stessa di non fidarsi tanto facilmente del Coach Bass. *Sta' attenta.* Eppure, la reazione comprensiva dell'allenatore di fronte alla rivelazione del suo segreto le scaldò il cuore. Forse, poteva confidarsi con lui. Forse.

«Mi dica delle sue ragazze,» gli disse, poi iniziò a mangiare, anche se non aveva più appetito.

L'espressione di Pete si fece radiosa e l'allenatore le fornì una breve storia della vita delle sue figlie.

«Non vorrei essere troppo diretta, ma cos'è successo a sua moglie?» gli chiese Jo, quando ebbe finito.

«Quando ci siamo conosciuti faceva la modella, ma dopo il parto le ci sono voluti due anni per tornare in forma. Una gravidanza con due gemelli non è una cosa semplice. Poi ha deciso che le mancava la sua vecchia vita e che voleva tornare indietro. Fare la madre non faceva per lei. Non tutte le donne hanno l'istinto materno,» rispose Pete.

«È vero,» concordò Jo, poi mangiò una forchettata di lattuga.

«Così se n'è andata e ha lasciato le ragazze a me,» concluse il coach.

«Dev'essere stato difficile crescerle da solo. Come mai non si è risposato?»

«Sa com'è il football. Durante la stagione sportiva, avevo appena il tempo sufficiente per fare l'allenatore e prendermi cura delle ragazze, figuriamoci uscire con una donna. E andare alla ricerca di una relazione seria, cercare una madre per le mie figlie? Non erano in molte a volere quel lavoro.»

«La ammiro. Questa sì che è dedizione,» commentò Jo.

Pete incrociò le dita e le sollevò in alto. «Per ora, va tutto bene. Entrambe studiano ancora, hanno voti abbastanza buoni e non sono incinte.»

Jo rise. «Scommetto che lei è un ottimo padre.»

«Fare il coach, fare il genitore... non è poi così diverso.»

Il cameriere portò le portate principali, rimosse dal tavolo i piatti d'insalata vuoti e vi appoggiò sopra il pollo al Marsala con contorno di rigatoni e carote glassate di Jo. Pete, invece, aveva ordinato una bistecca con patate al forno e broccoli.

Mangiarono in silenzio, studiandosi con sguardi amichevoli e curiosi. Quando Jo leccò via un po' di salsa che le era rimasta sul labbro inferiore, notò che lo sguardo di Pete seguiva la sua lingua. *Vuole baciarmi.* Sentì la temperatura alzarsi e si ritrovò a fissargli la bocca, chiedendosi come sarebbe stato premere le labbra contro le sue. Il cameriere interruppe quei pensieri sensuali portando una bottiglia di vino.

Jo alzò il bicchiere e fece un brindisi: «Al Coach Bass. Grazie per aver appoggiato il programma per la gestione della rabbia. Non se ne pentirà.» Pete fece tintinnare il bicchiere contro il suo e poi bevvero entrambi.

Poi fu l'allenatore a proporre un brindisi: «A Jo Parker. La miglior assunzione mai decisa da Lyle Barker.» L'ampio sorriso che aveva sulle labbra gli illuminava gli occhi e le diede la pelle d'oca.

Per un po' parlarono solo del cibo, poi delle selezioni dei Kings e infine del ritiro. Pete le parlò approfonditamente dei suoi obiettivi per quell'anno e Jo lo ascoltò e gli fece qualche domanda. Il fatto che il coach avesse deciso di discutere di quegli argomenti con lei la fece sentire euforica: tutto quello che voleva era essere presa sul serio, e non era una cosa facile da ottenere, per un donna che lavorava nella NFL.

Simon venne a portare il menù dei dessert e ad accendere una candela al loro tavolo.

«Io sono piena,» disse Jo, dandosi un colpetto sullo stomaco.

«Hanno le fragole affogate nel cioccolato col Madeira, sono fantastiche. Vuole dividere con me?» Pete le prese la mano nella sua.

«Ottima idea. Per me niente caffè, devo ancora finire il vino,» rispose la donna.

L'allenatore concordò con lei, continuando a tenerla per mano. La luce della candela si rifletteva nei suoi occhi marrone chiaro, facendoli risplendere, e Jo non riuscì a non fissare il suo viso affascinante, la sua mascella forte e la sua bocca sensuale. Pete intrecciò le dita con le sue e Jo si appoggiò allo schienale della sedia, i muscoli completamente rilassati. Sentì lo sguardo del coach su di lei, lo ricambiò e lo sostenne. Qualcosa attraversò l'aria tra di loro e le si diffuse in tutto il corpo in una breve scintilla d'elettricità.

Arrivarono le fragole.

Pete ne prese una e gliela portò alla bocca. «Prima le signore.»

Jo la mordicchiò e leccò via il succo prima dalle proprie labbra e poi dal dito del coach. Pete spalancò gli occhi, le guance arrossate dall'imbarazzo, e la donna finì rapidamente l'enorme frutto e si pulì le labbra con il tovagliolo.

Dopodiché, fu Jo a portare una fragola alla bocca di Pete. L'allenatore le tenne ferma la mano e leccò e succhiò il succulento frutto finché la donna non pensò che l'avrebbe fatta impazzire. Un calore quasi insopportabile le dilagò nel petto, facendole inturgidire i capezzoli, e poi scese più giù.

Erano rimaste solo quattro di quelle fragole gigantesche e le finirono in fretta. Simon le portò lo scontrino dell'American Express e lei si affrettò a firmarlo, ansiosa di uscire a respirare l'aria fresca della sera. Quando Pete le tenne il cappotto per aiutarla ad indossarlo, le sfiorò le spalle solo per un secondo, ma lei lo notò comunque. Aveva assaggiato le sue dita e ora voleva di più, ma erano lì per affari, anche se non erano stati molto professionali durante la cena.

Jo mise in moto e uscì dal parcheggio. Erano le nove e mezzo di sera e quasi non c'erano macchine per strada. Pete la guidò lungo la scorciatoia e lei rallentò, così arrivarono a casa dell'allenatore in sicurezza.

Pete la fissò aggrottando le sopracciglia. «Le va di entrare a prendere un caffè? Immagino che il vino potrebbe essere stato un po' troppo, eh?»

Jo annuì, grata che l'oscurità della sera nascondesse il rossore del suo viso. Il coach aprì la porta e accese le luci, poi le prese il cappotto.

«Decaffeinato?» le chiese, buttando le chiavi in un recipiente accanto alla porta, poi si diresse in cucina e si tirò su le maniche.

«No, grazie. Lo voglio con un sacco di caffeina,» rispose Jo, seguendolo.

«Un espresso, magari?»

La donna agitò la mano come per scacciare quell'idea. «Troppo forte.»

Quando ebbero riempito due tazze di caffè, Pete andò alla finestra, senza accendere la luce. «Venga a dare un'occhiata,» la invitò, tendendole la mano.

Jo gli permise di attirarla contro di sé.

L'allenatore le passò un braccio sulle spalle. «Non è bellissimo?»

Jo osservò la strada luccicante tracciata dalla luce della luna che si rifletteva sull'acqua. La vista del mare riusciva sempre a calmarla e quel momento non fece eccezione: il cuore le si riempì della sensazione di essere al sicuro e accettata. Pensieri colmi di scetticismo tentarono di scacciare quella felicità, ma lei non li ascoltò.

I due bevvero in silenzio, guardando l'oceano e ascoltando la ninnananna delle onde.

«Amo l'acqua,» disse Jo.

«Davvero?» Pete si chinò su di lei per guardarla negli occhi.

La donna annuì. «Una volta andavo in spiaggia a casa di mia nonna. Viveva a Westchester e i miei genitori mi spedivano lì tutte le estati. Era bellissimo.»

Il coach le posò un bacio sulla cima della testa. Jo finì il caffè e posò la tazza sul davanzale della finestra, poi si girò, gli passò le braccia attorno alla vita e gli appoggiò il viso contro il petto. Il calore del suo corpo penetrò oltre il cotone leggero e le scaldò la guancia e il suo odore, che sapeva di virilità e camicia appena stirata e dopobarba alle spezie, le solleticò il naso.

Anche Pete posò la sua tazza e la abbracciò. Rimasero così per qualche minuto, aggrappandosi l'uno all'altro in silenzio. Poi, l'uomo si schiarì la gola, e quella vibrazione riverberò nel corpo di Jo. Pete guardò in giù verso di lei e le fissò la bocca, poi si chinò leggermente come se volesse baciarla, ma all'ultimo momento si fermò.

«Lo vuoi? Voglio dire... non ti dispiace?» chiese. Aveva la fronte lucida di sudore. «È solo che non vorrei essere denunciato per molestie sessuali.»

Jo lo trascinò più giù verso di lei. «Io non denuncio te, se tu non denunci me.»

Pete rise, poi le sfiorò le labbra con le proprie. Le passò delicatamente la lingua sul labbro inferiore e Jo aprì la bocca, permettendogli di entrare e di cominciare lentamente ad esplorare. La sua lingua sapeva di caffè delizioso e scotch raffinato, e lui la sedusse muovendo la bocca con delicatezza e sinuosità. Le posò una mano sul collo, chiudendo le dita con straordinaria gentilezza e accarezzandole la gola sensibile con il pollice.

Jo si sciolse sotto il suo tocco e si premette contro di lui, desiderando di avere di più. Pete lasciò scivolare giù la mano finché non le posò il pollice sulla clavicola, poi si ritrasse e la guardò negli occhi. Le dita della sua mano libera le accarezzano la vita da sopra il maglioncino provocante. Jo moriva dalla voglia di sentirle muoversi più su, ma si trattenne. L'espressione famelica sul viso del coach le mandava a fuoco tutto il corpo, ma una vocina nella sua testa le diceva di frenare.

Pete mormorò con voce roca: «Dovremmo fermarci. A meno che tu non voglia. Insomma, siamo adulti. Adulti consenzienti, nella privacy di... ma non voglio farti pressione o metterti fretta, se non vuoi.» Finì la frase quasi balbettando e con il collo arrossato dal desiderio, chiaramente troppo eccitato per riuscire a parlare.

«Oh, ma io lo voglio. Anche se magari non questa sera,» ribatté Jo.

Il coach la lasciò andare e si avvicinò di più alla finestra. «Ma certo. Non ci conosciamo molto bene, lavoriamo insieme e ci sono un migliaio di altre ragioni per cui non dovremmo spingerci oltre. Lo capisco.»

Un'ondata di delusione la travolse e il freddo creato dall'assenza del suo corpo le gelò l'anima. *Hai preso la decisione giusta.* «Non un migliaio di ragioni, magari solo una o due.»

«Non hai paura di me, giusto?» domandò Pete.

Jo scoppiò a ridere. «Certo che no.»

«Quindi quella non è una delle ragioni?»

La donna scosse la testa. «Non mi piace bruciare le tappe. Sei un uomo molto attraente, anche se sono sicura che te lo sarai sentito dire un mucchio di volte...»

«Non mi stanco mai di sentirlo,» rise Pete.

«Ma non posso lasciarmi travolgere dalla lussuria, potrei distruggere la carriera che ho lavorato così duramente per costruire.»

«Io non ti ferirei mai. Mai. Qualsiasi cosa succeda,» dichiarò l'allenatore, appoggiando la schiena contro il muro.

«Anche se io ti lasciassi e poi iniziassi ad uscire con qualcun altro? Con un membro della squadra?» chiese Jo.

Pete inspirò forte. «Sarebbe difficile da accettare. Potrei incazzarmi, incazzarmi un sacco, ma non proverei mai a farti licenziare o roba del genere.»

«O a sabotare me o un mio progetto?»

«No, non è il mio stile. In effetti, di solito sono io quello che se ne va.»

Jo rise di nuovo. «Davvero? È buffo. Allora non hai esperienza in merito e non sapresti cosa fare.»

«Cavoli, vivo da solo da quarantadue anni. Di certo so cosa non farei,» ribatté Pete.

La donna gli si avvicinò muovendosi in modo seducente e lo guardò dritto negli occhi. «È curioso quello che la passione può fare, quando si trasforma nel suo contrario.»

«Non abbandonerei tutti i miei standard,» le assicurò il coach.

«Ti piace vincere.»

«Sul campo.»

«Nella vita.»

«Sono stato con abbastanza donne per capire che ognuna di loro non sarà per forza l'ultima.»

«Ahi!»

«Mi dispiace, non volevo insultarti,» le disse Pete, e la abbracciò. «Dio, hai davvero un buon profumo,» le sussurrò tra i capelli.

«Sì, non volevi offendermi. Lo capisco,» disse Jo.

«Tu sei diversa.»

«Oh? Pensavo di essere solo un'altra donna in cui ti sei imbattuto per caso.»

«No. Sei bellissima e intelligente e conosci il mio sport. Sei unica.»

«Grazie.» Jo chiuse gli occhi e si lasciò andare di nuovo tra le braccia del coach, che le accarezzò la schiena. La donna alzò lo sguardo su di lui e si liberò dal suo abbraccio. «Il caffè ha fatto il suo lavoro. Penso che sia meglio che vada... mentre ancora posso.»

Pete annuì e disse: «Ti prendo il cappotto e ti accompagno alla porta.» Le tenne il cappotto mentre lei lo infilava, poi la prese tra le braccia, si chinò su di lei e le diede un bacio sul collo. Jo gettò la testa all'indietro e gliela appoggiò sulla spalla. Il tocco leggero come una piuma delle labbra di Pete la fece rabbrividire.

«Scusa,» disse il coach, raddrizzandosi. «Devo essere stato un vampiro in un'altra vita, perché non riesco a resistere ad un bel collo.»

Quando Jo si girò, lui la attirò a sé e le diede un bacio pieno di pura passione, piegando la testa per approfondirlo ancora di più. Poi tutto finì. Lo sguardo brillante di lussuria di Pete incontrò il suo. *Un altro appuntamento e sono fregata.* L'allenatore aprì la porta e la lasciò uscire per prima.

«Grazie per la cena,» disse, poi le chiuse la portiera.

Jo abbassò il finestrino, ma prima che potesse dire qualcosa, lui la baciò di nuovo e le posò una mano sulla guancia. Poi non sentì nient'altro che l'aria fresca.

«Chiamami quando arrivi a casa, così saprò che non ti è successo niente per strada,» le disse Pete.

Jo annuì e mise la retromarcia. Guidò lungo la strada vuota fino ad arrivare a casa, la mente piena di pensieri. Un mucchio confuso di disorganizzate, sensuali, provocanti visioni le si affollò davanti agli occhi. Era sempre stata un tipo molto abbottonato. Fin da quando aveva otto anni, aveva imparato a tenere in ordine la sua stanza e i suoi progetti scolastici.

L'organizzazione era la base del successo, come si era ripetuta migliaia di volte. Adesso, però, i suoi pensieri erano un ammasso confuso e disorganizzato, un mucchio di sentimenti che percorrevano tutto lo spettro che andava dalla felicità al terrore. Era come se avesse cercato di infilare il piede in una scarpa del numero sbagliato. Non era quella, la Josephine Parker che conosceva. Quella era solo un animale primitivo che voleva arrendersi alla lussuria e fregarsene delle conseguenze.

Ma la vista, il sapore, il tocco e il profumo di quell'uomo erano più che una semplice tentazione, la ipnotizzavano e la seducevano. La sua sicurezza e quel lento bacio promettevano un'esperienza in camera da letto che lei non aveva mai sperimentato prima. E lei desiderava quell'esperienza e desiderava lui. Desiderava dargli tutta se stessa per tutta la notte, assaggiarlo e lasciare che lui la assaggiasse, raggiungere l'estasi con lui, fare l'amore con lui fino al sorgere del sole.

Quella nuova sensazione la scosse nel profondo. Una parte di lei aveva abbandonato la controllata, distante, diffidente e professionale Josephine Parker per diventare la lussuriosa e sensuale Jo Parker che voleva assolutamente avere quell'uomo... *e al diavolo le conseguenze*. E questo la spaventava a morte.

Capitolo Quattro

Pete si spogliò fino a rimanere in boxer, poi si infilò i calzoncini che metteva per andare a correre. Non si preoccupò di infilarsi anche una maglietta e si incamminò verso la spiaggia. Non riusciva assolutamente a prendere sonno, dopo il suo bollente incontro con Jo Parker, e correre gli avrebbe permesso di schiarirsi la mente e di calmare il proprio corpo.

Si avvolse un elastico con attaccate le chiavi di casa attorno al polso e uscì. Mentre camminava lungo il sentiero che portava alla battigia, ripensò a Jo. *Cristo, non riesco a togliermela dalla testa!* Rinfrescato dall'aria della sera, iniziò a correre. Sapeva che quella donna era sexy, ma il modo in cui si era lasciata andare tra le sue braccia l'aveva, beh, sorpreso non era la parola giusta. Non aveva mai pensato che potesse cedere senza che ci fosse bisogno di impegnarsi per sedurla. Fiori, dolcetti, cene fuori... ora Pete poteva scordarseli. Il loro prossimo appuntamento sarebbe terminato nel suo letto.

Il coach non vedeva l'ora. Cercò nella sua memoria ma non riuscì a ricordare un'altra occasione in cui si era eccitato tanto in fretta: Jo l'aveva avuto in pugno non appena era entrata in casa con indosso quel maglione. *Merda, riuscivo a malapena a non fissarle o palparle il seno.* Quando la donna aveva insistito per vedere la sua camera da letto, la lussuria gli aveva fatto ribollire il sangue nelle vene. Lì, con il mare da una parte e la provocante Jo Parker ad un metro dal suo letto dall'altra, aveva dovuto sforzarsi per mantenere l'autocontrollo e ignorare le proteste del suo uccello.

Ci era riuscito, però. Poi, erano andati a cena. Ricordò quello che Jo gli aveva raccontato riguardo a suo fratello e sentì una fitta al cuore, pensando a quella bambina che aveva desiderato tanto disperatamente l'approvazione dei suoi genitori, un'approvazione che a quanto sembrava non aveva mai ottenuto.

Ripensò alle sue ragazze e a quanto ci tenevano a sapere cosa pensava di ogni loro più piccolo successo, dal fare una torta di fango perfetta al vincere una gara di spelling o una partita di pallavolo. Che si trattasse dei vestiti che sceglievano per andare a scuola o del loro pezzo al saggio di danza, Pete aveva sempre annuito con approvazione e le aveva incoraggiate fin dall'inizio. Si chiese come Jo fosse riuscita ad arrivare così lontano senza nulla del genere. *Dev'essere stato difficile.*

Era successo qualcosa, quando Jo si era aperta con lui. Aveva smesso di essere semplicemente una donna intelligente e carina che Pete voleva portarsi a letto ed era diventata qualcosa di più, qualcuno che aveva raggiunto il successo nonostante tutti gli ostacoli e che lui ammirava per questo. Forse aveva bisogno di lui e della sua approvazione, la sua guida, il suo aiuto. Quel semplice fatto la rendeva irresistibile, non solo per le sue parti basse ma anche per il suo cuore.

Non aveva programmato di cambiare direzione in quel modo. Quello che voleva all'inizio da Jo Parker non era amore, ma una collaborazione sia in sala riunioni che in camera da letto. Voleva un'avventura con lei, e il suo cervello era collegato direttamente al suo uccello, senza deviazioni. In quel momento, però, cestinò quel piano, perché ormai era troppo tardi per lasciare il cuore fuori dall'equazione.

Accelerò fino a farsi venire il fiatone, spingendo il suo corpo al limite. Quella donna gli era entrata nel sangue e, per quanto corresse, non sarebbe mai riuscito a scacciarla. L'aveva infettato come un virus da cui avrebbe dovuto riprendersi lentamente. Non esisteva un antidoto, né una cura. Innamorarsi di Jo Parker l'aveva fatto cadere in un limbo: era come salpare per un mare inesplorato, frastornato ed eccitato e spaventato a morte, ma anche come salire sulle montagne russe, perché non poteva scendere prima di aver finito il giro.

Pete tornò a casa alle undici, si fece la doccia e andò a letto. Si addormentò rapidamente e fece sogni seducenti sulla deliziosa Jo. Quando si svegliò, si sentì rinvigorito dopo aver passato la notte a fare l'amore con lei nei suoi sogni.

Passò la domenica guardando filmati di altre squadre, leggendo il giornale e andando di nuovo a correre, ma continuava a pensare a Jo. La giornata gli pareva infinita e continuava a fare su e giù per la villetta come un animale in gabbia, contando le ore che mancavano prima di poterle stare di nuovo vicino, annusare il suo profumo e ascoltare la sua lieve risata. Andò a dormire presto, pensando che il sonno l'avrebbe portato più vicino a vederla.

Lunedì mattina si vestì con più cura del solito ed entrò negli uffici dello stadio fischiettando.

Il suo telefono squillò e vide che era una chiamata di sua figlia Alyssa. «Ciao, Lyssa. Che c'è, tesoro?» chiese.

«Niente,» rispose lei.

«Non chiami mai se non hai un motivo per farlo. Ti servono soldi?»

«Beh, c'è questa piccola gita a cui io e Lexie vorremmo partecipare,» ammise Alyssa.

«Che tipo di gita? Una scolastica?»

«Più o meno, ma non esattamente.»

Pete raddrizzò la schiena, allarmato. «Allora cos'è, esattamente?»

«La scuola vuole che visitiamo un paio di musei d'arte. Bobby e Sam vogliono andare a Sailorsville, dove faranno una mostra molto figa, ma ci servono soldi per il motel e il cibo e roba del genere.»

«E chi sarebbero Bob e Sam?»

«Bobby è il nuovo ragazzo di Lexie, e Sam è il mio.»

«E voi avete intenzione di stare in motel con quei ragazzi?» chiese Pete.

«Beh, io e Lexie potremmo dividere una stanza.»

«Perché credo che non succederà?»

«Papà, non siamo più bambine,» si lamentò Lyssa.

«Non pagherò perché possiate passare un weekend proibito con dei cazzoni del college in preda agli ormoni. Scordatelo,» ribatté il coach.

«Ma papà...»

«Non succederà mai, Lyssa. Sono sorpreso che tu abbia avuto anche solo la faccia tosta di chiedermelo, e non mi importa se sei arrabbiata. Passa il tuo tempo in biblioteca, non in camera da letto.»

Sua figlia riattaccò e Pete richiuse il telefono, sentendo il buonumore che svaniva come nebbia sotto il sole di agosto.

La testa di Jo fece capolino nel suo ufficio con un sorriso largo quanto il fiume Delaware sulle labbra. «Buongiorno,» lo salutò

Pete le lanciò un'occhiataccia, irritato dalla sua allegria. *Come può essere contenta in un momento simile?*

«Yuhuu. Coach Bass, ci sei?» chiese la donna, entrando.

«Sesso, sesso, sesso. Perché è l'unica cosa a cui pensano i collegiali di questi tempi? Cos'è successo allo studio? Ai balli? Nah, a loro importa solo sudare tra le lenzuola e mettersi insieme. Maledetti figli di puttana arrapati del college.» L'allenatore si alzò e si precipitò fuori dalla stanza, lasciandosi dietro una Jo dall'aria confusa.

* * * *

Il Coach Bass organizzò una riunione alla quale partecipò la maggior parte della squadra. Dopo la fine della stagione, i giocatori andavano in vacanza verso la fine di giugno o l'inizio di luglio, quando chiudevano le scuole. Perfino quelli single avevano bisogno di prendersi un po' di tempo per rilassarsi prima di entrare in azione. La sala conferenze era piena.

«La farò breve. Voglio parlarvi del programma sulla gestione della rabbia,» annunciò Pete.

Qualcuno in fondo alla stanza lo fischiò e alcuni altri giocatori si unirono al disturbatore.

Il Coach Bass alzò una mano per chiedere il silenzio. «Ascoltate! Lasciate che vi spieghi! Abbiamo cambiato il piano. Ho lavorato a stretto contatto con la signorina Parker per questo...»

«Quanto stretto?» ridacchiò Trunk Mahoney.

Pete gli lanciò un'occhiataccia, ma non poté impedirsi di arrossire. «Zitti e ascoltate. Cancelleremo la penale per chi non vorrà aderire.» I suoi ragazzi esultarono. «Silenzio! Invece, vi offriremo un bonus. Chiunque parteciperà a tutte e cinque le sessioni riceverà un premio di cinquemila dollari.»

Un mormorio stupito attraversò la folla. «Esatto. Sono mille dollari per sessione, ma li avrete solo se parteciperete a tutte e cinque. La prima sessione durerà due ore e sarà una specie di introduzione. Poi verrete divisi in gruppi da otto o dieci per le altre quattro,» continuò l'allenatore.

«Possiamo scegliere i membri del nostro gruppo?» domandò Bull. «Perché io non voglio stare con Mahoney. Puzza.» Gli altri giocatori scoppiarono a ridere.

La porta si aprì e Jo, accompagnata da un'altra donna, si unì al gruppo. Pete le lanciò uno sguardo e lei rispose alla domanda di Bull: «Mi dispiace, ragazzi, ma non avrete scelta. Creeremo noi i gruppi. Questa è la dottoressa Wendy McMillan, sarà lei a dirigere le sessioni.» Poi Jo fece un passo indietro e una bella donna sui quarant'anni con lunghi capelli color del miele e una figura snella fece un passo avanti e alzò la mano.

«Perché non l'ha detto subito?» gridò un giocatore dal fondo della stanza.

Ignorando il disturbatore, Jo proseguì: «Il Coach Bass farà passare un foglio delle presenze e io appenderò l'orario sul muro accanto alla palestra. Segneremo le presenze ad ogni incontro. Grazie.» Uscì di nuovo dalla luce dei riflettori.

La dottoressa McMillan passò dieci minuti a rispondere alle domande dei giocatori e poi l'incontro si concluse e i ragazzi si misero in fila per firmare il foglio. Pete si diresse verso il suo ufficio, le sopracciglia aggrottate: la sua mente era occupata da una lunga lista di faccende che doveva sbrigare prima di andarsene quella sera. Una voce lieve lo fece trasalire.

«È un piacere incontrarla, Coach Bass,» lo salutò Wendy McMillan, affiancandolo.

Pete girò la testa e incrociò il suo sguardo. Istintivamente, abbassò lo sguardo per un secondo alla ricerca di una fede nuziale, ma la donna non ne portava nessuna. *Vecchie abitudini.* Ridacchiò tra sé e sé.

«Che c'è di divertente?» chiese la dottoressa.

Il coach agitò una mano con aria noncurante. «Niente. Anche per me è un piacere conoscerla.»

«Ho bisogno di passare un po' di tempo con lei, prima di cominciare le sessioni con la squadra. Stasera potrebbe venire a mangiare un hamburger con me?»

«Certo. Conosce un posto che si chiama The Savage Beast?»

«Su Main Street?»

«Sì. Ci possiamo vedere lì alle sette?»

«Perfetto,» rispose la dottoressa.

«Devo solo finire di fare un paio di cose,» disse Pete.

«Benissimo.»

L'allenatore lasciò la donna e tornò nel suo studio, dove si lasciò cadere sulla sedia e si rilassò. *Che vuole Wendy McMillan da me?* Guardò verso la porta e vide passare Jo. La P.R. gli lanciò uno sguardo gelido ma non si fermò, così lui si alzò subito in piedi e la seguì. Lei si sedette alla sua scrivania e si voltò, dandogli le spalle. *Cristo? Che c'è che non va?* «Che succede?» le chiese.

«Niente,» rispose Jo, poi tornò ad ignorarlo e sistemò le carte sulla scrivania.

Pete aggrottò le sopracciglia, accigliandosi. «A me non sembra niente,» ribatté.

La donna girò la sedia per guardarlo in faccia. «Che vuoi dire?»

«Ehi, se è per quello che ho detto stamattina, mi dispiace. Non era diretto a te, ma solo ai ragazzini arrapati che ci provano con le mie figlie,» rispose il coach.

«No, avevo capito che era una cosa di famiglia.» L'atteggiamento di Jo non cambiò, però.

«Sei incazzata per qualcosa. Sputa il rospo.»

«Per niente. Sei un uomo libero, quindi non c'è problema.» La voce della donna era così fredda che avrebbe potuto congelare un pezzo di carne.

«Te l'ha mai detto nessuno che sei una pessima bugiarda?»

Jo gli lanciò un'occhiataccia e Pete le si avvicinò, la prese per il braccio e la fece alzare dalla sedia, tirandosela contro finché i loro petti non si sfiorarono.

«Che c'è che ti preoccupa?» le chiese, con voce bassa e intensa.

«Niente,» rispose lei con sguardo gelido e vitreo.

«Non chiudermi fuori, Jo.»

«Non lo sto facendo. Mi sembra solo che tu preferisca passare del tempo con Wendy McMillan invece che con me,» ribatté Jo, tirando su con il naso.

Pete rise, le lasciò il braccio e le passò il suo sopra le spalle, poi la abbracciò e le diede un bacio sulla cima della testa. «Non preoccuparti, lei non è niente in confronto a te.»

Vennero interrotti da una voce sommessa. «Ci vediamo alle sette,» disse Wendy, facendo capolino per un attimo con la testa dentro l'ufficio.

Merda. «Certo,» rispose il coach.

Jo lo spinse via e lo fissò con un sopracciglio inarcato.

«Andiamo solo a mangiare un hamburger insieme e discutere del programma, della squadra e di cose del genere. Non è un appuntamento,» le assicurò Pete.

«Sono affari tuoi,» ribatté la P.R., liberandosi dalla sua stretta, in un tono di voce tanto freddo da arrivare a trenta gradi sottozero.

È gelosa? Può essere una cosa positiva, giusto? «Che ne dici di sabato?» le chiese Pete, con il cuore che gli batteva all'impazzata.

Jo lo fissò con uno sguardo gelido. «Che succede sabato?»

«Lascia che ti porti a cena,» rispose il coach.

«Ho già altri programmi.» Jo si voltò, dandogli le spalle.

«Programmi? Esci con qualcun altro?» Pete sentì il cuore battergli ancora più velocemente.

«Il fatto che io abbia dei programmi non significa per forza che ci sia un altro uomo.»

«Oh? E allora, che cosa significa?»

«Significa che devo fare qualcosa. A casa mia.»

«E se venissi a casa tua e ti portassi la cena?» Pete capì che Jo era indecisa. *Ho ferito il suo orgoglio.* «L'appuntamento del sabato sera è quello più importante,» cercò di convincerla.

Un lieve sorriso apparve sulle labbra della donna. «Beh, forse sì. Okay,» accettò.

«Ottimo! A che ora?»

«Faccio il chili. Vieni dopo l'una, a qualsiasi ora tu voglia,» rispose Jo.

«Adoro il chili. Il vino lo porto io. È un appuntamento, allora,» concluse Pete, poi tornò nel suo ufficio e sospirò. *C'è mancato poco. Wendy è davvero interessata a me? Non riuscirei a gestire due donne, vero?*

* * * *

Jo mise il guinzaglio a Daisy e la portò a fare una passeggiatina prima di cena. Era venerdì e lei era esausta: aveva intenzione di scaldare qualcosa al microonde e poi chiamare la sua amica Mitzi, che viveva sulla Costa Ovest.

Daisy non mostrava alcun segno di stanchezza, così camminarono più a lungo del solito. Jo aveva molte cose a cui pensare e i momenti in cui usciva con il suo cane erano i migliori per concentrarsi. Nonostante gli sforzi per tenerlo a distanza, il Coach Bass era diventato la sua ossessione. Innamorarsi di lui era stata una cattiva idea, considerato che lavoravano insieme. Quell'incarico era il lavoro dei suoi sogni e una relazione fallita con Pete Sebastian avrebbe potuto mandare tutto in rovina, quindi doveva essere forte e resistere all'irresistibile. Suo padre una volta l'aveva definita *dura come la roccia*, ma Jo sapeva che si trattava solo di apparenza.

Sembrava che anche Wendy McMillan fosse interessata al Coach Bass. L'ultima cosa che voleva fare era litigare per via di un uomo: non aveva mai avuto bisogno di farlo e non aveva intenzione di cominciare adesso. D'altra parte, andarsene e lasciare campo libero a Wendy sarebbe stato da smidollati, e Jo non era una smidollata e non si era mai tirata indietro davanti a una sfida.

Tutti i suoi amici le avrebbero detto che innamorarsi del Coach le avrebbe portato solo guai. Fin dall'inizio, l'allenatore aveva già segnato tre strike: le sue gemelle probabilmente non l'avrebbero mai accettata e Pete stesso avrebbe potuto farla licenziare o mollare tutto quando Jo avrebbe avuto più bisogno di lui, come la maggior parte degli uomini venuti prima di lui.

Eppure Pete Sebastian era così sexy, con quelle spalle larghe e quegli occhi che la spogliavano con lo sguardo, e aveva anche appoggiato il suo programma per la gestione della rabbia. Il suo dietrofront l'aveva presa di sorpresa e aveva fatto sì che non riuscisse più a toglierselo dalla testa.

Aveva scalfito il ghiaccio che circondava il suo cuore e questo la spaventava. *Mitzi mi aiuterà.* Jo fece rientrare Daisy in casa e spazzolò il misero pasto che si era preparata, poi si versò un bicchiere di Cabernet Sauvignon e chiamò la sua amica.

«Non ci crederai mai, Jo,» cominciò Mitzi.

«A cosa? Ci sono buone notizie?» chiese Jo.

«Le migliori!» strillò la sua amica.

«Cosa? Cosa? Dimmelo!» Di fronte alla gioia di Mitzi, la P.R. mise da parte le sue preoccupazioni.

«Mi sono fidanzata!»

Jo alzò le sopracciglia. «Fidanzata! Con chi?»

«Ti ricordi quel bel banchiere di cui ti avevo parlato?»

«Sì?» Jo sorseggiò il suo vino.

«Mi ha fatta cadere ai suoi piedi e ora ci stiamo per sposare!» rispose la sua amica.

«Ma è meraviglioso! Da quanto state insieme?»

«Sei mesi, ma è un tempo abbastanza lungo, non credi?»

«Certo. Se tu sei felice, anch'io sono felice. Quando vi sposate? Come si chiama?» Jo appoggiò i piedi su una sedia.

«Non abbiamo ancora deciso una data, ma non abbiamo fretta. Lui si chiama Neil.»

«Siete stati molto saggi.» Jo si morse il labbro, non voleva che Mitzi venisse ferita di nuovo.

«So cosa stai pensando, ma lui non è come Skip. Non si assomigliano per niente.»

La P.R. si alzò in piedi e andò in soggiorno. «Ho detto qualcosa?»

«Te l'ho sentito nella voce. Pensi che forse sto facendo un errore,» rispose Mitzi.

«Mi fido del tuo giudizio. Voglio che tu sia felice, Mitzi, e se Neil è quello giusto, allora tutto questo è fantastico,» ribatté Jo.

«Ne sei sicura?»

«Ehi, sei tu che devi esserne sicura, non io. Io non l'ho nemmeno ancora incontrato.»

Ci fu un lungo attimo di silenzio.

«Lo so, ma abbiamo un sacco di tempo per rimediare,» disse infine Mitzi.

«Anch'io ho conosciuto qualcuno,» le confidò Jo.

«Davvero?»

«Sì. Forse. Non lo so. Penso che mi potrebbe mettere nei guai,» tentennò la P.R.

«Pensi sempre che tutti possano metterti nei guai,» protestò la sua amica, tirando su con il naso.

Jo ridacchiò. «Di solito ho ragione.»

«Ma non vuoi sposarti e avere figli?»

«Certo che sì, ma trovare l'uomo giusto è difficilissimo.»

«Soprattutto se li giudichi tutti così duramente. Cavoli, con te gli uomini arrivano al terzo strike ancora prima di battere,» scherzò Mitzi.

«Bella metafora, anche sei hai sbagliato sport. Vedremo come va,» replicò Jo.

«Lui è sexy?»

«Oh Dio, sì. È l'allenatore.»

«L'allenatore dei Connecticut Kings?»

«Già. Ti prego, non dirlo a nessuno.»

«Non lo farò. Certo che sei una che vuole arrivare subito al top, non è vero?»

«Non sono riuscita a trattenermi. Appena è entrato nel mio ufficio, è stato... lui era... beh, lo sai. Dev'essere stato un po' come per te e Neil, un'attrazione istantanea,» cercò di spiegare Jo.

«Buona fortuna, e non mandare tutto a puttane,» le augurò Mitzi.

«È bello sapere che hai tanta fede in me,» rise lei. «Allora, quando potrò incontrarlo?»

«Non lo so. Vedremo.»

«Posso venire da voi per il weekend quando vuoi, basta che tu me lo dica.»

«Siamo un po' occupati con i preparativi per il matrimonio e tutto il resto,» ribatté Mitzi.

Stavolta fu Jo a rimanere in silenzio.

«Okay, allora. Uh, il Coach Bass sta arrivando, quindi ora devo andare,» concluse.

Le due donne si salutarono e riattaccarono.

Com'è che non mi ha mai parlato di quel tipo? Jo corrugò la fronte. *Cos'è che Mitzi mi sta nascondendo?* Mise da parte la preoccupazione per la sua amica e guardò un film. Alle undici, era già a letto e dormiva profondamente con Daisy rannicchiata al suo fianco.

* * * *

La mattina dopo, Jo saltò giù dal letto alle sette e poi, dopo aver buttato gli ingredienti per il chili nella pentola a cottura lenta, mise il guinzaglio a Daisy e la portò a fare una corsa. Quando tornò a casa, si fece la doccia e si infilò un vestitino in jersey elasticizzato, senza mettersi le mutandine, poi raccolse i capelli in una crocchia non troppo stretta sulla cima della testa. Aveva del lavoro da fare.

Tirò fuori dall'armadio una borsa piena di lana, poi estrasse il primo pezzo, lo sistemò sul tavolo e tracciò un motivo sulla stoffa. Tagliò il materiale con cura e preparò la macchina da cucire. Stava lavorando a dei cappottini per i carlini, dei modelli disegnati per adattarsi alla loro forma insolita e ai loro petti bassi. Appiccicò delle chiusure in velcro nei punti più appropriati. Avrebbe venduto i cappottini e raccolto soldi per il Connecticut Valley Pug Rescue.

Il campanello suonò all'una in punto. La crocchia di Jo aveva iniziato ad allentarsi e i capelli biondi le ricadevano sul collo, facendole il solletico. Non si era truccata ed era scalza, con le unghie laccate di rosa scuro in bella mostra mentre camminava a piedi nudi sul pavimento. *Chi diavolo è?*

Quando guardò fuori dallo spioncino, vide il Coach Bass con in mano un bouquet di rose rosa chiaro e quella che sembrava una bottiglia in una borsa di carta marrone. *Merda! Non posso lasciare che mi veda così!* Il campanello trillò di nuovo e Jo aggrottò le sopracciglia, ma aprì le serrature e schiuse la porta di qualche centimetro. «Non ti aspettavo così...» iniziò.

Prima che potesse finire di parlare, Pete Sebastian aprì di più la porta spingendola con il gomito ed entrò. Quando la vide, il coach spalancò gli occhi ed esclamò: «Sei bellissima. Questi sono per te.» Le spinse tra le mani i fiori e il vino.

Jo fece un passo indietro e tornò in cucina, accompagnata dal rumore dei passi di Pete, sempre più attutiti mentre si avventurava in soggiorno. Mise le rose in un vaso e la bottiglia di Cabernet Sauvignon sul bancone, poi tornò da lui e sistemò i fiori sul tavolino da caffè.

«Fantastico,» commentò l'allenatore, girando su se stesso per esaminare la stanza.

«Che ti aspettavi?» gli chiese Jo, spostando nervosamente il peso da un piede all'altro.

«Non questo.»

«Oh? Cosa, allora?»

«Qualcosa di moderno, di freddo. Qualcosa in bianco e nero e molto chic, ma nulla del genere. Questo posto è accogliente e bellissimo.» Pete si sedette sul divano.

Ferita dalle sue parole, Jo rimase in silenzio. *Perché gli uomini pensano sempre che io sia fredda solo perché sono brava con gli affari?*

«Mi dispiace, Jo, non volevo offenderti. Ma tu sei così... così... abbottonata, sul lavoro. Non hai mai un capello fuori posto, ti vesti sempre in modo impeccabile, non hai mai nemmeno una calza smagliata.

Questo posto è... è... pieno di fronzoli. Femminile,» cercò di spiegarsi il coach.

«Sono una ragazza, sai,» protestò Jo.

«Lo so molto bene,» ribatté Pete, lasciando vagare lo sguardo sul suo corpo.

La donna incrociò le braccia sul petto per nascondere la sua reazione a quello sguardo bollente. «Allora, avresti dovuto aspettarti qualcosa di caldo e femminile.»

«Lo adoro,» le assicurò Pete.

«Grazie per le rose, sono del mio colore preferito. Come lo sapevi?»

«Ho tirato a indovinare.»

«Sei in anticipo,» commentò Jo.

«Ho cambiato i miei programmi.»

La donna sentì il cuore sprofondarle nel petto. *I fiori sono per tenermi buona mentre lui fa altro. Esce con Wendy?*

«Ti piace ballare?» chiese all'improvviso Pete, alzandosi dal punto in cui era seduto.

«Sì,» rispose Jo.

«E il ballo da sala?»

«Non lo ballo da molto tempo.»

«Bene. Voglio dire, è un bene che ti piaccia ballare.»

«Perché?» chiese Jo.

«Ho appena letto sul giornale che ci sarà una gara di liscio stasera al The Stanford Hotel a Bridgeport,» spiegò Pete.

«A te piace il ballo da sala?» La donna spalancò gli occhi, un lieve sorriso sulle labbra.

«Le mie figlie mi hanno costretto a prendere un paio di lezioni, pensavano che potesse essere un modo per incontrare delle donne. Così ho scoperto che mi piaceva e che non ero nemmeno malaccio.»

«Hai incontrato veramente delle donne?» volle sapere Jo.

«Questa è un'altra storia. Diciamo solo che... non ho incontrato nessuna donna come te.»

«È un bene o un male?»

«Forse avrei dovuto dire che non ne ho incontrato nessuna che fosse paragonabile a te,» rispose Pete, avvicinandosi e prendendola tra le braccia per poi farle scivolare le mani lungo la schiena, fino al sedere. «Mio Dio. Non hai niente sotto, vero?» domandò.

Jo scosse la testa e il coach scoppiò a ridere e la abbraccio più strettamente, poi le diede un bacio sulla cima della testa e le strizzò il fondoschiena.

«Sto lavorando ad un progetto,» disse la P.R., poi fece un passo indietro e si sistemò il vestito e i capelli finché Pete non le afferrò i polsi e non la schiacciò contro il suo corpo.

«Lascia, lascia. I tuoi capelli sono così... sexy. E tu, senza trucco e quasi nuda... Cristo, donna.» Si chinò su di lei e le sussurrò all'orecchio: «Mi piacerebbe strapparti quel vestito di dosso e fare l'amore con te qui sul pavimento.»

Jo aveva la pelle d'oca sulle braccia e sentì un brivido correrle lungo la schiena. Seppellì il viso nell'incavo della gola dell'allenatore e inalò il suo profumo, un aroma di uomo, sapone al pino silvestre e camicia appena stirata. Quella fragranza le diede alla testa e Jo si sciolse tra le braccia del coach. Quando Pete voltò la testa, la loro bocche si incontrarono, sfiorandosi piano e con delicatezza, come se lui stesse cercando di capire se lo voleva anche lei.

Pete le fece scorrere la lingua sulle labbra, che lei aprì per lui, poi le lasciò andare i polsi e le circondò la vita con le braccia per attirarla più vicino a sé, fino a quando i loro petti non premettero l'uno contro l'altro. Jo gli gettò le braccia al collo. C'era qualcosa in Pete Sebastian che la faceva sentire al sicuro e spaventata allo stesso tempo.

Sentire il corpo solido dell'allenatore contro il suo le fece ribollire il sangue nelle vene. Pete spostò la grossa mano per posarle il pollice sulla cassa toracica e sfiorarle lo spazio sotto al seno e Jo si sentì inturgidire i capezzoli. Voleva che lui la toccasse, che facesse l'amore con lei, che spegnesse il bruciore che sentiva crescere dentro di sé.

Spinse i fianchi contro quelli del coach e lo sentì lasciarsi sfuggire un gemito basso e gutturale sotto quella pressione. Pete fece scivolare una mano fino ad appoggiargliela sul fondoschiena e risalì con l'altra fino a toccarle il seno. Fu il turno di Jo di gemere, mentre le dita di lui si stringevano attorno alla sua carne, e la donna sollevò una gamba per agganciargli il piede nudo al polpaccio.

Pete le strizzò il sedere, poi le accarezzò il retro della coscia. Lei si alzò in punta di piedi per continuare a baciarlo e gli passò le dita tra i folti capelli castani, lasciando che le ciocche morbide le facessero il solletico, mentre lui le massaggiava il seno e le pizzicava delicatamente un capezzolo.

Jo si lasciò sfuggire un lieve gemito. L'allenatore raddrizzò la schiena e le sfiorò con la bocca la pelle sensibile del collo, poi le abbassò il vestito e le lasciò una scia di baci sul petto, fino ad arrivare al capezzolo, mentre le stringeva le dita attorno alle cosce e poi gliele faceva scivolare sotto la gonna.

Jo si dimenò contro di lui, sconvolta nel profondo dal desiderio, con la lussuria che le riempiva le vene. Lo voleva e non le importava se fosse giusto o sbagliato.

«Ne sei sicura?» le chiese Pete all'orecchio con voce un po' affannata.

«Sicura?» ripeté lei.

«Vuoi fare l'amore?»

«Sì!» Jo tirò indietro la testa per guardarlo negli occhi, quegli occhi marrone chiaro pieni di *esperienza* che brillavano di passione per lei. Il coach aveva le guance un po' arrossate e sulle labbra un sorriso ampio e caloroso.

Le sue dita terminarono il loro viaggio e si chiusero sulla sua apertura umida e bollente. «Maledizione, sei bagnata. E calda,» commentò.

«Sei tu che mi fai questo effetto,» sussurrò Jo.

Pete spinse i fianchi in avanti per farle sentire la sua erezione dura come la roccia. «Anche tu mi fai lo stesso effetto.»

Jo sciolse la gamba dalla sua e lo prese per mano. *Basta con i preliminari in soggiorno.* Condusse l'allenatore fino alla camera da letto, un'altra stanza molto frou-frou con tende bianche a balze e un letto matrimoniale ricoperto da un copriletto a righe rosa e bianche e sei cuscini di varie forme decorati con motivi degli stessi colori. Una sedia in vimini bianca con lo schienale alto, simile ad un trono, riposava comodamente in un angolo, e due cassapanche in vimini coordinate erano state sistemate contro una parete grigio chiaro. L'altra parete era occupata da uno specchio rotondo e da una toeletta ricoperta di stoffa rosa con un portagioie al centro.

«Mi sento come un elefante in questa stanza,» scherzò Pete.

«Non lo sei. Sei un atleta molto aggraziato. Aiutami a sbarazzarmi di questi cuscini,» ribatté Jo.

«Almeno il letto è largo abbastanza,» commentò il coach, guardandola con desiderio.

Accatastarono i cuscini sulla sedia, poi Pete abbassò le coperte in un'unica mossa e si tolse la camicia. Quando Jo fece per afferrare l'orlo del suo vestito, però, lui la fermò.

«Lascia fare a me,» le disse.

La donna ridacchiò come una bambina di dieci anni e annuì, quindi Pete strinse l'orlo tra le mani e lo sollevò a poco a poco, divorando con gli occhi ogni centimetro di pelle candida che scopriva.

«Sei incredibilmente bella, deliziosa. La tua pelle, i tuoi capelli, il tuo sorriso...» sospirò, poi le sfilò il vestito e lo gettò sulla sedia insieme ai cuscini.

Jo si coprì con le braccia, sentendo il collo scaldarsi per l'imbarazzo.

«Non essere timida. Guarda, adesso è il mio turno.» Pete si tolse rapidamente i vestiti e rimase completamente nudo e con un'erezione imponente davanti a lei.

Jo la osservò con gli occhi spalancati e poi, lentamente, spostò le braccia per scoprire il suo corpo. Il suo imbarazzo era svanito non appena anche il coach si era spogliato.

«Guardati,» sussurrò Pete. «Sei un capolavoro.»

La donna notò il suo sguardo che scorreva sulle sue forme e gli posò un palmo sul petto, come voleva fare fin dal primo giorno che l'aveva incontrato. Quel gesto le fece venire la pelle d'oca. Con l'altra mano lo strinse tra le dita: la sua carne era come acciaio ricoperto di velluto. Un brivido le percorse il braccio, al pensiero di averlo dentro di sé. Sembrava grosso, troppo grosso per non farle male. «Entrerà?» domandò.

Pete scoppiò a ridere. «Cazzo, sì. Perché non ci proviamo?» La prese per il gomito e la condusse verso il letto.

Ha il controllo della situazione. Pete non è un ragazzino, è un uomo. Jo sorrise.

«Prendi la pillola?» le chiese il coach.

Lei annuì.

«Saresti più tranquilla se usassi un profilattico?»

«Hai qualcosa di contagioso?» chiese Jo, scettica. *Non riesco a credere che stiamo veramente avendo questa conversazione!*

«No.»

«Bene, allora.»

«Perfetto,» disse con voce sommessa Pete, prendendola tra le braccia, e li fece sdraiare entrambi sul materasso. Le diede un bacio, poi fece scorrere la bocca in giù fino ad arrivare a un capezzolo e si lasciò sfuggire dalle labbra un sospiro soddisfatto.

Che fa?

Pete si stava concentrando sul fare l'amore con il suo seno, o così pensava Jo. Poi l'allenatore fece scorrere l'altra mano sulla sua pelle vellutata, sfiorandole il fianco e scendendo fino ad arrivare al punto in cui le sue cosce si univano. Jo aprì le gambe per lui e Pete immerse le dite nel suo calore, muovendole abilmente. Era ovvio che sapeva quello che stava facendo. Jo tentò di rilassarsi, ma il coach stava facendo montare il desiderio dentro di lei e iniziò a divincolarsi.

Proprio quando il suo capezzolo stava diventando sempre più sensibile, Pete spostò la bocca sull'altro seno. La sua abilità e il suo atteggiamento dominante erano una novità per Jo. Prima di incontrare Pete Sebastian era andata a letto con uomini per la maggior parte molto più giovani di lui, sui venti o i trent'anni: era come passare dalle patatine con la salsa di cipolle al caviale.

Gli posò un bacio sulla cima della testa e si permise di esplorare il suo corpo mentre lui era occupato. Gli passò le mani sulle spalle e sulla schiena, esaminando ogni muscolo con la punta delle dita, ma Pete era troppo alto perché riuscisse a raggiungere anche il suo sedere mentre era sdraiato sopra di lei.

«Rilassati, tesoro. Lascia che sia io a fare tutto il lavoro,» le disse lui.

Jo fece un respiro profondo, chiuse gli occhi per un attimo per godersi la pura sensazione di Pete Sebastian che faceva l'amore con lei e, per quanto fosse difficile, si lasciò andare. Poi Pete scivolò più giù per assaggiarla e lei spalancò gli occhi. «Oh, mio Dio,» esclamò.

Il talento dimostrato dalle sue mani non era niente in confronto a quello della sua lingua. Prima che potesse anche solo dire una parola, Jo si perse in un orgasmo travolgente e iniziò a boccheggiare nel tentativo di riprendere fiato e mormorare il suo nome. Quando riuscì nuovamente a concentrarsi, la sua attenzione venne attirata da una risata bassa e profonda. Si tirò a sedere e vide l'affascinante Coach Bass che la fissava con gli occhi così brillanti di malizia da farla sorridere.

«Sei fiero di te, non è vero?» gli chiese.

«È stato facile. Tu sei, uh, molto... sensibile?» Le guance di Pete si tinsero di rosa, mentre cercava la parola giusta.

Jo si sentì bruciare il viso come in un giorno di metà agosto.

L'allenatore le accarezzò la guancia. «Non essere imbarazzata, è un bene.»

«Lo è davvero?»

«Certo che sì, mi fa eccitare un sacco. È stata la prima volta per te?»

«La prima volta che ho avuto un orgasmo? No. Ma sì, è stata la prima volta che ne ho avuto uno così,» rispose Jo, arrossendo ancora di più.

«Allora sei uscita con i ragazzi sbagliati,» replicò Pete.

La donna allungò una mano per toccarlo: quello che prima le era sembrato duro, adesso era ancora più rigido. Rise e disse: «Immagino di sì. Wow.»

Fu il turno di Pete di arrossire. Il coach si stese sopra di lei, coprendo il suo corpo con il proprio, poi le chiese: «Come ti piace farlo? Qual è la tua posizione preferita?»

Jo non si era mai sentita rivolgere quella domanda e si bloccò.

«Che ne dici se iniziamo con la missionaria?» la incoraggiò Pete.

«Okay,» squittì lei.

Il coach le allargò le gambe e le sollevò le ginocchia fino a farle appoggiare un tallone sulla sua spalla, poi sfregò l'erezione contro la sua apertura calda per lubrificarsi con i suoi umori. «Non c'è fretta, giusto?»

«Giusto,» confermò Jo, fissandolo e aspettando la sua mossa successiva.

Pete entrò dentro di lei lentamente e si lasciò sfuggire un sibilo mentre la penetrava. Quando fu a metà strada, si fermò e le chiese: «Tutto okay?»

«Sì.»

«Sei molto stretta.»

«È un male?»

Di nuovo, lui scoppiò a ridere. «È una cosa molto positiva!»

Quando affondò completamente dentro di lei, Jo si lasciò sfuggire un lieve gemito: non era mai stata riempita così totalmente. Sospirò, chiuse gli occhi e gli strinse le dita attorno alle spalle. *Non ho mai provato nulla di simile.*

Pete iniziò a spingere dentro e fuori con lentezza, poi si bloccò. «Va ancora tutto bene?»

«Sei fantastico. Sto bene, più che bene.»

La risata dell'allenatore la fece sorridere. Pete riprese a spingere dentro di lei, aumentando la velocità, e presto cominciò ad affondare tra le sue cosce con tanta forza da farle alzare la temperatura corporea. La tensione montò dentro di lei mentre lui continuava a spingere ininterrottamente e poi, senza nemmeno un avvertimento, esplose in un orgasmo incandescente. I suoi fianchi oscillarono insieme a quelli di Pete e, anche premendogli la bocca sulla spalla, non riuscì a soffocare del tutto il suo grido.

Le dita di Jo si aggrapparono alla schiena del coach, coperta da un sottile velo di sudore, mentre lui continuava a muoversi. Ma presto Pete le appoggiò il capo sul collo e lei, più che sentirlo gemere il suo nome, avvertì le vibrazioni della sua voce.

Rimasero in silenzio, i seni di Jo schiacciati contro il petto di Pete e la grossa mano di Pete che le scorreva su e giù sulla coscia mentre lui le sussurrava paroline dolci. Il coach le diede un bacio sotto il lobo dell'orecchio e poi si tirò su, puntellandosi sugli avambracci.

«È stato fantastico,» sussurrò.

Jo lo guardò negli occhi e lesse soddisfazione mischiata a desiderio nel suo sguardo. Sperava che non avesse ancora finito con lei, perché nel suo cuore sapeva che non era il tipo che prima si faceva una scopata e poi scappava via. Gli passò l'indice sulla guancia ruvida, poi alzò la testa per posarci sopra un tenero bacio.

«Tu sei fantastico,» replicò.

Pete le scostò i capelli dal viso e le disse: «Sei la donna più bella di Monroe.»

«Davvero?»

Il coach annuì.

«E a quanto ammonta la popolazione, qui?»

«È un complimento. Ci sono delle belle donne in questa città, ma nessuna è come te. E nessuna di loro sa nulla di football.»

Jo si morse il labbro inferiore per un attimo, poi si lasciò ricadere sul materasso. «Aha! Quindi è questo che ti attrae di me? Avrei dovuto immaginarlo.»

«Mi attrae tutto di te. Il tuo aspetto, la tua intelligenza, il tuo senso dell'umorismo, la tua... la tua sensualità. Tutto.» Appena quelle parole gli uscirono dalla bocca, Pete fece una smorfia imbarazzata. «Suppongo che non dovrei dire cose del genere.»

«Dovresti dire tutto quello che vuoi, dolcezza.» Jo gli scostò i capelli dalla fronte, pettinandoglieli con le dita. Quelle parole le scaldarono il petto.

Pete si tirò più su, offrendole un'ottima visuale del suo corpo, poi uscì da lei e allungò una mano per prendere un fazzoletto. Jo si sdraiò su un fianco, mentre lui si accomodava contro i cuscini.

«Un uomo non dovrebbe ammetterlo, quando gli piace una donna. Non dovrebbe mai svelare troppo. I ragazzi riderebbero di me,» ribatté.

«Quello che hai appena detto era perfetto,» lo rassicurò Jo.

«Non sono mai stato bravo con questi giochetti, io sono quello che sono e dico quello che sento. Non ci posso fare niente se ho perso la testa per te.» L'allenatore, che era steso sulla schiena, si girò sul fianco e la guardò negli occhi.

«Non sai molto di me.»

«So che non hai avuto una vita facile, sia a casa che nella NFL. Ma guardati, hai comunque avuto successo. E sei ancora femminile, ancora dolce. Fare tutto quello che hai fatto non dev'essere stato semplice come bere un bicchier d'acqua.»

Jo sentì le lacrime pungerle gli occhi: Pete era stato il primo uomo a capire quanto fosse stata difficile la sua vita. Raggiungere il successo nel mondo dominato dagli uomini della NFL era stato come nuotare controcorrente e aveva ricevuto un sacco di brutti colpi, ma si era concentrata sull'ottenere quello che voleva. Si girò, dandogli le spalle.

«Non scappare via da me.»

La donna lanciò un'occhiata alle sue spalle e si voltò di nuovo verso il coach. Aveva gli occhi colmi di lacrime e non riuscì a fermarle prima che iniziassero a scorrere.

Pete la attirò contro di sé, accarezzandole la schiena e tenendola stretta. «Va tutto bene, lasciati andare. Ci siamo solo io e te qui, non lo saprà mai nessun altro. Io non lo dirò a nessuno.»

Incapace di trattenersi ancora, Jo scoppiò a piangere contro il suo petto. «Tu non lo sai. È stato così difficile e mi sono sentita così sola.»

Il coach la tenne stretta tra le sue forti braccia, lasciandole appoggiare la testa sul suo petto, e tra di loro calò il silenzio, rotto solo dai lievi e sporadici singhiozzi di Jo. Il battito del cuore di lui la rilassò e la calmò.

Pete lanciò un'occhiata all'orologio e propose: «La gara comincia alle otto. Che ne dici se, intanto, ci facciamo un sonnellino?»

Jo annuì e prese un fazzoletto, poi entrambi scoppiarono a ridere quando Daisy saltò sul letto. Il carlino andò a cercare un punto dove accucciarsi. Pete si sdraiò e, quando Jo si unì a lui, la fece accomodare contro la sua spalla, le passò un braccio attorno alla vita e tirò su le coperte. Jo gli mise una mano sul petto e sospirò.

«Meglio?» le chiese il coach.

«Uh huh,» mormorò lei e poi si addormentò, accoccolata tra le braccia del suo nuovo amante.

Capitolo Cinque

Fin da quando aveva dieci anni, Pete Sebastian aveva sempre saputo quello che voleva: una carriera nel mondo del football, una moglie che lo amasse e un paio di bambini. Due di quelle tre cose potevano anche essere abbastanza per gli altri uomini, ma non per il Coach Bass. Lui era abituato a vincere, e per questo cercare la donna giusta era stato frustrante... almeno fino a quel momento.

Ora che le sue due figlie andavano al college, Pete era finalmente libero di mettere se stesso al primo posto la maggior parte del tempo. Così aveva rinnovato i suoi sforzi nella ricerca di una compagna, ma non gli era valso a nulla. Poteva scendere a compromessi per quel che riguardava l'aspetto fisco, ma mai per quel che riguardava l'interesse per il football. In tutta Monroe, non c'era una donna della sua età che capisse quello sport.

A quarantadue anni, si era finalmente rassegnato al fatto che non si poteva passare tutto il tempo in camera da letto e in cucina, cosa che ancora non sapeva quando era sposato con la sua prima moglie. A un certo punto dovevi pur riuscire a parlare con la tua donna, a condividere quel che succedeva nelle vostre vite. Così aveva continuato a cercare quell'elemento mancante, e ora finalmente sembrava che l'avesse trovato... in Jo Parker.

Aveva già capito che sarebbe stata una bella gatta da pelare e che non sarebbe stato facile abbattere i muri spessi un metro che la circondavano. Ma Pete non si era mai tirato indietro davanti a una sfida, né aveva mai avuto paura di correre rischi. Quale coach degno del suo titolo avrebbe avuto paura di farlo, in fondo? Correre rischi per lui era ordinaria amministrazione.

Jo Parker era forse il rischio più grosso che avesse mai deciso di correre, la prova più grande a cui si fosse mai sottoposto. Eppure aveva già segnato il primo touch-down con lei, ed era preparato a correre fino a fondo campo per vincere la partita, finché lei non gli avesse concesso il suo cuore. Nient'altro sarebbe stato abbastanza.

Si svegliò prima di Jo e, mentre ripensava alla loro notte di passione, osservò la donna che dormiva accanto a lui con la testa sul cuscino e una mano ancora posata sul suo petto. Sembrava così innocente, vulnerabile e dolce mentre dormiva. Pete sorrise, pensando alla tigre che si nascondeva dietro quella facciata, e poi si chiese cosa fosse successo per renderla così timorosa.

Che Jo lo sapesse o meno, aveva bisogno di lui, e Pete ci sarebbe sempre stato per lei. Gli veniva naturale, visto che era quello che faceva già per le sue figlie e per la sua squadra. Essere presente e prendersi cura degli altri era tipico di Pete Sebastian, avrebbe potuto farlo perfino nel sonno. Anche se forse non con Jo Parker. Pete corrugò la fronte. Jo non sembrava consapevole di quanto avesse necessità di averlo accanto o, per quel che importava, di avere accanto chiunque altro. Convincerla che aveva bisogno di qualcuno e che proprio *lui* era quel qualcuno sarebbe stata la parte più difficile.

L'allenatore sospirò. Jo si mosse, si stiracchiò e poi rimase immobile. Pete immaginò che non avrebbe potuto passare ancora molto tempo con lei in quel modo, così scacciò dalla mente i pensieri riguardo al loro futuro e si limitò a godersi la sua vista. La curva della spalla, il modo in cui i capelli le ricadevano sul cuscino, la piccola mano ancora sul suo petto... faceva tutto parte della sua bellezza.

Allungò piano una mano e abbassò il lenzuolo un poco alla volta, fino a scoprirle il seno. Com'era bello! *La carrozzeria migliore che io abbia visto su qualsiasi donna sia uscita con me in questi anni. La migliore che abbia mai visto da quando stavo con la mia ex, forse.* Il desiderio iniziò a crescergli tra le gambe e controllò l'ora. *Le tre. È ora di una sveltina.* Aggrottò le sopracciglia. Non voleva farsi una sveltina con Jo, voleva fare l'amore con lei per tutta la notte, per ore.

Le accarezzò una guancia e le ciglia di Jo fremettero, poi la donna aprì gli occhi e si tirò seduta di scatto. «Dove sono? Che ore sono? Cosa ci fai qui?» chiese, stringendosi il lenzuolo al petto.

«Calma, Josie, tesoro. Calma,» la rassicurò Pete, posandole una mano sulla guancia.

«Josie? Mia zia mi chiamava così.»

«La tua zia preferita?»

Jo annuì.

«Va bene se ti chiamo così?» le chiese.

«Certo.»

Pete annusò l'aria. «Cos'è questo odore?»

«Il chili nella pentola per la cottura lenta.»

«Ha un ottimo profumo.» Lo stomacò del coach brontolò, mentre due diversi appetiti lottavano dentro di lui.

«Dovrebbe essere pronto tra un'ora,» lo informò Jo.

«Hmm, dovrei divorarti o farmi la doccia, vestirmi e poi divorare il chili?»

La donna scoppiò a ridere. «Forse dovremmo divorare il chili.» Scese dal letto, si alzò in piedi e zampettò fino all'armadio, poi riapparve con indosso una vestaglia di tessuto increspato a strisce color turchese.

«Non credevo che fossi un tipo timido,» commentò Pete.

«Ti sbagliavi, allora. Sono sempre stata timida.»

«Io invece no.» Il coach scostò le coperte e si alzò in tutta la sua nuda gloria.

Lo sguardo insistente di Jo gli fece piacere. «Suppongo che tu non lo sia,» disse, e ridacchiò.

«Ti piace qualcosa di quello che vedi?» Pete le si avvicinò.

Jo gli passò le braccia attorno alla vita. «Mi piace tutto di quello che vedo.»

«È tutto tuo, quando vuoi e dove vuoi,» replicò l'allenatore, sfregandole il naso sul collo.

«Dove voglio? Davvero?»

«Sì.»

«Perfino sulla spiaggia?»

«Perché no? Dovremmo farlo quando farà un po' più caldo, però. Bisogna stare attenti, con la sabbia.»

«Uh,» fece Jo, rabbrividendo. «Non voglio fare l'amore su una limetta di cartone.»

Pete scoppiò a ridere. «Non hai mai fatto l'amore sulla spiaggia?»

«No, sono sempre stata troppo occupata con il lavoro per fare cose veramente folli.»

«Fare l'amore sulla spiaggia è folle?»

Jo abbassò le ciglia e arrossì in modo molto grazioso. «Lo è per me.»

Pete la abbracciò, stringendola a sé. «Immagino che dovremo rimediare.»

«Ma tu sei l'allenatore. Sei una figura pubblica e il padre di due figlie,» protestò lei.

«Non sono ancora morto, però. Mi piace un po' d'avventura nella mia vita. Sto attento, ecco tutto.»

«Oh, parlando di fare attenzione, non possiamo farlo in ufficio,» disse Jo all'improvviso.

Pete la scostò, tenendola a distanza di un braccio. «Cavoli, no. Al lavoro siamo solo e soltanto colleghi.»

La donna gli tese la mano. «Sono d'accordo. Wow. Pensavo che ti saresti messo a discutere.»

«Devo tenere privata la mia vita privata. I ragazzi non mi lascerebbero più in pace, se sapessero di te.»

«E poi andare a letto con un collega non è professionale.»

«Concordo.»

Quella discussione aveva raffreddato l'atmosfera.

Jo si diresse verso il bagno. «Vuoi farti la doccia prima tu?» gli chiese.

«Pensavo che avremmo potuto farla insieme,» rispose Pete.

«Se lo facessimo, non arriveremmo mai alla gara di ballo.» La donna ridacchiò.

«Probabilmente hai ragione.»

«Prima gli ospiti. Ecco qua.» Jo gli porse un asciugamano viola e si scostò per fargli strada.

Il bagno era femminile quanto la camera da letto. Pete prese un barattolino da uno scaffale e lo aprì: ne uscì una fragranza deliziosa. Il coach se lo portò al naso e lo annusò, poi allungò un grosso dito e toccò l'emolliente all'interno. Aveva una consistenza setosa e, quando immaginò Jo che se lo spalmava su tutto il corpo, il suo uccello si mise sull'attenti.

Pete rimise rapidamente il barattolo al suo posto e aprì l'acqua della doccia. Mentre si strofinava i capelli, canticchiò *Can't Smile Without You*. L'esperienza negli spogliatoi aveva insegnato al Coach Bass a farsi la doccia velocemente, così finì in cinque minuti. Non trovò Jo in camera da letto, quindi si avvolse l'asciugamano attorno alla vita e andò in cucina a piedi nudi.

La donna era ai fornelli con addosso nient'altro che la vestaglia e stava mescolando il chili. Era una visione, con le unghie dei piedi e delle mani rosa scuro. A vederla lì in quel modo, al naturale e senza trucco, lontana dalla gente e in pace, accompagnata solo dal suo eccentrico carlino e da Pete, sembrava rilassata e felice. Gli fece un largo sorriso che le illuminò tutto il viso e il coach pensò che non aveva mai visto una donna più bella.

Jo rimise il coperchio sulla pentola e gli si avvicinò oscillando i fianchi, con in mano un cucchiaio di legno. «Vuoi assaggiare?» gli chiese, offrendogli la piccola porzione.

«Te o il chili?» scherzò Pete.

Poi succhiò il cibo dal cucchiaio e fece un verso d'approvazione. «Dio, è buono.»

Jo lo guardò raggiante e lui la attirò a sé e le catturò la bocca con la propria. Lei schiuse le labbra e Pete le esplorò la bocca con la lingua.

Quando si separarono, Pete le sorrise e disse: «Anche questo è buono.»

Jo si liberò dal suo abbraccio. «Adesso è il mio turno di fare la doccia,» annunciò, dirigendosi verso il bagno.

Pete tornò in camera a prendere i suoi vestiti e cercò di scacciare l'immagine di lei nuda e bagnata dalla sua mente. Si vestì e prese in prestito un pettine dalla sua toletta. Di nuovo, si meravigliò quando vide i vari vasetti, barattoli, tubetti e bottigliette pieni di ogni sorta di ingredienti magici in grado di rendere qualsiasi donna bellissima. *A lei non serve questa spazzatura, è bellissima anche senza tutta questa merda.* Fece una smorfia.

Quando Jo tornò in camera con addosso solo un asciugamano stretto sul petto, Pete pensò che il suo uccello aveva vinto la guerra tra di loro. «Se tra trenta secondi non sarai vestita, non avremo più bisogno di vestiti,» annunciò.

Jo spalancò gli occhi, poi si accorse che stava scherzando, arrossì di nuovo e si diresse verso l'armadio. Tirò fuori un paio di mutandine e iniziò a canticchiare sottovoce la canzone *The Stripper.*

«È così, se la senti al contrario,» disse, facendo scivolare la lingerie sopra i fianchi.

Pete rise così forte che per poco non cadde sul pavimento. *Grazie a Dio.* Il suo senso dell'umorismo era riuscito a calmare la sua imponente erezione. Si infilò la camicia. Jo si vestì in un lampo, poi gli tese una mano e lo portò in cucina, dove aveva già organizzato un banchetto sul piccolo tavolo da pranzo davanti alle porte scorrevoli in vetro che portavano alla veranda.

Pete si fiondò sulla sua insalata e lasciò vagare lo sguardo sulla maglietta e i jeans di Jo, indumenti che non le aveva mai visto indossare. Si vestiva sempre in modo così formale per andare al lavoro: un completo, una camicetta o una blusa, tacchi alti, calze e quegli splendidi capelli stretti in una coda di cavallo. Gli piaceva l'aspetto che aveva in quel momento, ora che non era vestita in modo tanto elegante, perché era come se avesse abbandonato le sue difese insieme alla giacca.

La donna gli fece un paio di domande sul lavoro, poi la conversazione si interruppe mentre mangiavano.

«Sono un po' preoccupato per Devon Drake,» ammise Pete.

«Drake?» ripeté Jo.

«Già. Arriva da St. Louis.»

«Mi ricordo di lui.»

«Doveva fare lo shutdown corner, ma non è stato all'altezza della sua reputazione.»

«Oh?»

«L'anno scorso si è trasferito qui per stare più vicino alla sua famiglia. Non so cosa sia successo esattamente, ma sua madre è morta. Penso che abbia una sorella qui in città. Alla fine della stagione, non aveva un record molto alto. Ho dovuto perfino lasciarlo in panchina in un paio di partite,» spiegò il coach.

«Sono sorpresa. Era una star a St. Louis,» commentò Jo.

«Lo so, è per questo che io e Lyle lo volevamo. Ma è successo qualcosa. Qualcosa è cambiato,» replicò Pete.

«Ho ancora degli amici a St. Louis. Vedrò se riesco a scoprire le sue statistiche.»

«Sarebbe fantastico. Se potessi mettere a confronto il suo ultimo anno con i Sidewinders con il suo primo anno con noi, forse riuscirei a trovare qualcosa per risolvere la situazione. Grazie.»

«Non c'è di che. Drake mi piaceva, è un bravo ragazzo. Mi farebbe piacere vederlo avere successo,» disse Jo.

«È il numero uno sulla mia lista di giocatori che quest'anno hanno bisogno di allenamenti intensivi durante il ritiro. Ha un gran potenziale, ma dobbiamo accelerare le cose,» replicò Pete.

«Accelerare? Dio, mi piaceva guardarlo allenarsi, era fantastico. Quando correva, riusciva a superare qualsiasi ricevitore.»

«Già, ha perfino battuto alcuni dei nostri ragazzi sulle mosse chiave.»

«È un ragazzino molto simpatico,» disse Jo, prendendo una cucchiaiata di cibo piccante.

«Non è un ragazzino, ha ventisei anni,» ribatté il coach.

La donna rise. «Ho trentadue anni, un ventiseienne ai miei occhi sembra un ragazzino.»

«Tu sei una ragazzina. Hai solo trentadue anni?» Pete sorrise divertito e tirò su quel che rimaneva del suo chili.

Jo si alzò da tavola.

«Resta seduta, pulisco io. Tu va' a cambiarti, poi potrai aiutarmi a indossare lo smoking,» la fermò Pete.

«Lo smoking?» Lei alzò le sopracciglia.

«Già. È così che ci si veste a questi eventi.»

«Non pensavo che fosse una gara per ballerini professionisti.»

«Non lo è, ma nel ballo da sala il tuo aspetto e quello che indossi fanno parte della performance,» spiegò Pete.

«E tu sei disposto a metterti uno smoking?» gli chiese Jo, stupita.

«Sì, ma mi serve un po' d'aiuto. Una volta, quando indossavo quel genere di cose, c'erano le ragazze a darmi una mano.»

«Quindi devo indossare un abito da sera?»

Il coach annuì. «È un problema?»

«Per niente. Torno tra un attimo,» rispose Jo.

Pete lavò e asciugò i piatti fischiettando, poi mise via gli avanzi. *Non vedo l'ora di vedere Jo in abito lungo.* Mentre si stava asciugando le mani, la donna arrivò dal corridoio.

«Non riesco a chiudere la zip fino in fondo. Mi puoi dare una mano?» gli chiese, con il capo chino in modo che non potesse vedere l'espressione sul suo viso.

«Porca puttana,» borbottò Pete sottovoce.

«Cosa?» Jo alzò lo sguardo. Degli orecchini di smeraldo le pendevano dalle orecchie e portava un girocollo coordinato. Indossava l'abito da sera dorato più luccicante che Pete avesse mai visto, le abbracciava i fianchi ma si allargava abbastanza verso il fondo da permetterle di ballare senza impedirle i movimenti. Il corpino era aderente e senza spalline e il décolleté di Jo sembrava risplendere riflettendo il bagliore dorato della stoffa. Si era messa un trucco leggero e aveva raccolto i capelli in uno chignon a conchiglia per mettere in mostra il collo aggraziato.

L'allenatore rimase senza parole.

Le tirò su la zip, respirando il piacevole aroma di lillà che permeava l'aria e le copriva le spalle come un manto invisibile.

«Sei... stupenda. Non mi sarei mai aspettato...» farfugliò.

Jo spalancò gli occhi. «È troppo?»

«Assolutamente no. Con la tua bellezza, vincerai ancora prima di mettere piede sulla pista da ballo,» la rassicurò Pete.

«Sono felice che ti piaccia.» La donna lanciò un'occhiata al suo piccolo orologio da polso dorato. «Sono le tre passate. Non dovremmo andare a casa tua? Quanto ti ci vorrà per vestirti?»

«Un po'. Andiamo.» Il coach la prese per il gomito e Jo tirò fuori una stola nera dall'armadio.

Presero l'auto di Pete, visto che lui sapeva la strada. L'allenatore era così euforico che sarebbe potuto volare a casa sua senza prendere la macchina e nemmeno l'aereo. Sentiva il cuore che gli batteva forte nelle orecchie e i palmi sudati. Sarebbe riuscito a tener testa a quella bellissima donna? Cavoli, riusciva a gestire i grossi, muscolosi, chiassosi e turbolenti giocatori della sua squadra, quindi di certo sarebbe riuscito a fare lo stesso con lei, che era una sola e per giunta minuta... giusto?

* * * *

La sala da ballo era immersa nella penombra e rischiarata da luci colorate che si spostavano in tutta la stanza. C'era anche una palla da discoteca luccicante che gettava i suoi riflessi sulle pareti. Il perimetro della pista era circondato dai tavoli, su ognuno dei quali era appoggiata una candela che diffondeva un lieve chiarore, creando così un'atmosfera romantica.

Il Coach prese Jo per mano e la condusse all'interno della stanza, poi vennero fermati da un maître. Lui e Pete si diedero una stretta di mano e scambiarono un paio di parole mentre l'allenatore prendeva il portafoglio dalla borsa e gli porgeva la carta di credito. Dietro di loro, Jo aspettava battendo il piede per terra, con il cuore che le batteva a mille.

«Ah, Coach Bass! È così bello rivederla,» esclamò il maître.

«Anche per me è un piacere rivederla, Anthony.»

«Si è perso l'ultimo ballo.»

Pete alzò le spalle. «Non avevo un'accompagnatrice.»

Anthony fissò la donna che si nascondeva dietro all'atleta. «Chi è lei?»

«Questa è Jo Parker,» rispose il coach, passandole un braccio attorno alla vita e spingendola in avanti. Jo sorrise allo sconosciuto. «Jo, Anthony.»

«Coach, è davvero salito di livello, stavolta,» si congratulò il maître.

Pete ridacchiò. «Credo di aver finalmente raggiunto il livello più alto.»

«Direi.» Anthony spalancò gli occhi, squadrando Jo dalla testa ai piedi. «Da questa parte, bella signorina.»

La donna lo seguì fino ad un tavolo non troppo vicino alla band. Quando si fu seduta, non riuscì a distogliere lo sguardo dall'allenatore: per quanto fosse stato sexy tutto sudato e con indosso i pantaloncini che usava per allenarsi, lo era ancora di più in smoking. Lei lo aveva aiutato con la fascia in vita e gli aveva annodato la cravatta. *Proprio come una moglie.*

Ora gli occhi chiari e limpidi di Pete la stavano guardando con divertimento misto a desiderio. «Che stai fissando?» le chiese.

«Te,» rispose semplicemente Jo.

«Perché?»

«Hai un aspetto così... così... fantastico. Non ti avevo mai visto vestito in modo così elegante. Sei davvero bello, quando ti dai una sistemata, Coach Bass.»

Pete chinò il capo per nascondere l'espressione chiaramente imbarazzata che aveva assunto a quel complimento. «Grazie, madame.»

Un cameriere si fermò davanti al loro tavolo.

«Vuoi qualcosa da bere?» domandò Pete.

«Un Drambuie, per favore. Liscio,» ordinò Jo.

«Ne porti due.»

Il liquore dolce e dorato arrivò velocemente. *Prenderò un po' di coraggio da questo bicchiere.* Jo bevve un grosso sorso e il calore del drink la aiutò a rilassarsi.

«È meglio ballare dopo aver bevuto un goccio.»

Prima che i due potessero finire i loro drink, la band iniziò a suonare.

Anthony apparve sulla pista da ballo con un microfono in mano. «Il primo ballo è un valzer facile come bere un bicchier d'acqua, signori, *Sul bel Danubio blu.* In questo round non verrà eliminato nessuno, ci stiamo solo riscaldando. Andiamo, diamo inizio alla gara,» annunciò.

Pete si alzò e le offrì il braccio. Jo sorrise, guardandolo negli occhi, e si unì a lui, che le posò la grossa mano sulla vita e la attirò più vicino a sé mentre aspettavano la fine dell'introduzione.

Quando il pezzo cominciò veramente, il coach la guidò sulla pista da ballo. La musica partì lenta, permettendole di imitare i passi di Pete, e quando la cadenza accelerò, si adattò al suo ritmo come se ballassero insieme da tutta la vita.

Jo sorrise, quando Pete le fece fare una giravolta, e poi l'allenatore se la tirò un po' più vicino per guidarla con il suo forte braccio e le gambe sicure. La musica le penetrò nelle ossa e muoversi a ritmo le venne naturale. Sollevò le braccia e tenne le spalle dritte. *La postura, devo mantenere una postura stabile.* Pete le fece fare una piroetta verso l'esterno, poi la attirò di nuovo a sé.

La canzone successiva si intitolava *Hernando's Hideaway.*

«Un tango,» sussurrò Pete.

Jo gli si avvicinò di più e lui la avvolse nel suo abbraccio, finché i loro fianchi non si toccarono. Seguendo le sue indicazioni, la donna assunse la corretta posizione prima che partisse la musica. Mentre danzavano insieme con movimenti fluidi, i loro corpi che avanzavano perfettamente in sincrono, Jo ripensò a com'erano stati in sintonia a letto poco prima. Qualcosa si accese nei suoi lombi e la riscaldò mentre il ballo proseguiva.

Alzò lo sguardo, incontrando quello di Pete. I suoi occhi sembravano cercare di strapparle via il vestito e lei sentì i capezzoli inturgidirsi sotto il suo sguardo mentre la sensuale melodia continuava. Completamente immersa nel Coach Bass e nella loro esibizione, Jo non notò i colpetti sulle spalle ricevuti dalle altre coppie finché non ne rimasero solo altre tre. La canzone terminò e ci fu una pausa. Jo tornò a tutta velocità al tavolo e tranguggiò un bicchiere d'acqua.

Anche Pete mandò giù il suo, poi le prese la mano tra le sue. «Sei stata stupenda,» si complimentò.

«No, tu sei stato stupendo. Sei facile da seguire,» ribatté Jo.

«Abbiamo chimica.»

Se avessimo un po' di chimica in più, avremmo iniziato a farlo sulla pista. La donna annuì, ma non volle condividere con Pete quei pensieri. Lo guardò negli occhi e vi lesse uno sguardo distante ma carico di lussuria. *Sta rivivendo questo pomeriggio.* Ridacchiò tra sé e sé.

Quel suonò riscosse il coach dal suo sogno ad occhi aperti. «Che c'è di divertente?»

«Niente.» Jo abbassò lo sguardo sulle sue mani, tra cui stava rigirando un tovagliolo.

«Forza, lo so che mi stai nascondendo qualcosa. Fa' ridere anche me.»

«No.» La donna alzò lo sguardo, il cuore pieno di sfida. *Non puoi sapere sempre tutto quello che penso.*

«Sei una donna misteriosa,» disse Pete, sporgendosi verso di lei e guardandola negli occhi.

È come se mi leggesse nella mente.

La band accordò gli strumenti, segno che le danze stavano per ricominciare.

«Sono rimaste solo un paio di coppie. Possiamo sconfiggerle,» sussurrò il coach mentre prendevano posto sulla pista.

Hai il mio stesso spirito competitivo. Stavolta, Jo soffocò la sua risatina, così non avrebbe dovuto spiegargli nulla. «Certo che possiamo. Fammi strada, Coach Bass.»

Dalle prime note, capì che la canzone successiva sarebbe stata *Rock Around the Clock*.

«Un lindy hop,» borbottò Pete. «Sei pronta?»

«Andiamo!» esclamò Jo, mettendosi in equilibrio sull'avampiede del piede d'appoggio mentre il ballo cominciava.

Dopo altri tre balli, fu evidente che i vincitori erano Pete e Jo e l'applauso del pubblico conferì loro il piccolo trofeo di plastica dorata. Pete lo diede a Jo da portare a casa, poi i due si scambiarono un bacio per soddisfare il coro degli spettatori, bevvero dell'altra acqua e si diressero verso il parcheggio.

Era quasi mezzanotte, quando Pete accostò sulla strada principale. Jo guardò fuori dal finestrino, ammirando la luna piena che li illuminava. «È una bellissima serata,» commentò, appoggiandosi al comodo sedile.

«Grazie per essere venuta con me,» le disse Pete.

«Mi sono divertita. Sei un ottimo ballerino.»

«Anche tu.» L'allenatore le lanciò uno sguardo e lei capì subito a cosa stava pensando. «Che ne dici se andiamo a prendere Daisy e tu e lei passate la notte a casa mia?»

«Non passo mai la notte a casa di qualcun altro,» si lasciò scappare Jo prima di poterci riflettere sopra.

Pete la fissò. «Mai?»

«No.»

«Come mai?»

«Non mi sento a mio agio, quando dormo nel letto di qualcun altro. E mi imbarazza un po' dirlo, ma non ho sempre voglia di risvegliarmi accanto a qualcuno con cui sono andata a letto la notte prima,» spiegò Jo.

«Stai parlando di me?»

Il dolore nella voce di Pete era impossibile da non notare. Jo gli posò una mano sul braccio. «No, no, non sto parlando di te. Non lo direi mai parlando di te. È solo diventata una regola a cui mi attengo per evitare situazioni spiacevoli.»

«Sembra che tu abbia un sacco di regole,» commentò il coach.

«Mi sa di sì.»

«Forse è ora di romperne un paio. Si vede la luna, dal mio letto. È un modo bellissimo per addormentarsi... il rumore dell'oceano, la luce della luna...» propose Pete.

«Scommetto che lo è, ma non sono pronta per questo,» ribatté Jo.

Il coach si fermò davanti alla casa di Jo e spense il motore, poi entrambi slacciarono le cinture. Pete si sporse verso di lei per baciarla e lei alzò il viso verso di lui, impaziente di sentire la sua bocca, il suo tocco. Pete le strinse il seno in una mano, accarezzandole la pelle lasciata scoperta dal vestito. Nelle vene di Jo, la stanchezza lottava con il desiderio.

«Josie,» mormorò il coach. «Penso che sia meglio fermarci qui, o ci faremo arrestare.»

«Come due ragazzini sorpresi a pomiciare in un'auto parcheggiata,» rise Jo. «Che direbbero le tue ragazze?»

Pete si sedette più dritto. «Non voglio pensare a quello che direbbero loro, perché non sarebbe nulla di buono.» Il sorriso gli svanì dalle labbra.

Jo gli posò una mano sulla guancia. «Mi dispiace, non volevo rovinare l'atmosfera.»

«Non l'hai fatto. È solo che ho sempre tenuto le mie ragazze all'oscuro di questa parte della mia vita.»

La donna alzò le sopracciglia. «Non sei mai uscito con altre donne?»

«Non ho mai avuto appuntamenti che durassero tutta la notte, né ho mai fatto sesso a casa mia.»

«Dev'essere stato difficile,» commentò Jo.

«Non molto. Ha reso la mia vita con Alyssa e Lexie molto più tranquilla, non ho mai dovuto preoccuparmi che vedessero quel lato del loro vecchio.»

«Credo che abbia senso.»

«Le mie ragazze sono sempre venute prima di qualsiasi altra cosa. Le proteggo a qualsiasi costo,» spiegò Pete.

«Dev'essere stata dura crescerle da solo.»

«Sì che è stata dura, ma ora il peggio è passato. Adesso posso godermele anche trattandole più come adulte.»

«Questo significa ammettere che hai una vita sessuale?» domandò Jo.

«No, quella è ancora una faccenda privata. Non c'è motivo perché le ragazze sappiano quel genere di cose,» rispose Pete.

«Immagino che sia giusto così.»

«Penso che ne rimarrebbero inorridite,» rise il coach. «Credono che io sia una specie di santo.»

«Sono le cocche di papà,» scherzò Jo.

«Esatto, sì. Tu non sei stata una cocca di papà?»

«Per un po', forse, quando ero ancora piccola e carina. Ho smesso di esserlo quando aveva sette anni.»

«Sei ancora carina.» Pete le sfiorò le labbra con le sue.

Jo gli sorrise, divertita.

Il coach le passò un braccio sulle spalle. «Non possiamo stare troppo vicini in questa macchina,» commentò.

Lei guardò il suo orologio e disse: «Si sta facendo tardi.»

«Domani è domenica e mi piacerebbe molto prepararti dei pancake con gocce di cioccolato a casa mia. Per favore, rimani a dormire da me,» propose Pete.

Jo scosse la testa. «Devo anche portare a passeggio Daisy.»

Lui sospirò. «Almeno lo considererai, in futuro?»

«Lo farò.»

«Bene.»

«Ho passato una serata meravigliosa, e una giornata meravigliosa, tutto quanto,» farfugliò Jo.

«Anch'io.» Pete aprì la portiera, poi andò dall'altro lato del veicolo per aiutarla ad uscire.

Mano nella mano, si dressero verso i gradini all'ingresso.

«Ti inviterei ad entrare, ma...» iniziò Jo

Il coach alzò una mano per zittirla. «Lo so, è per la regola del non fermarsi la notte. Capito.»

«Grazie per la tua comprensione.»

L'abbaiare del carlino dall'altro lato della porta interruppe la loro conversazione. Pima che Jo entrasse, Pete le diede un ultimo fantastico bacio. Quando la donna aprì la porta, Daisy si precipitò di fuori e iniziò ad abbaiare a Pete. L'allenatore si accucciò a terra e il cane si bloccò e lo fissò con occhi umidi.

«Vieni qui, ragazza,» le disse lui con voce suadente.

Jo lo raggiunse e si chinò per dargli un bacio sulla guancia. «Lui è un amico, Daisy.»

La cagnolina li osservò con attenzione e, dopo aver dato un altro bacio a Pete, Jo le fece segno di avvicinarsi. Daisy si avvicinò a poco a poco a Pete e lui le offrì una mano, che l'animale annusò, poi la allungò lentamente per farle una carezza sulla testa. Il cane si voltò, corse in casa e poi tornò rapidamente con un giocattolo in bocca.

«Credo che ti abbia accettato. Adesso vuole giocare,» spiegò Jo.

Pete rise, scosse la testa e tornò verso la sua macchina, salutandola con la mano mentre apriva la portiera. La donna si morse il labbro. L'aria attorno a lei era più fredda, ora che lui si era allontanato. Colpita da un'idea improvvisa, alzò una mano e gridò: «Aspetta!» Corse giù per la collina e arrivò alla sua macchina proprio mentre Pete stava mettendo in moto. «Aspetta! Aspetta!»

Il coach frenò e aprì il finestrino. «Che c'è?» le chiese.

Senza fiato, Jo rimase per un attimo immobile a boccheggiare. «Domani,» riuscì a dire infine.

                    Jean Joachim

Lui annuì. «Domenica?»

«L'offerta di pancake con le gocce di cioccolato è valida anche se non rimango a dormire da te?»

Pete sorrise. «Ma certo. Porta anche Daisy.»

«Grandioso! Grazie, sembrava un'idea stupenda,» esclamò Jo.

«La porteremo a fare una passeggiata sulla spiaggia.»

«Le piacerebbe molto.»

«E a te piacerebbe?» chiese Pete.

«Lo sai che è così.» Jo si sporse oltre il finestrino per baciarlo. «A che ora?» domandò.

«Va bene alle undici?» propose l'allenatore.

«Perfetto,» accettò la donna.

«A domani, allora.»

«Buonanotte.»

Il Coach Bass scese dal cordolo e partì verso casa sua.

Jo salì le scale, dove il suo carlino si era seduto ad aspettarla pazientemente con il guinzaglio in bocca. «Giusto, ragazza, è ora di portarti a fare una passeggiata.»

Dopo la passeggiata, Jo si svestì e si mise a letto, con Daisy rannicchiata accanto a lei. Il letto le sembrava stranamente vuoto, senza il coach. Guardò fuori dalla finestra. *Forse è ora di ripensare a quella regola sul non rimanere la notte.*

Sorrise e si addormentò, concedendosi un sonno profondo e ristoratore.

Capitolo Sei

La colazione a base di pancake di domenica si trasformò in un appuntamento che durò tutto il giorno. Mangiarono, andarono in spiaggia, fecero l'amore, cucinarono insieme e poi guardarono un film. Daisy esplorò la grande casa di Pete, annusandone ogni angolo, e poi si mise ad inseguire i gabbiani e abbaiare alle onde mentre la coppia guardava l'acqua bassa e fredda alla ricerca di conchiglie.

Prima che Jo se ne andasse, rinnovarono l'intesa di lasciare la loro relazione fuori dall'ufficio.

«Ricordati che domani, allo stadio, saremo solo colleghi,» le disse Pete.

«Giusto. Certo,» replicò lei, annuendo.

Alle dieci di sera, caricò Daisy in macchina e guidò fino a casa. La sua abitazione le sembrò vuota e silenziosa. Pete era un uomo imponente, alto e muscoloso, che sembrava riempire tutto lo spazio attorno a sé. Jo si sedette sul bordo del letto e, mentre spazzolava il cane, analizzò la relazione che stava nascendo tra lei e il Coach Bass. Fu sorpresa di scoprire che riusciva a rimanere calma mentre ci pensava e sorrise, ammettendo a se stessa che si sentiva sempre più a suo agio con quell'uomo così sexy ad ogni loro incontro.

Vecchie preoccupazioni turbarono quei pensieri. *Mi mollerà? Sto correndo troppo?* Mise da parte quelle paure, decisa a godersi la situazione, e passò una notte serena accoccolata accanto al suo carlino, ascoltandone il russare.

La mattina seguente si svegliò carica d'energie e ansiosa di rivedere Pete. Arrivò in ufficio in anticipo e si preparò un caffè, che sorseggiò mentre controllava la sua e-mail. Il Coach Bass arrivò verso le otto e mezzo. Il cuore iniziò a batterle a mille, quando riconobbe il suono dei suoi passi che avanzavano lungo il corridoio, e non riuscì a trattenere un sorriso. L'allenatore si fermò davanti alla sua porta, le fece un breve cenno con la testa e le rivolse un secco *buongiorno* senza guardarla negli occhi, poi proseguì verso il suo ufficio.

Jo sentì una fitta al cuore. Non si era aspettata che lui la trattasse in modo tanto freddo, l'aveva ferita. *Avevamo deciso di mantenere un atteggiamento professionale in ufficio, non glaciale.* Le sue insicurezze le resero difficile accettare che la freddezza di Pete fosse solo una facciata e la rabbia le strinse la gola. *Non gli permetterò di gettarmi via tanto in fretta.*

Si fece strada con calma fino all'ufficio dell'allenatore e si erse sulla soglia. Pete, che le dava le spalle, si tolse la giacca e la appese sulla sedia. Jo si schiarì la gola.

Il coach si girò di scatto.

«Avevamo detto di essere professionali in ufficio, non di trasformarci in iceberg. Se vuoi smettere di uscire con me, dimmelo e basta,» esordì la P.R.

«'Giorno, Josie,» la salutò Pete, poi la afferrò, stringendole le braccia tra le grosse mani, e la attirò dentro il suo ufficio e nel suo abbraccio. Prima di lasciarla andare, le catturò la bocca con la propria e le diede un bacio appassionato e intenso.

Jo spalancò gli occhi e fissò la sua espressione sorridente. «Che diavolo stai facendo?» domandò, senza fiato.

«Non c'è nessuno qui, quindi nessuno può vederci. E poi, mi piace baciare la mia ragazza per darle il buongiorno,» rispose semplicemente Pete.

La donna scoppiò a ridere. «Pensavo che volessimo fingere che non fosse successo nulla.»

«Solo davanti agli altri. Mi dispiace per come mi sono comportato prima, pensavo che ci fosse anche Edie. Potrei giurare di aver visto il suo cappotto.»

«Dev'essere andata al bagno delle donne.»

«Allora ho fatto la cosa giusta. Ma a quest'ora quaggiù è deserto, non passa mai nessuno.» Pete avanzò verso di lei, lo sguardo carico di lussuria.

Jo lo spinse via con un braccio. «Ehi, aspetta un attimo. Lyle potrebbe arrivare da un momento all'altro,» gli ricordò.

«Non viene mai prima delle dieci, credo che sia perché la moglie lo sfinisce tutte le notti. Anche a me piacerebbe sfinirti...» ribatté il coach.

«Pete...» cominciò Jo, ma lui bloccò le parole che stava per dire con le sue labbra e la baciò fino a farle dimenticare tutto il resto.

La coppia sentì delle voci che provenivano dal corridoio e fece un balzo, separandosi. Jo si raddrizzò la camicetta e la giacca e si lisciò i capelli. *Il rossetto.* Le bastò un'occhiata per rendersi contro che il trucco sulle sue labbra era svanito. *E Pete ce l'ha tutto in faccia!* «Hai un fazzoletto?» chiese in un sussurro.

Pete ne tirò fuori uno dalla tasca posteriore e glielo porse.

La donna gli ripulì il colore dalla bocca e gli spinse di nuovo in mano il pezzo di stoffa, poi prese un respiro profondo. «Stavo solo dicendo...» Quando sentì le voci farsi più forti, si aggiustò la coda di cavallo.

«Oh, eccoti qua. Ho bisogno del tuo aiuto. I media continuano a chiamarmi per delle interviste riguardo alla nuova iniziativa sul controllo della rabbia e ho bisogno che tu mi aiuti a prepararmi. 'Giorno, Pete,» disse Lyle. Edie, al suo fianco, stava scribacchiando qualcosa su un blocco note.

Jo si chiese se fosse arrossita. Lyle sembrava non essersi accorto del loro appassionato abbraccio, ma Edie li fissava con espressione sospettosa.

«Fantastico, lasci che prenda i miei appunti,» rispose, poi lanciò un'ultima rapida occhiata a Pete e uscì dal suo ufficio.

Edie tossicchiò. «Buongiorno, Coach,» disse, e Jo poté giurare di aver intravisto un sorriso caloroso sulle sue labbra mentre le passava accanto.

Non riusciva a credere che Lyle Barker fosse così nervoso per via di un incontro con la stampa. Gli diede qualche consiglio e promise di scrivergli degli appunti e delle frasi chiave da memorizzare, poi Edie le diede la scaletta delle tre interviste.

«Non farò questa cosa senza di te, signorina. Se io non rispondo abbastanza velocemente, intervieni tu. Questa è la tua idea e adesso mi aiuterai a difenderla di fronte alla stampa. Non lasciare che pensino che i nostri ragazzi siano dei maniaci che passano tutto il tempo a picchiare la gente, capito?» le ordinò Lyle.

«Sì, Lyle.»

«Bene. Sii puntuale e preparata,» concluse l'uomo, poi prese il telefono.

Jo tornò nel suo ufficio e si sedette al computer. I muri della stanza non erano molto spessi e riuscì a sentire Pete terminare una conversazione al telefono. Creò un nuovo documento di Word, ma la risata bassa dell'allenatore la distrasse.

Mentre stava seduta lì a farsi la ramanzina e ripetersi di comportarsi in modo professionale, riusciva a pensare solamente alle vibrazioni della risata di Pete, che aveva sentito quando aveva appoggiato la testa sul suo petto nudo, a letto. Il suo calore penetrò oltre la barriera che li divideva e le fece tornare in mente il tempo che avevano passato insieme. Jo sospirò e guardò fuori dalla finestra, permettendosi di godersi il ricordo della giornata che avevano passato insieme.

Qualcuno si schiarì la gola, riportandola bruscamente alla realtà. Sbatté un paio di volte le palpebre, si girò verso la porta e vide la dottoressa Wendy McMillan che esitava sulla soglia. «Disturbo? Sembrava persa nei suoi pensieri,» chiese l'altra donna.

Stavo rivivendo i momenti che ho passato a letto con il coach. «No, no, entri pure,» rispose Jo, pregando di non avere le guance rosse per l'imbarazzo.

Wendy le si sedette di fronte. «Ho la lista. Vuole che la aiuti a mettere insieme i gruppi?» propose.

«Sicuro. Certo.»

«Bene. Possiamo farlo adesso?»

«Perfetto.» *Tanto non riuscirei comunque a concentrarmi sulla scrittura.*

«Dove vuole andare a farlo?» chiese la dottoressa.

«Che ne dice della sala conferenze? Così potremo prenderci tutto lo spazio di cui avremo bisogno.» Jo si alzò in piedi.

Le due donne sistemarono i documenti sul lungo tavolo. Mentre discutevano su quali giocatori inserire in ogni gruppo, entrò il Coach Bass.

«Che fate, signorine?» chiese, massaggiandosi il collo.

«Stiamo preparando i gruppi per il programma,» rispose Wendy.

Jo tentò di distogliere lo sguardo, ma non ci riuscì, attirata dalla voce calda e profonda di Pete. I loro sguardi si incontrarono solo per un attimo, ma le bastò per cogliere il lampo di desiderio che attraversò quello di lui. Jo abbassò subito le ciglia, sperando che la dottoressa McMillan non si fosse accorta dell'elettricità che crepitava nell'aria. *Stare a distanza l'uno dall'altra? Sì, certo.*

«Non vorrei disturbarvi,» disse Pete, uscendo dalla stanza senza guardarla negli occhi.

Jo tornò a concentrarsi sui questionari che Wendy stava impilando. Erano stati compilati dagli uomini che avevano già partecipato al corso di gestione della rabbia organizzato dalla dottoressa.

«Sembra quasi che il Coach abbia un debole per lei,» commentò l'altra donna mentre sistemava i fogli in ordine alfabetico.

Jo scosse la testa, ma non rispose per paura che la sua voce la tradisse.

«Forse mi sbaglio, ma l'atmosfera...»

«No!» sbottò Jo.

La dottoressa si interruppe e la fissò. «Va tutto bene, non c'è niente di male. Stavo solo facendo un'osservazione, e potrei anche essermi totalmente sbagliata, ma...»

«È solo una persona amichevole. E poi, non abbiamo niente in comune.»

Wendy annuì, ma il suo sorriso la tradì.

Merda! Lo sa. «Magari, però, lei e il coach...?» cominciò Jo. *Potrei mandarla fuori strada.*

«Io sono interessata a qualcun altro,» rispose l'altra.

«Oh? A chi?»

«Joel, il medico della squadra. Lo conosce? Oggi usciamo insieme a pranzo.»

«Ma è meraviglioso,» disse Jo, e smise di trattenere il respiro.

A mezzogiorno, Wendy uscì in fretta e furia e andò a sistemarsi capelli e rossetto prima del suo appuntamento. Jo, invece, riscaldò il chili avanzato che si era portata per pranzo e poi scese di sotto. Trovò un bel posticino illuminato dal sole sugli spalti e si sedette a mangiare da sola. La sua mente era oppressa dal problema di lavorare nello stesso ufficio del coach senza poterlo toccare e si mise a giocherellare con il suo cibo, sovrappensiero.

E ora che diavolo faccio? Ecco perché non sono mai uscita con un collega prima d'ora. Ma a cosa stavo pensando? Rise di se stessa, consapevole che era ormai troppo tardi per rinunciare a Pete Sebastian, l'uomo migliore che avesse mai frequentato. Il coach si era già conquistato un posto nel suo cuore e lasciarlo non era più un'opzione.

Si costrinse a mangiare metà della pietanza, poi richiuse il contenitore e tornò verso le scale. L'arco dell'uscita era occupato da una giovane donna dalle labbra imbronciate che sembrava cercare qualcosa sugli spalti con lo sguardo.

Jo la raggiunse e le chiese: «Mi scusi, signorina? Posso aiutarla?»

«Mi chiamo Samantha Drake, sono la sorella di Devon. Mio fratello mi ha chiesto di portare questi documenti in ufficio. Dove devo andare?» rispose l'altra.

«Lasci che le mostri la strada.»

«La conosco?»

«Sono Jo Parker. Una volta mi occupavo di fare pubblicità ai Sidewinders, la vecchia squadra di Devon,» si presentò la P.R.

«Ecco perché mi sembrava di averla già vista. Ci siamo incontrate nella sezione riservata della tribuna? Magari a una partita o due?» domandò Samantha.

«A tutte. Non mi sono mai persa una partita,» rispose Jo.

«Che ci fa qui?»

«Sono la vicepresidentessa dell'ufficio marketing dei Kings. Cosa sono quei documenti?»

«Dei moduli, sembrano un questionario.»

«Posso dare un'occhiata?» chiese Jo, allungando una mano verso le carte che la donna teneva in mano.

«Certo. Se potessi anche evitarmi di andare fino all'ufficio, sarebbe fantastico. Sono già in ritardo per una riunione al rifugio per donne New Life,» rispose Samantha.

«Oh?» La P.R. inarcò un sopracciglio. Quando abbassò lo sguardo, vide che i moduli erano per il corso sulla gestione della rabbia.

«Faccio la volontaria lì,» spiegò la sorella di Devon.

«Dove si trova?»

«Tra Monroe e Bridgeport.»

Jo venne colpita da un'idea improvvisa e la sua mente cominciò a correre a mille all'ora. «Mi piacerebbe parlarne con lei. Potrebbe trovare il tempo per venire a pranzo con me, la prossima settimana?»

«Mi piacerebbe molto. Può far avere questa roba alla persona giusta?» chiese Samantha.

«Sono già con la persona giusta. Questo documenti vanno consegnati a me.»

«Perfetto.»

Jo porse alla giovane il suo biglietto da visita e le disse: «Per favore, mi chiami, così potremo decidere quando andare a pranzo. Penso che la squadra possa dare una mano al rifugio.»

«Sarebbe fantastico, la chiamerò. Grazie ancora per essersi occupata dei documenti. È stato un piacere incontrarla,» replicò Samantha.

La P.R. annuì. «Anche per me,» gridò, mentre l'altra si dirigeva verso il parcheggio.

Aveva bisogno di pensare. Era così assorta che riaprì il contenitore di plastica e si infilò una piccola cucchiaiata di chili in bocca. Se avesse guardato dove stava andando, non sarebbe mai finita addosso al Coach Bass.

* * * *

Nel suo ufficio, Pete prese un fazzoletto e se lo passò sul viso sudato. *Merda! C'è mancato poco. Cosa sto facendo?* Gli era bastato lanciare uno sguardo all'espressione della dottoressa McMillan per capire che non se l'era bevuta. *Come diavolo faccio a fingere di non frequentare l'unica donna che voglio?* Si sarebbe preso a calci in culo da solo, se solo fosse riuscito a raggiungerlo.

Visto che non ci riusciva, iniziò a camminare su e giù per la stanza. Guardò fuori dalla finestra, sperando di trovare una risposta ai suoi problemi, e vide Jo che passeggiava lungo il campo da sola. *È sveglia, scommetto che lo sa.*

Uscì in corridoio e cercò di assumere un'aria noncurante sotto lo sguardo curioso di Edie mentre le passava accanto. Quando arrivò alle scale, però, scese i gradini due alla volta. *Devo raggiungerla prima che entri.*

Passò davanti alla sala del sollevamento pesi, aspettandosi di trovarla vuota, ma vide Trunk Mahoney e Buddy Carruthers che bevevano dell'acqua appoggiati contro il muro accanto alla porta. *Merda!* Pete prese un paio di respiri profondi.

«Ehi, Coach, va ad allenarsi?» chiese Trunk.

«Non oggi.» Pete sperò che l'interrogatorio fosse finito.

«Dove sta andando?» Buddy posò la bottiglietta.

Gli aveva posto la domanda che il coach temeva di più. Pete sentì un'ondata di calore iniziare a risalirgli lungo il collo per l'imbarazzo. «Vado solo a prendere un po' d'aria. Passeggio, faccio aerobica. Mi aiuta a tenermi in forma,» rispose. Accelerò il passo, sperando di mettersi fuori portata prima che Buddy potesse ricominciare a fargli domande.

Lanciò uno sguardo alle espressioni scettiche dei due giocatori e si rese conto che non gli credevano, ma continuò a camminare. Svoltò l'angolo e si mise a correre, ma proprio mentre si stava avvicinando all'erba, *boom!* Jo Parker gli sbatté addosso, facendoli ruzzolare entrambi a terra.

«Ooph,» si lasciò sfuggire la donna mentre cadeva sull'erba, sbattendo il viso. Pete non riuscì a fermarsi e le cadde addosso, ma allungò le mani per reggersi ed evitare di schiacciarla. Il suo profumo lo ipnotizzò e si sporse per sfiorarle il collo con le labbra. Jo si tirò su e gli sbatté la testa sul viso e il coach sentì una scarica di dolore. La donna si girò sulla schiena e alzò lo sguardo.

«Merda! Mi dispiace. Stai bene?» gli chiese, massaggiandosi la nuca.

Pete annuì, anche se non si sentiva per niente bene. «Tu?» domandò a sua volta, toccandosi lo zigomo.

Jo gli scostò la mano e tastò delicatamente la carne gonfia con le dita. «Diventerà viola,» concluse.

«Merda. Cazzo.» Pete piegò le ginocchia, appoggiando il peso su di esse e su un gomito, poi si chinò e le diede un bacio.

«Non farlo. Qualcuno potrebbe vederci.»

L'autocontrollo dell'allenatore era scomparso: voleva prenderla tra le braccia, spogliarla e prenderla lì sul campo. «Mi dispiace,» farfugliò. «Sono venuto qui per chiederti un consiglio.»

«Un consiglio riguardo a cosa?» domandò Jo.

«Riguardo a come fare per non metterti le mani addosso.»

La donna ridacchiò e gli posò una mano sulla guancia gonfia. «Volevo chiederti la stessa cosa,» ammise.

«Cosa facciamo?» Pete chinò la testa e le mordicchiò il collo.

Jo sospirò e si lasciò ricadere a terra, i capelli dorati contro il verde brillante dell'erba perfetta. «Non lo so, ma non penso che siamo riusciti a darla a bere a Wendy.»

«No, non ci siamo riusciti. E Edie è una vera impicciona, quindi anche lei lo capirà presto, sempre che non l'abbia già fatto.»

«Almeno la squadra non lo verrà a sapere,» si consolò Jo.

«Non ci conterei troppo. Mentre venivo qui ho incontrato Mahoney e Carruthers e mi hanno fatto il terzo grado per scoprire dove stavo andando. Non sono riuscito a dare una risposta convincente,» confessò Pete.

«Oddio, no. Dici sul serio?» chiese la donna.

Lui le portò la mano libera al seno e lei si lasciò sfuggire un lieve gemito dalla gola. «Non parliamo di loro,» disse Pete.

«Non siamo in un posto troppo pubblico?»

«Chi se ne frega.»

«Pensavo che fregasse a noi.»

«Finché non facciamo sesso sul tavolo della sala conferenze durante una riunione, sono solo affari nostri,» mormorò Pete.

Jo gli sbottonò la camicia e insinuò una mano all'interno: sentire la sua pelle calda e morbida contro il petto fece crescere il desiderio dentro di lui.

«Se vuoi fare così, allora...» disse il coach, poi le aprì la camicetta e iniziò a cospargerle la pelle di baci finché non arrivò al seno.

Qualcuno si schiarì la gola e Pete ritrasse di scatto la mano, mentre Jo armeggiava con i bottoni. L'allenatore si tirò su.

«Uh, Coach?» disse la voce di Trunk.

Mentre abbandonava quella scomoda posizione e si tirava in piedi, Pete girò la testa e vide i suoi giocatori. Tese una mano verso Jo e la aiutò a rialzarsi. La donna aveva il viso rosso, teneva gli occhi bassi e stava giocherellando nervosamente con i capelli, sfilandosi e rimettendosi l'elastico.

L'allenatore si sentì mortificato. *Sopporta e fingi che non steste facendo nulla.*

«Uh, signorina Parker,» disse Buddy, lasciandosi sfuggire una risatina. «Credo che le siano caduti questi.» In mano teneva un paio di fogli.

«Oh, sì, sono miei. Grazie,» replicò Jo. Quando si era scontrata con Pete, il vento aveva spinto i documenti lontano dal punto in cui erano caduti.

«Che ci fate qui voi ragazzi?» domandò Pete.

Buddy Carruthers spostò nervosamente il peso da un piede all'altro. «Ci chiedevamo solo dove stesse andando.»

«Ora lo sapete. C'è altro?» Il coach si rivolse ai due giocatori con la sua più voce dura e il suo sguardo più torvo, ma loro non sembrarono spaventati. Anzi, si portarono le mani alla bocca per nascondere le risa.

«No, Coach, nient'altro,» rispose Trunk, sorridendo e tentando di trattenere le risate.

I due uomini tornarono verso la palestra, ridendo così forte che riuscivano a malapena a camminare.

«Immagino che non dovremo più preoccuparci nemmeno della squadra, giusto?» sospirò Jo.

«Maledizione! Non c'è nulla che rimanga privato in questo posto, nulla. Nessuna stramaledetta cosa.» Pete la prese per mano e si diressero verso l'entrata. «Ora non abbiamo più bisogno di nasconderci,» concluse, scuotendo la testa.

Quando passarono davanti alla palestra, Jo distolse lo sguardo. Griff Montgomery oziava appoggiato allo stipite della porta con una bottiglia d'acqua in mano, mentre Buddy e Trunk erano di nuovo contro il muro. Quando videro la coppia avvicinarsi, i tre giocatori smisero subito di sussurrare tra di loro.

«Ehi, Coach,» gridò Griff. «Non credevo che il rosa acceso fosse il suo colore!»

In uno scatto di rabbia, Pete afferrò il fazzoletto che aveva in tasca e se lo sfregò sul viso. I giocatori si piegarono in due per le risate, che riecheggiarono tra i muri di cemento, aumentando di volume e mettendolo sempre più a disagio.

Jo gli strinse più forte la mano, poi la lasciò andare. Il Coach Bass la guardò e si accorse che stava ridendo anche lei, anche se era evidente che stava cercando di trattenersi. A quella vista, rimise il pezzo di stoffa nella tasca, scrollò le spalle e sorrise.

Jo si alzò in punta di piedi e lo baciò, poi gli pulì le labbra con il pollice. «Non me ne frega un cazzo,» dichiarò.

Pete alzò le sopracciglia e scoppiò in una risata fragorosa. La sua donna tornò in ufficio e chiuse la porta, poi l'attenzione dell'allenatore venne attirata dallo squillare del suo telefono fisso e anche lui dovette tornare al lavoro.

* * * *

Che diavolo mi sta succedendo? Cos'ho appena fatto? Abbiamo veramente quasi fatto l'amore sul campo in pieno giorno? Merda! Devo riuscire a riprendere il controllo. Le labbra di Jo si piegarono in un sorriso divertito. *Ho sempre voluto essere una cattiva ragazza, però. Immagino che non sia mai troppo tardi. Comunque, adesso devo dimenticare Pete e rimettermi al lavoro.*

Si morse il labbro, pensierosa. *È maggio. Mitzi si sposa questo mese? No, dev'essere più avanti. Forse ad agosto? Sarà in California, ma il matrimonio si svolgerà al chiuso e ci sarà l'aria condizionata, quindi non importerà come mi vesto.* Decise che dopo il lavoro sarebbe andata a comprare un vestito nuovo per il matrimonio.

Si sedette al computer per scrivere dei comunicati stampa riguardo al programma per la gestione della rabbia. Concentrata sulla scrittura e l'editing com'era, non si accorse che si stava facendo tardi. Edie venne ad augurarle la buonasera prima di andar via e Jo la salutò con la mano senza alzare lo sguardo dallo schermo: non era ansiosa di vedere la consapevolezza negli occhi dell'altra donna.

Era sempre stata una perfezionista e rilesse i comunicati stampa finché non furono completamente privi di errori, senza nemmeno una virgola fuori posto. Quando ebbe finito, si appoggiò allo schienale, si sfilò le scarpe e posò i piedi sul cestino della carta. *Questo programma accrescerà la fama dei Kings e probabilmente anche quella di Wendy McMillan. E tutto grazie a me.* Sentì la soddisfazione riempirle le vene.

Poi il suo cellulare squillò. *Mamma.*

«Ciao, cara.»

«Ehi, mamma.»

«Dove sei?»

«Ancora in ufficio. Che ore sono?» Jo lanciò un'occhiata al suo orologio. *Le sei e trenta!*

«Ti stanno facendo lavorare molto,» commentò sua madre.

«Ho appena iniziato un nuovo progetto. Lancerò qualcosa che non ha nessun'altra squadra,» dichiarò la P.R., orgogliosa.

«Davvero?»

«È un programma sulla gestione della rabbia.»

«Sembra che i giocatori ne abbiano bisogno, ne ho visti un paio mettersi a strillare per uno sbaglio dell'arbitro. Non sanno proprio come comportarsi.»

«Servirà ad aiutare i giocatori a gestire la rabbia *fuori* dal campo,» chiarì Jo.

«Che cosa carina, cara.»

Jo sospirò. *Non mi sta neanche ascoltando.* «Perché mi hai chiamata?» domandò.

«Tuo padre pensava che dovessi sapere che stiamo per andare in Italia, Turchia e Grecia per un po'. C'è niente che devi dirci?» rispose sua madre.

«No, Madre, non mi sono fidanzata,» rispose Jo, sarcastica.

«Non aspettare troppo, Josephine. Hai già trentadue anni e non diventerai di certo più giovane. E poi, noi vogliamo un nipotino.»

«Sono sicura che è così.» Jo si mangiucchiò un'unghia.

«Quando nascerà, mi comporterò proprio come la protagonista de *La signora mia zia* con lui,» si entusiasmò sua madre.

«Scommetto che lo farai.» Jo si sedette più dritta e piantò i piedi sul pavimento.

«Comunque, adesso lo sai. Sono sicura che non ti mancheremo neanche un po'. Lavori così tanto, non hai mai tempo per la tua famiglia.»

«Non è vero.»

«Quando ti chiamo, stai sempre lavorando.»

«Già, lavorare è quello che faccio.»

«Non ti interrompiamo mai mentre sei ad un appuntamento.»

«Grazie a Dio.»

«Jo!» esclamò sua madre, scandalizzata.

«Non dicevo sul serio, davvero. Okay, passate una splendida vacanza. Di' a papà che gli voglio bene. Chiamami, quando tornate.»

«Lo farò. Buona fortuna per quella cosa nuova a cui stai lavorando, quella formazione o qualsiasi altra cosa sia. Spero che batta le altre squadre.»

«Grazie per il supporto, mamma.» Jo alzò gli occhi al cielo.

«Prego, cara. *Hasta la vista,*» la salutò sua madre.

«Quello è spagnolo.»

«Ah, beh, è tutto quello che so. Comportati bene.»

«Ci sentiamo.»

Jo attaccò. «Daisy è più brava ad ascoltare di lei,» si lamentò tra sé e sé, le lacrime che le pungevano gli occhi e la rabbia che le montava dentro. *Non piangere! Non hai già passato tutto questo abbastanza volte? Sai come va a finire. Loro non ti ascoltano, perché a loro non importa. Tu non hai bisogno di loro.*

Prese un respiro profondo e tremante, poi si premette i pollici sugli occhi per impedirsi di scoppiare a piangere. Sentì qualcuno schiarirsi la gola e trasalì, abbassò di scatto le mani e si voltò verso la porta.

Lì, appoggiato allo stipite, con il suo snello e incredibilmente sensuale metro e ottantasette d'altezza, la camicia aperta sul collo e la cravatta storta, stava Pete Sebastian. «Sei rimasta fino a tardi,» le disse.

«Anche tu.» Jo fece un altro respiro profondo.

«Avevo una riunione con Lyle e Carson Peters, il nostro responsabile commerciale.»

«Oh?»

«Stavamo discutendo le trattative con i nostri giocatori svincolati e ultimando le scelte riguardo ai risultati delle selezioni. Roba complicata, sono felice che sia Cap ad occuparsene. Fortunatamente, la maggior parte dei giocatori svincolati sono soggetti a restrizioni, quindi firmeranno il contratto con noi senza chiedere grossi aumenti,» spiegò Pete.

«Ce ne sono anche alcuni non soggetti a restrizioni?» domandò Jo.

«Già, è proprio questo il problema. Tra di loro c'è anche Marquel Johnson, e noi abbiamo bisogno di lui. Si è infortunato, quindi posso solo sperare che nessun'altra squadra sia interessata a lui. C'è anche Trunk Mahoney, e lui ci darà qualche problema,» rispose il coach.

«Perché?»

«Quando lo abbiamo fatto entrare in squadra, non era molto richiesto, ma nel tempo è migliorato molto. Sarebbe davvero un peccato perderlo, e sarebbe difficile rimpiazzarlo.»

«Allora dovremo corteggiarlo un po' per tenerlo con noi. Forse offrirgli un po' di soldi in più basterebbe.»

«Forse,» concordò Pete.

«È tutto?» chiese Jo.

L'allenatore si sfregò il mento. «No, ci sono un paio di altri giocatori che potrebbero darci problemi.»

«Sei preoccupato?»

«No, in realtà. Fortunatamente i nostri migliori giocatori sono tutti ancora sotto contratto, a parte Johnson e Mahoney.»

«Allora questa stagione dovrebbe andare bene quanto quella dello scorso anno, giusto?» chiese la P.R.

Pete rise. «Tu sei un'ottimista, ma qualsiasi cosa potrebbe andare storta. Spero solo che riusciremo a sfruttare lo slancio che abbiamo preso e che tutti rimangano in salute. Che ne dici di andare a mangiare un hamburger al The Savage Beast?»

«Devo comprare un vestito per andare a un matrimonio,» si scusò Jo.

«I negozi sono ancora aperti?»

«Bella domanda.» La donna diede un'occhiata all'orologio. *Sono quasi le sette.*

«Compralo domani. Vieni a cena con me,» la tentò Pete.

Jo sorrise, divertita. «Perché no? E poi, oggi Sam mi ha mandato le statistiche di Drake, devo solo stamparle. Possiamo guardarle a cena.»

«Oh? Io preferirei guardare i tuoi occhioni azzurri... tra le altre cose, mentre mangio.» Il coach lasciò scivolare lo sguardo sul suo petto e la donna accartocciò un pezzo di carta e glielo tirò. Pete lo parò con la mano e ridacchiò, poi disse: «Vado a prendere il raccoglitore con il materiale su Drake. Potremo confrontare i nostri appunti, prima che io cominci a sedurti.»

«Quindi vorresti sedurmi, eh?» Jo lo guardò con un sopracciglio inarcato.

«Lo farò solo se tu sarai troppo recalcitrante.»

La risata bassa e piena di Jo riempì la stanza. «Ci vediamo nel parcheggio,» disse, poi si tirò in piedi e si diresse verso la porta.

Pete le bloccò la strada. «Prima, voglio esaminare la merce.»

Jo alzò il mento e l'allenatore catturò la sua bocca con la sua. Per qualche attimo, la sua mente si svuotò totalmente e riuscì a concentrarsi solo sul sapore e sul profumo del Coach Bass, mentre lui la prendeva tra le braccia e approfondiva il bacio, facendola sciogliere.

«E se l'addetto alle pulizie ci vedesse?» chiese, staccandosi da lui e ansimando lievemente.

«Non me ne frega un cazzo, tanto ormai non è più un segreto. E poi probabilmente Edie gliel'avrà già detto. Vieni qui,» sussurrò Pete, attirandola di nuovo contro di sé.

Jo lasciò che lui la abbracciasse e che il suo buonsenso volasse fuori dalla finestra. Gli strinse i muscoli delle spalle tra le dita e inarcò la schiena, premendogli il seno contro il petto, e i capezzoli le si inturgidirono quando entrarono in contatto con il suo corpo. «Hai deciso di sedurmi proprio qui?» domandò, tirando indietro la testa.

«Può essere,» mormorò il coach, poi la sua bocca trovò di nuovo quella di lei.

Jo gli premette un palmo sul petto e lo spinse via. «Non senza la cena,» disse, cercando di mantenere un'espressione seria.

Pete ridacchiò. «Una promessa è una promessa. Andiamo, sono affamato,» disse, allontanandosi.

«L'ho notato.» Jo ridacchiò e lo precedette fuori dalla porta.

* * * *

Pete tenne aperta la porta per Jo.

«Non ci vedranno? I giocatori non vengono qui?» gli chiese lei.

«Non me ne frega. Voglio un hamburger al gorgonzola e voglio mangiarlo con te. Questa storia di fingere di non stare insieme è una cazzata, e poi oggi la nostra copertura è saltata,» rispose il coach.

Jo esplorò la stanza con lo sguardo e, come aveva previsto, trovò Bullhorn Brodsky seduto al bar. Il giocatore alzò una mano e le fece un cenno con la testa in segno di saluto.

La cameriera venne al loro tavolo e salutò l'allenatore: «Ehi, Coach. È un piacere vederla.» Poi guardò Jo e chiese: «Una novellina?»

«Carla, questa è Jo Parker, la nuova vicepresidentessa del nostro reparto pubbliche relazioni,» le presentò Pete.

«Piacere di conoscerla. Non gli spezzi il cuore,» disse Carla, sorridendo divertita.

«Non lo farò, a meno che lui non spezzi il mio,» scherzò Jo.

Pete le prese la mano nella sua. «Non lo farei mai.»

«Prima che mi venga il diabete, cosa volete ordinare?» intervenne la cameriera.

«Il solito,» rispose il coach.

«Un hamburger al gorgonzola medio. E una birra?»

«Solo una. Guido io.»

Carla annuì, poi guardò Jo.

«Anche per me,» disse la P.R.

«E le patatine?»

«Potrei avere un contorno d'insalata, al loro posto?»

«Sicuro.» La cameriera annotò i loro ordini, poi tornò al bar.

«Bullhorn ci ha visti,» disse Jo.

«Diamogli qualcosa di cui parlare, allora.» Pete si sporse verso di lei e la baciò.

La donna si scostò. «Che stai facendo?» gli chiese, allarmata.

«Sto dando vita alle voci di corridoio. Se proprio devono parlare di noi, che dicano la verità, almeno.»

Jo sorrise e Pete le accarezzò il dorso della mano, facendole correre un brivido lungo la schiena.

Carla tornò con i loro drink e spostò lo sguardo dalle loro mani intrecciate a Pete. «State correndo un po', eh?» scherzò.

Pete scoppiò a ridere. «Vuoi che rallenti?»

«Non si può rallentare se si sta già andando a passo di lumaca, Coach.» La cameriera guardò Jo e le fece l'occhiolino.

«Alla mia ragazza non piacciono molto le dimostrazioni d'affetto in pubblico,» ribatté l'allenatore.

Jo si sentì le guance in fiamme.

«Perché no? Lo fanno tutti, qui.» Carla ridacchiò e tornò al bar.

Jo si nascose dietro il suo boccale colmo di schiuma.

«Passa la notte con me,» le sussurrò Pete.

«Tutta la notte?»

Pete annuì. «Andiamo a prendere Daisy. Può dormire sul letto con noi,» propose.

Carla tornò con la loro cena. «Godeteveli,» disse.

«Vedremo,» rispose Jo, poi assaggiò il suo hamburger.

«È quello che la gente dice quando vuol dire di no ma ha troppa paura per farlo. Lo dicevo sempre alle mie ragazze.» Pete prese una patatina fritta dal suo piatto.

«È delizioso,» commentò la donna.

«Non cambiare argomento.»

«Non me la farai passare liscia, vero?»

«No. Tra le mie figlie e i miei ragazzi, ho imparato a riconoscere tutti i trucchi.»

Jo ridacchiò. «Sono in trappola. Immagino che la risposta giusta sia sì.»

«Non voglio costringerti,» ribatté il coach, poi diede un morso al suo hamburger.

«Sì, invece.» La donna gli rubò una patatina dal piatto.

«Beh, forse un pochino. Ma se non te la senti...»

Jo coprì la mano di Pete con la sua. «Va tutto bene.»

«Voglio solo stare a letto con te e guardare la luna insieme. È una cosa tanto brutta?» chiese Pete.

Il suo tono gentile e quelle parole romantiche le bloccarono nella gola la risposta irriverente che avrebbe voluto dargli. «È una cosa adorabile,» commentò con voce sommessa.

Il coach annuì. «Zitta, i ragazzi potrebbero sentirti!»

«Nessun uomo che abbia cresciuto due figlie da solo può fare il macho tutto il tempo,» replicò Jo.

«Lo so, e lo sai anche tu. Ma i ragazzi non lo sanno. Lasciamoli vivere nelle loro illusioni ancora per un po'.»

«Scommetto che sei bravissimo a fare le trecce.»

«Shh. So fare le trecce e i codini e riesco perfino a coordinare le sfumature di rosa. Ma non dirlo a nessuno,» confessò Pete.

Jo scoppiò a ridere. «Sei un metrosessuale?»

«Oh, mio Dio. Sei i ragazzi ti sentissero, andrebbero fuori di testa. Non sanno nemmeno cosa significhi,» protestò l'allenatore.

«E tu lo sai?»

«Certo che sì. Io leggo.»

«Ah, sì. Per le ragazze!»

«Non vedo l'ora che tu le conosca.»

Jo lasciò cadere la forchetta. *Conoscere le sue figlie? Chi ha mai parlato di conoscerle?*

Pete si chinò per raccogliere la sua posata.

«Perché non vediamo quelle statistiche?» cambiò argomento Jo. «Quelle di Devon Drake?»

«Ce le ho proprio qui.» La donna prese un raccoglitore viola dalla borsa.

Pete la prese per i polsi, bloccandola. «L'idea di incontrare le mie figlie ti infastidisce?»

Jo guardò fuori dalla finestra. *Non dire nulla.*

«Non mi rispondi?» insistette il coach.

Lei lo guardò, poi spostò di nuovo lo sguardo sulla finestra.

«Non mordono mica.»

«Sfoggi tutte le donne con cui vai a letto davanti a loro?»

«No.»

«Quante di loro hanno conosciuto?»

«Alcune di loro le conoscevano già, come la preside della loro scuola.»

Jo alzò le sopracciglia. «Sei andato a letto con la loro preside?»

«Siamo usciti insieme per un paio di settimane, ma non siamo mai andati a letto. Per fortuna,» rispose Pete.

«È andata così male? Oh, aspetta, non lo voglio sapere. Ti prego, lascia stare.»

Pete le lasciò andare i polsi.

«Non mi hai ancora risposto. Quante sconosciute hanno incontrato?» tornò all'attacco Jo.

«Tra le donne che ho frequentato? Nessuna.»

La donna spalancò gli occhi. «Nessuna?» ripeté.

«Non ne ho mai sfoggiato nessuna davanti a loro. Non volevo che stringessero un legame con loro finché non avessi capito quello che provavo,» rispose il coach.

«Questo dimostra che ho ragione.»

«Fino ad ora.»

Jo guardò Pete negli occhi e inghiottì a vuoto. «Ora?»

«Adesso sono più grandi e hanno le loro vite,» spiegò l'allenatore.

«Oh, certo, quindi il fatto che tu abbia una ragazza non è importante.» Jo allungò una mano verso il raccoglitore.

Di nuovo, Pete le bloccò le mani. «È proprio il contrario, invece. Non c'è mai stato nessuno importante quanto te, per me.» Parlava piano, ma la forza delle sue parole la colpì come una raffica di vento invernale.

Jo rabbrividì. «Quanto me?» chiese con voce sommessa.

«Quanto te.» Il coach la lasciò andare.

La donna strinse i pugni per nascondere il tremito che le scuoteva le mani. «Perché?»

Fu il turno di Pete di comportarsi in modo sfuggente. Con le guance un po' arrossate, si concentrò su quel che rimaneva delle sue patatine e poi, tenendo gli occhi fissi sul piatto, borbottò qualcosa di incomprensibile.

«Cosa?» domandò Jo.

«Ci sono un sacco di ragioni,» ripeté lui.

La donna finì il suo drink, mentre Pete dava un ultimo morso al suo hamburger. Evitarono di guardarsi negli occhi.

Quando il coach finì di masticare, chiese: «Allora, che si fa riguardo a Devon Drake? Vediamo che materiale hai raccolto.»

«Okay.» Jo si concentrò sui fogli che aveva davanti.

Il Coach Bass spostò la sedia accanto alla sua e sparse le pagine sul tavolino, poi insieme esaminarono i dati e discussero le cifre riportate.

«Il problema è la velocità, è diminuita. Ha rallentato un sacco, dal suo ultimo anno a St. Louis,» commentò Pete.

«La sua corsa verso la linea delle quaranta iarde è molto più lenta rispetto a due anni fa,» concordò Jo.

Mentre scorreva le pagine, la donna strinse le labbra in una linea sottile. I due lessero in silenzio. «Questo potrebbe essere il motivo. Guarda il suo peso,» disse infine Jo, indicando un numero.

«A St. Louis, pesava venti chili in meno.» Pete storse le labbra.

«Potrebbe essere per questo che è più lento.»

Carla portò il conto e il Coach Bass mise qualche banconota sul tavolo e si alzò in piedi. «Andiamo,» disse. Nel parcheggio, le aprì la portiera e si mise al volante. Mentre lui guidava, continuarono a parlare di Devon Drake. «Dobbiamo rimetterlo in forma. E dovremmo controllare ancora Bullhorn Brodsky, perché con quell'infortunio al gomito dovremo cambiare il suo solito allenamento. Ho bisogno che stia bene e che riesca a giocare.»

«Ci sono un sacco di cose su cui devi lavorare prima che inizi il ritiro, vero?» commentò Jo.

«Già. Ogni anno pensi di aver organizzato tutto e che non ci saranno problemi, ma poi succede qualcosa e tu rimani indietro e devi correre per rimetterti in pari... di nuovo.» Pete imboccò un viale deserto.

«Fare l'allenatore è un lavoro duro.»

«Lo adoro. I ragazzi sono fantastici, sono i dettagli come questi che mi fanno impazzire, cazzo.»

«Non puoi farti aiutare un po' dagli assistenti allenatori?» chiese Jo.

«Certo che sì. Loro fanno quello che possono, ma se perdiamo, è il coach che viene licenziato,» rispose Pete.

Lei gli diede un colpetto sulla coscia per consolarlo. «Tu sei un vincitore.»

«Quest'anno,» ribatté Pete, poi imboccò un'altra strada silenziosa. «Prossima fermata, casa tua,» annunciò.

«Casa mia?»

«Andiamo a prendere Daisy.»

«Tu non ti dimentichi mai di nulla, non è vero?» scherzò Jo.

«Non me lo posso permettere,» rispose Pete, poi svoltò nella sua via.

Capitolo Sette

Jo era indaffarata a preparare un lettino e una ciotola d'acqua per il suo cane, ma doveva continuare a chiedere a Pete dove fosse tutto. *Non metterti troppo comoda: questa non è la tua casa, né lo sarà mai.*

Anche se il design era moderno, adorava la struttura di legno stagionato e vetro affacciata sul vasto mare. L'odore di sale che permeava l'aria e le grida dei gabbiani le ricordavano che si trovava sul bordo di un immenso oceano.

Quando calò il crepuscolo, si armò di torcia elettrica, portò Daisy a fare una passeggiata sulla spiaggia e si riempì i polmoni d'aria pulita e salata, che la rinfrancò nel corpo e nello spirito. Il suo carlino giocava nell'acqua bassa, abbaiando contro le onde al chiaro di luna e saltellando sulla sabbia umida.

Quando tornò. Pete riempì due piatti di gelato con pezzetti di cioccolato e versò due tazze di caffè fumante. Daisy ignorò il lettino che Jo le aveva portato da casa, trovò un posticino comodo e più vicino alla sua padrona sul tappeto, si accucciò e si addormentò. Prima che Jo e Pete potessero iniziare a parlare tra di loro, il telefono del coach squillò. Jo rimase seduta in silenzio in soggiorno a mangiare il gelato e trangugiare la bevanda calda, mentre ascoltava Pete parlare con sua figlia.

L'allenatore si sedette nuovamente sul divano e appoggiò i piedi sul robusto tavolino da caffè in legno. «Ehi, Lexie. Che c'è, tesoro? Come stai?» iniziò.

Jo tenne lo sguardo attento fisso sul suo viso, cercando di interpretare le sue espressioni. *Cosa penserebbero le sue ragazze di me?*

«Quando finiscono gli esami?» Pete fece una smorfia contrariata. «Sembra che quest'anno terminino più tardi. Okay.» Cambiò posizione e aggiunse: «Che mi dici del viaggio che abbiamo organizzato? No, non ho ancora comprato i biglietti.» Annuì e rimase in silenzio ad ascoltare, poi continuò: «Certo. Possiamo andarci durante le vacanze o anche la prossima estate, se questo lavoro è così importante.»

Di nuovo, il coach si interruppe e rimase ad ascoltare. Jo vide l'espressione preoccupata sul suo viso scomparire mentre le rughe e i muscoli si rilassavano. «Sembra un'ottima idea. Sì, lo so. Certo che mi mancherai. Uh huh. Ma è una decisione che devi prendere tu,» continuò Pete.

Piegò le labbra in un sorriso. «Va bene, dolcezza. Sì, sono orgoglioso di te,» disse, poi scoppiò a ridere. «Ti manderò la paghetta. Doppia? Oh, certo. Vitto e alloggio? Solo alloggio? Okay, posso permettermelo. Buona fortuna, e dà un bacio a tua sorella da parte mia. Sì, sono maledettamente orgoglioso di te. Fa' un buon lavoro. Ti voglio bene anch'io, Lexie,» concluse.

Mise giù il telefono e sospirò.

«C'è qualcosa che non va?» domandò Jo.

«Non proprio. Le ragazze erano in competizione con una dozzina di altri studenti per uno stage al giornale locale di Willow Falls. Il direttore ha deciso di dividere il lavoro tra loro due,» rispose il coach.

«È fantastico. Congratulazioni.»

«Già, è un grande risultato. Certo, non verranno pagate, ma non è quello il problema.»

«Qual è il problema, allora?» insistette Jo.

«Dopo la fine della scuola, andiamo sempre a fare un viaggio insieme. L'anno scorso, siamo andati in Grecia. Quando erano alle superiori non avevamo molto tempo, perché l'anno scolastico durava molto di più. Ma ora sono al college, cavolo, finiscono alla fine di maggio,» spiegò Pete.

«E quest'anno non torneranno a casa, giusto?» chiese la donna, iniziando a capire.

«No. Il loro lavoro estivo inizia a giugno e finisce ad agosto, proprio quando cominciano le partite pre-stagione.»

«Ti mancano, non è vero?» Jo gli toccò il braccio cercando di confortarlo.

«Sì e no. È bello non dover essere in servizio ventiquattr'ore su ventiquattro, non dovermi preoccupare dell'ora a cui tornano a casa o delle persone con cui escono o ricordarmi di non dire parolacce. E poi, adesso posso portarmi le donne a casa.» Pete le strinse le dita attorno al polso.

Jo inarcò un sopracciglio. «Le donne?»

Il coach la attirò a sé, ridacchiando. «Scusa, volevo dire *la donna*. Ma sì, mi manca tornare a casa da loro, mi mancano le loro chiacchiere e la loro energia. C'è sempre qualcosa che bolle in pentola, quando sono qui. Hanno un sacco di amici e la casa è piena di vita. Mi piace.»

«Ti trattano bene?» La donna si rannicchiò nel suo abbraccio.

«Trattano il loro vecchio in modo giusto. La maggior parte del tempo si comportano bene, ma possono essere testarde, soprattutto quando punto i piedi per qualcosa. E a volte si coalizzano contro di me.»

«Scommetto che tu vinci più spesso di loro, però.»

«Direi che la situazione è cinquanta e cinquanta.» Pete sorrise divertito.

«Le hai cresciute bene,» commentò Jo.

«Sono brave ragazze. A volte sono delle pesti, ma hanno un gran cuore.»

Quando finirono il gelato e il caffè, Jo lavò i piatti e Pete li asciugò. Poi il coach la prese per mano e annunciò: «È ora di andare a letto.»

Jo sentì un brivido correrle lungo la schiena, mentre lo seguiva su per le scale, verso la grande camera da letto. La luna splendeva luminosa oltre il vetro limpido e pulito. Pete strappò le coperte dal letto, poi si sfilò la camicia senza tante cerimonie e la buttò su una sedia lì vicino.

Jo indossava ancora il completo che si era messa per andare al lavoro.

«Hai bisogno d'aiuto?» le chiese il coach.

Lei scoppiò a ridere. «Pete, mi spoglio ogni sera da sola,» rispose, poi appese la giacca sullo schienale di una sedia.

«Ogni sera?» Pete inarcò un sopracciglio, facendola ridacchiare.

«Ogni sera,» confermò.

«Non quando ci sono io,» sussurrò l'allenatore, chinandosi per sbottonarle la camicetta. Quando fu aperta del tutto, si concentrò subito sul suo seno e le slacciò il reggiseno. «Sei bellissima,» le disse, fissando il suo corpo.

Jo si coprì il seno.

«Non puoi sentirti in imbarazzo adesso. Abbiamo già fatto tutto,» cercò di convincerla Pete, poi le abbassò le braccia. «Lasciami dare un'occhiata. Sono mozzafiato,» si complimentò.

Jo gli si avvicinò di più, finché le loro pelli non si sfiorarono e i suoi seni non premettero contro il petto solido del coach. Lei gli passò le braccia attorno alla vita e lui lasciò scorrere i palmi lungo la sua schiena. Jo appoggiò il viso contro i suoi pettorali. *Se solo potessi farlo ogni volta che le cose vanno male. Mi sembra di essere in Paradiso.* Chiuse gli occhi e si inebriò del suo odore caldo e virile. I peli del coach le fecero un po' il solletico al naso, ma il battito forte e regolare del suo cuore le fece rilassare i muscoli.

Pete le slacciò la cintura della gonna e le tirò giù la zip e Jo lasciò che l'indumento cadesse a terra, poi si allontanò da esso di qualche passo e guardò l'allenatore sfilarsi pantaloni e boxer. La donna non si tolse le mutandine rosa e lo seguì verso il letto. Il Coach Bass si stese sul materasso e aprì le braccia, e Jo si unì a lui. Pete le rotolò sopra, cercando la sua bocca con la propria e il suo seno con la mano.

«Sei così sexy,» sospirò.

Lui la voleva, e il suo desiderio accese anche quello di lei. Per la maggior parte della sua vita, Jo si sentita rifiutata, un peso, e quando vide che il coach aveva bisogno di lei, non furono solo i suoi lombi a scaldarsi, ma anche il suo cuore. Pete le tirò giù le mutandine con una mano e le supportò il fondoschiena con l'altra, e ben presto si ritrovarono aggrovigliati insieme, l'erezione di lui che premeva contro di lei pregandola di lasciarla entrare. Il coach le accarezzò i seni e le pizzicò i capezzoli, poi scivolò giù fino a raggiungere il punto in cui le sue gambe si univano.

Pete si lasciò sfuggire un gemito, poi chinò il capo e la assaggiò. Jo strinse in mano la sua erezione e sentì che diventava più dura ogni volta che la leccava. Un'ondata di calore le crebbe nello stomaco e risalì fino al petto, la tensione provocata dalla sua lingua continuò ad aumentare fino a diventare insopportabile.

Jo gridò: «Pete! Fallo. Prendimi. Ti prego!»

Pete si mise in ginocchio e sfregò l'erezione contro la sua apertura umida.

La donna gemette. «Mi stai uccidendo,» si lamentò.

Lui ridacchiò, poi prese la mira e si spinse velocemente dentro di lei.

«Oddio!» mugolò Jo.

Pete intrecciò le dita con le sue e spinse le loro mani unite verso la testiera del letto mentre continuava a muoversi dentro di lei. La luce della luna era abbastanza forte per rivelare lo sguardo pieno d'amore nei suoi occhi. Il suo sguardo interrogativo e bramoso catturò quello di Jo, che non riuscì a distogliere il proprio.

Le parole *ti amo* le germogliarono sulle labbra, ma le ricacciò indietro. *Amarlo? Ma se non lo conosco nemmeno.* Eppure, la sua forza, il suo atteggiamento deciso e il senso di protezione che emanava la circondavano come una coperta calda. Essere libera dalla paura e dall'imbarazzo aveva fatto scomparire le sue difese e gli spessi muri che aveva eretto per proteggersi si erano riempiti di crepe, che avevano creato un'apertura piccola ma grande abbastanza perché lui si intrufolasse all'interno, come una lucertolina rapida e silenziosa.

Pete le diede un bacio dolce e lento, passandole la lingua sul labbro inferiore. L'intimità tra di loro divenne sempre più intensa, mentre il desiderio montava nelle vene di Jo. Il coach le lasciò le mani e le avvolse le lunghe dita attorno alla gabbia toracica, poi gliele fece scivolare sul seno.

«Sei bellissima. Ogni singolo centimetro del tuo corpo è bellissimo,» mormorò, poi chiuse gli occhi per un attimo mentre lei oscillava i fianchi al ritmo dei suoi.

Jo alzò una gamba e lui le passò la mano sulla coscia, poi gliela fece abbassare sulla sua spalla. Si era sempre tenuta alla larga dagli uomini grossi come Pete Sebastian, perché intimidita dalla loro stazza e un po' impaurita dall'idea di entrare in intimità con qualcuno di così alto. Ma tutti quei timori erano scomparsi, con il Coach Bass. La sua gentilezza le ispirava sicurezza, non paura. Si chiese se fosse stato il crescere due figlie a trasformarlo in un uomo così tenero.

«Okay, adesso basta.» Pete uscì da lei e la rigirò sulla schiena come un carlino panciuto. Jo ridacchiò e cedette sotto il suo tocco. Lui le afferrò i fianchi e glieli sollevò, poi si mise in ginocchio, la attirò contro di sé e la penetrò di nuovo in un lampo.

«Oh, Dio, Pete!»

«Che c'è? Ti sto facendo male?»

«No, no. È fantastico, davvero fantastico. Sono solo sorpresa,» ammise Jo.

«Sorpresa che ti piaccia?» Pete ridacchiò.

«No, sorpresa per il cambio di posizione.»

«Ho interrotto qualcosa?»

«Uh uh.»

«Oops, mi dispiace. Vediamo se riusciamo a ricominciare.» Pete aggirò la sua coscia con una mano e iniziò a toccarla mentre spingeva dentro e fuori da lei, poi rise quando lei si lasciò sfuggire un forte gemito. «Siamo tornati sulla strada giusta?»

«Cazzo, sì,» mormorò Jo, girando il viso premuto contro il materasso per riuscire a respirare e chiudendo gli occhi.

Pete accelerò e iniziò a spingere sempre più forte, portandola rapidamente all'orgasmo. Jo urlò, mentre i suoi muscoli interni si stringevano, il calore pervadeva tutto il suo corpo e la sua testa e il suo cuore si riempivano di piacere ardente. Adesso, era il turno del coach. Non gli ci volle più di qualche secondo per seguire il suo esempio, gemendo e stringendola a sé. Le ginocchia di Jo cedettero e la donna cadde distesa sul letto, portando il Coach con sé.

«Ooph.»

«Scusa. Ti ho schiacciata?» chiese Pete, scostandosi.

«Quasi, ma non del tutto,» rispose Jo.

Il coach si tirò a sedere, le sopracciglia aggrottate. «Tutto bene?»

«Sto davvero bene,» sospirò la donna, poi lasciò vagare lo sguardo su di lui.

Pete aveva il fisico di un uomo molto più giovane di quarantadue anni, e lei ne esplorò ogni curva e superficie. L'allenatore le posò una mano sulla guancia e si sporse per darle un bacio e Jo gli strinse con delicatezza le dita attorno al collo. Rimasero distesi sul letto con le braccia aperte e due grossi sorrisi stampati sulle labbra.

«Sei fantastico,» disse Jo.

«Fantastico? Perché?» chiese Pete.

«Sei un ottimo amante.» La donna si sdraiò sul fianco, il mento appoggiato sulla mano.

«Grazie. Anche tu lo sei,» replicò il coach, girandosi verso di lei.

Jo incrociò le braccia dietro la testa e si girò verso la finestra, oltre la quale splendeva una luna enorme, tonda e bianca e brillante come avorio.

«Ora, il momento che stavo aspettando.» Pete le si avvicinò di più. «Vieni qui,» le disse, poi si sdraiò, appoggiando la schiena contro due cuscini, e allargò le braccia. Jo gattonò verso il suo abbraccio e si rannicchiò contro il suo petto, poi il coach le tirò su le coperte fino ai gomiti e la fece accoccolare contro di lui. «Non è bellissima?» sussurrò.

Jo annuì solo una volta, per non disturbare le loro posizioni. Pete le accarezzò i capelli e lei si strinse a lui. Il calore del suo corpo la confortò e i peli sul suo petto le fecero il solletico, facendole venire da ridere.

Un ticchettio di unghie sul pavimento in legno massiccio attirò la sua attenzione.

«Uh, oh. Preparati all'invasione,» commentò, nascondendo la bocca dietro la mano, mentre il *clip clop* delle zampette si avvicinava sempre di più. All'improvviso, qualcosa atterrò accanto a loro con un rumore sordo.

Pete si tirò seduto. «Cosa diavolo...?»

Un respiro pesante indicò che un carlino si era unito a loro.

«Daisy dorme con me, a casa. Spero che non ti dispiaccia,» spiegò Jo.

«Va tutto bene, è solo che non sono abituato ad avere due donne nel mio letto contemporaneamente,» scherzò Pete.

Jo rise. Daisy trovò la sua padrona e le leccò il viso. «Oh, Daisy! Ferma!» le ordinò, cercando di spingere il carlino verso l'estremità del materasso. Quando ci fu riuscita, prese un fazzoletto dalla scatola accanto al letto e si asciugò le guance.

«Due al prezzo di una,» ridacchiò Pete.

«Ti ricoprirò di burro di arachidi mentre dormi,» minacciò Jo.

«Non oseresti!»

«Mettimi alla prova e scoprirai come ci si sente ad essere baciati da un carlino.»

Pete la attirò a sé e rise, poi la rimise nella posizione precedente, accoccolata contro di lui. Prima che potesse sistemare le coperte, però, la cagnolina in fondo al letto iniziò a russare. «Cosa?»

«Oh, scusa, mi ero dimenticata di dirti che russa. Tutti i carlini russano. A dire la verità, mi concilia il sonno,» spiegò Jo.

«Dobbiamo tenere nel nostro letto un carlino che russa?»

«Non ti dispiace, vero?» Jo si tirò seduta e lo fissò.

«Tesoro, finché ci sei tu, non mi dispiace nulla,» rispose Pete.

La donna si sdraiò di nuovo contro il suo amante ad ascoltare il battito del suo cuore e ammirare la luna da sotto le palpebre socchiuse, e si addormentò.

* * * *

Passare la notte con Pete fu una vera sfida. Ogni tanto lo urtava, si svegliava e si ritrovava con la luce della luna che le splendeva dritta negli occhi. Così si girava verso il coach, il quale, ogni volta che gli sbatteva contro, le posava una mano sul fianco o sul sedere, borbottava qualcosa di incomprensibile e sorrideva.

Comunque le piaceva dormire con lui. Invece di percepire la sua presenza accanto a lei come un'invasione del suo spazio, la apprezzava. Pete era caldo, quindi non doveva più preoccuparsi del letto freddo, e non essere da sola la faceva sentire al sicuro, non spaventata. Anche la presenza di Daisy non era male.

La cagnolina fu la prima a svegliarsi, verso le sette di mattina. Si alzò, si stiracchiò e sbadigliò, svegliando anche Jo. La donna guardò Pete: aveva i capelli in disordine e la barba un po' più lunga, ma i lineamenti del suo viso erano rilassati. Aveva un'aria pacifica, affascinante e sexy. Si accoccolò contro di lui.

Il coach allungò le braccia, la guardò e le sorrise. «Ciao, splendore,» la salutò.

Jo sorrise divertita e lui si girò su un fianco e la toccò con le mani calde. La donna si inarcò sotto il suo tocco e gli sfiorò il petto e gli addominali con le dita snelle, poi gli si avvicinò un po' di più e sentì la sua erezione contro la pancia.

«Alzabandiera mattutino,» spiegò Pete in un sussurro.

Jo lo strinse tra le dita, pronta a fare l'amore con lui, ma l'abbaiare di Daisy la distrasse.

«Probabilmente ha visto un gabbiano,» commentò Pete, continuando a massaggiarle i seni e ad esplorarle il lobo dell'orecchio con le labbra.

«Hmm.» Jo annuì, ma il suo cane iniziò ad abbaiare in modo ancora più rumoroso e insistente. Proprio quando stava per girarsi, scendere dal letto e andare ad investigare, qualcuno urlò la parola: «Sorpresa!»

Il coach si tirò su in un lampo. «Ma che diavolo...?»

Jo si voltò, stringendosi le lenzuola al petto, e vide due giovani donne, evidentemente gemelle omozigote, sulla soglia della porta. I sorrisi sulle labbra delle due svanirono immediatamente, mentre lasciavano vagare lo sguardo da lei a Pete, e di nuovo a lei. Sembrava che avessero i piedi inchiodati per terra, perché rimasero sulla porta, bloccando l'ingresso.

«Alexis, Alyssa! Che ci fate qui?» chiese Pete.

«Ci viviamo. Chi è quella?» domandò una delle ragazze, in un tono abbastanza gelido da generare spontaneamente cubetti di ghiaccio in luglio.

«Oh, mio Dio.» Pete si passò le mani sul viso. «Jo, mi dispiace così tanto.»

«Forse dovrei andare a vestirmi, prima delle presentazioni ufficiali,» disse Jo.

Le ragazze si voltarono e corsero giù per le scale, e lei e il coach sentirono il rumore della porta d'ingresso che sbatteva.

«Merda,» sputò Pete, poi saltò giù dal letto e afferrò la sua vestaglia, appesa dietro la porta. «Ragazze! Ragazze! Aspettate,» gridò. Daisy abbaiò ancora, quando la porta d'ingresso si aprì e si richiuse con uno schianto un'altra volta.

Pete si bloccò e disse, rivolto a Jo: «Chiama Edie e dille che farò tardi. Dille che mi si è rotta la macchina, inventati qualcosa.» Poi, se ne andò.

Jo scostò le lenzuola e si vestì in un lampo, come se la casa stesse andando a fuoco, poi lasciò un messaggio nella segreteria di Edie per scusarsi della loro assenza, almeno per quella mattina.

«Daisy. Vieni!» chiamò, e subito sentì il rumore delle zampe del carlino che trottavano sul pavimento lucido. La cagnolina la raggiunse, con la lingua di fuori, e Jo si diresse verso le scale.

Scese i gradini come se avesse le ali ai piedi, e quando arrivò in fondo, vide le ragazze nella loro auto e Pete in piedi accanto al finestrino del guidatore, con le chiavi che gli penzolavano dalla mano destra. Padre e figlie si stavano urlando addosso. Jo si avvicinò in punta di piedi, con Daisy alle calcagna, e batté un colpetto sulla spalla del coach.

Quando lo toccò, Pete si voltò verso di lei e la fissò con un'espressione burrascosa quanto l'Uragano Katrina. «Cosa?» le chiese, quasi gridando.

Jo trasalì e fece un passo indietro, le lacrime che le pungevano gli occhi.

L'espressione dell'allenatore si addolcì. Aggrottò le sopracciglia, tese una mano verso di lei e poi le passò un braccio attorno alle spalle e la attirò a sé. «Mi dispiace, Josie, tesoro,» si scusò, con una voce lieve come una brezza estiva, e le diede un bacio sulla fronte. «Cosa c'è?»

«Le presentazioni?» chiese Jo, cercando di impedire alla sua voce di tremare.

Pete si voltò di nuovo, affrontando gli sguardi torvi delle sue figlie. «Ti presento Alyssa, quella sul sedile del guidatore, e Alexis, quella dal lato del passeggero. Questa è Jo Parker... la mia ragazza.»

Jo prese in braccio Daisy e se la strinse al petto.

«Questo l'avevo capito,» borbottò Alyssa sottovoce.

«Piacere di conoscervi. Questo è il mio carlino, Daisy,» disse Jo, racimolando un po' di coraggio.

Le due giovani la guardarono con espressione ostile.

«Mi aspetto un po' di rispetto da voi, ragazze,» le ammonì Pete.

Entrambe tentarono di sorridere e le fecero un cenno con la testa.

«È un piacere anche per noi,» replicò Alyssa, con voce fintamente gentile.

«Bel cane,» aggiunse Alexis.

Jo si portò una mano alla gola e Daisy ringhiò. Nonostante il sole caldo, l'aria era gelida.

«Che ci fate qui? L'altra sera, mi avevate detto che non sareste tornate a casa,» domandò Pete.

«Lexie mi ha convinta che eri triste e solo, così abbiamo pensato di farti una sorpresa durante il weekend. Triste e solo, col cazzo,» rispose Alyssa.

«Sei un maledetto ipocrita, papà,» disse Alexis, spostando lo sguardo su suo padre.

«Già. Ci hai detto che non potevamo stare via durante il weekend con i nostri ragazzi, ma nel frattempo, tu eri qui, a dormire con questa, questa... donna!» Alyssa indicò Jo con la mano.

«Attenta, Lyssa. Attenta a come la chiami.»

«L'ho semplicemente chiamata donna. Anche se suppongo che potrei trovare altri modi per definirla.»

La ragazzina sporse il mento in fuori e rivolse quelle parole taglienti a Pete. Jo arretrò. *Non mi metterò in mezzo.* Lanciò uno sguardo alla sua auto, dall'altra parte del largo vialetto, e lentamente tornò in casa, mentre le voci del coach e delle sue figlie aumentavano di volume e intensità.

Entrò, raccolse rapidamente le sue cose, mise il guinzaglio a Daisy e poi portò tutto fuori e lo caricò nel suo veicolo. Si allacciò la cintura, prese un respiro profondo e mise in moto. *Questa non è la mia battaglia.*

Vide Pete girarsi di scatto quando sentì il rumore delle sue gomme sulla ghiaia. «Aspetta! Aspetta, Jo!» la chiamò.

Jo abbassò il finestrino e come risposta, gridò: «Chiamami!»

Dopodiché, girò a destra e si diresse verso casa sua. Sospirò e cercò di capire come stavano le cose. *È stata un'esperienza breve ma dolce. Ciao ciao, Coach Bass.* Si imbronciò, piegando le labbra all'ingiù. Non voleva dire addio a Pete, con lui non aveva avuto solo un'avventura. Anche se all'inizio era proprio quello che era convinta di volere, l'allenatore era riuscito ad intrufolarsi nel suo cuore, superando la linea di filo spinato che lo difendeva.

Hanno una bella faccia tosta, a paragonarsi a lui. Lui è un uomo adulto, non è la stessa cosa. Ha il diritto di avere una vita sessuale, che a loro piaccia o meno. Eppure, l'idea di affrontare le ragazze o di sedere a tavola con due giovani scontrose e ostili aveva messo in moto i suoi istinti: doveva attaccare o fuggire. E, come al solito, la sua prima scelta era stata fuggire.

Capitolo Otto

Pete si sentì sprofondare il cuore, mentre guardava Jo uscire dal suo vialetto e correre in strada come un lampo. Dentro di lui, la rabbia lottava con la frustrazione. *Cazzo, che tempismo terribile.*

«Se n'è andata. Fantastico. Siete contente?» Lanciò uno sguardo gelido alle ragazze, poi chiuse le dita attorno alle chiavi della macchina e se le mise in tasca. Dopodiché tornò in casa, borbottando tra sé e sé. *Caffè. Tutto questo prima del mio caffè.*

Le ragazze rimasero all'interno del SUV: erano ancora arrabbiate con lui, lo vedeva dalle loro espressioni. Aveva fatto loro sia da madre che da padre, il che li aveva resi molto uniti. A volte si chiedeva se non fossero troppo attaccati. E adesso, si trovava davvero nei guai, perché la cosa che era riuscito a tenere nascosta da loro per tutti quegli anni, ovvero la sua vita sessuale, era improvvisamente diventata un argomento di conversazione e lo stava fissando dritto in faccia. *Come diavolo farò a cavarmela, questa volta?* Tornò alla macchina. *Merda! Tutti questi anni passati a nascondermi, a tornare a casa a mezzanotte, e ora questo. Cazzo, è veramente grandioso.*

«Forza, è ora dei pancake con i pezzetti di cioccolato. Andiamo,» disse, aprendo la portiera.

Alyssa gli lanciò un'occhiataccia. «Non credo che i pancake possano sistemare la situazione, papà.»

«Giusto.» Lexie scese dal SUV e li seguì in casa.

Pete si mise al lavoro in cucina. Era sempre stato un uomo d'azione e il football gli aveva insegnato a pensare rapidamente. «Sapete che le cose non sono mai uguali, tra genitori e figli,» disse, poi prese una terrina in ceramica blu.

«Sicuro, papà. Certo. Usavi questa scusa con noi quando avevamo tredici anni,» ribatté Lyssa.

«Adesso ne abbiamo diciannove e legalmente siamo adulte. Proprio come te,» aggiunse la sua gemella.

«No, mai come me. E io sono un uomo, quindi non rimarrò mai incinto, né mi farò spezzare il cuore.» Pete aprì il frigo.

«Come sai che lei non ti spezzerà il cuore?»

Ops. Un punto per loro. Potrebbe farlo. «Non è questo il punto. Non potete fare tutto quello che faccio io. Io sono vostro padre,» ribatté.

«Allora comportati come tale,» gli ordinò Lexie, irrigidendo la mandibola.

Alyssa versò del caffè per sé e la sorella, ignorando la tazza vuota di Pete.

Il coach mise la miscela per i pancake, il latte, la panna acida, due uova e i pezzetti di cioccolato in fila sul bancone. «Io sono un uomo, per me è diverso.»

«Porco sessista,» borbottò Lyssa.

«Che hai detto?» Pete la fissò con uno sguardo infuocato.

«L'hai sentita. Ha ragione,» rispose l'altra gemella.

«Solo perché io non posso rimanere incinto e voi sì? Pensate che voglia che voi andiate a letto con tutti i ragazzini arrapati del college? *Conosco* i ragazzini arrapati del college, credetemi. Vogliono solo una cosa e quando l'hanno ottenuta ti lasciano, ti feriscono, ti mettono incinta. Bastardi incoscienti.» Pete prese un misurino dallo scaffale.

«Hai ragione su alcuni di loro, ma non sono tutti così,» ribatté Alyssa.

«Già, abbi un po' di fiducia nella nostra intelligenza. Non siamo tanto ingenue,» aggiunse Lexie.

Il coach rise. «Questo è quello che pensate voi, ma alcuni di loro sono molto astuti.»

Alyssa mise una padella sul fornello. «Anche tu eri così?» gli chiese.

Pete si sentì scaldare le guance. «Non stiamo parlando di me, qui. Lasciatemi fuori da questa storia.»

«Ma *stiamo* parlando di te. Non sei stato tu a trovare *noi* a letto con un tizio nudo.» Lexie incrociò le braccia sul petto.

«Giusto,» intervenne sua sorella.

«Non dovevate tornare a casa così presto. Se me lo aveste detto la sera scorsa, tutto questo non sarebbe successo.» Pete versò la quantità di miscela necessaria nella ciotola.

«Vai a letto con lei tutte le sere?» domandò Lexie.

«Non ho intenzione di discutere di questo argomento.» L'allenatore ruppe le uova e le aggiunse alla miscela.

«Perché no? Se tu puoi discutere delle nostre vite sessuali, mi sembra giusto che anche noi possiamo discutere della tua,» ribatté sua figlia.

«Un po' di rispetto! Sono vostro padre, non uno studentello idiota. Non voglio neanche iniziarla, questa conversazione.»

«Andavi a letto con tutte le donne con cui sei uscito?» Alyssa imburrò la padella.

«Oh, no! Non sei andato a letto con la nostra preside, vero?» Lexie si portò le mani alle guance, rossa in viso.

«Certo che no.» Pete mescolò l'impasto con la frusta. «Non siate volgari.»

«A me sembra che qui quello volgare sia tu, papà,» commentò Alyssa, e accese il fornello.

Pete sbatté la mano sul bancone e le ragazze sobbalzarono a quel rumore. «Sedetevi!» ordinò.

Le gemelle si sedettero ai loro soliti posti a tavola senza dire una parola.

«Suppongo che abbiate ragione, siete abbastanza grandi per sapere... un po' di cose. Sono stanco di vivere da solo. Crescere voi due senza una donna in casa non è stato facile Ho cercato in lungo e in largo, ma non ne ho mai trovato una di cui mi fidassi abbastanza per affidarvi a lei,» spiegò il coach.

Mentre parlava, versò l'impasto nella padella. Le ragazze lo fissarono.

«Adesso, voi due ve ne siete andate di casa. O quasi. Tutte e due avete già un piede fuori dalla porta, e io vago per le stanze senza scopo. Mi sento solo, maledettamente solo, senza di voi. Non solo perché mi mancate voi due, anche se è così, ma perché ho messo in pausa la mia vita così a lungo che adesso non ho più una vita,» proseguì, spolverando ogni pancake di pezzetti di cioccolato.

L'impasto cominciò a fare qualche bolla e Pete prese una spatola da un gancio appeso al muro. «Niente più colazioni a base di pancake, niente più tour dei college, niente più colloqui con i professori, niente più partite di calcio e di basket. Una volta aggrovigliavo la mia vita come un pretzel pur di riuscire ad infilarci tutte le vostre attività, tutti i posti in cui dovevo andare per voi due.»

Girò i tre pancake. «A quei tempi, pensavo che quella fosse una cosa difficile.» Abbassò la voce e distolse lo sguardo. «Ma questo... questo è molto più difficile,» concluse.

Lyssa allungò una mano per toccare la sua e Pete le sorrise.

«Ora sono da solo e mi sembra di avere abbastanza tempo libero per riempire due vite.»

«E la squadra?» chiese Lexie.

«I Kings occupano ancora molto del mio tempo, ma quel vecchio detto ha ragione: dà qualcosa da fare ad una persona indaffarata, e la farà subito. Quando avevo molte cose di cui occuparmi, me la cavavo e avevo una vita piena anche senza una moglie. Ora però è cambiato tutto.»

«Allora vuoi sposarti?»

«Sì.» Pete prese tre piatti dalla credenza. «Riuscite a capire quello che sto dicendo?»

Le gemelle si scambiarono uno sguardo e annuirono. Lyssa, con gli occhi colmi di lacrime, gli disse: «Mi dispiace, papà. Non avevo capito...»

«Non lo sapevamo. Pensavamo che tu saresti stato felice di sbarazzarti di noi,» aggiunse Lexie.

«Pensavamo che ti saresti potuto divertire un po'. Che avresti potuto viaggiare o fare qualcosa senza doverti prendere cura di noi tutto il tempo.»

Pete divise il cibo tra di loro. «Avete ragione, ho più tempo per me. Molto tempo, troppo tempo. E non ho nessuno con cui passarlo.»

«E la tua ragazza?» Lexie rovistò in fondo alla credenza fino a trovare lo sciroppo d'acero.

Alyssa prese tre forchette dal cassetto delle posate. «Lei è quella giusta?»

«Non lo so, usciamo insieme solo da un paio di settimane, ma secondo me potrebbe esserlo. È fantastica e conosce il football. È la vicepresidentessa del settore marketing.»

«Dei Kings?»

«Già, e sta facendo delle cose incredibili per la squadra.»

«Del tipo?» chiese Lexie, poi si avventò sul suo pancake.

«Beh, c'è questo programma per il controllo della rabbia,» iniziò Pete, affondando la forchetta nel piatto.

* * * *

Quando tornò a casa, Jo si fece la doccia e si preparò un caffè. Se ne versò una tazza e se la portò dietro mentre portava a passeggio Daisy.

Rabbrividì all'idea della tremenda scenata che si doveva star svolgendo a casa di Pete e fu lieta di non essere lì in quel momento. Una parte di lei avrebbe voluto rimanere per difendere il coach, ma non poteva prendere parte a quel litigio di famiglia.

Ingurgitò una ciotola di cereali e poi pensò che doveva ancora comprare un vestito per il matrimonio di Mitzi, così compose il numero di Beth. *Ho bisogno di sapere cosa indosserà lei.* Erano passate un paio di settimane dall'ultima volta che aveva parlato con una delle sue amiche. La sua vita a Monroe era diventata più caotica di quanto pensava fosse possibile. Si sentiva così in colpa all'idea di aver trascurato le ragazze.

«Ehi, Beth. Mi dispiace che sia passato così tanto tempo,» esordì.

«Stavo cominciando a pensare che avessi lasciato il Paese,» scherzò la sua amica.

Le due donne risero e poi si aggiornarono a vicenda su quello che stava succedendo nelle loro vite.

«Allora, voglio comprare un vestito nuovo per il matrimonio di Mitzi, e volevo sapere che colore indosserai tu. Non ci dovremmo coordinare? Insomma, non dovremmo vestirci o con lo stesso colore di proposito o con colori diversi? Che ne pensi? Tu hai già comprato il vestito?» chiese Jo.

All'altro capo della linea, Beth rimase in silenzio.

«Beth?»

«Mitzi non ti ha chiamata?» La voce della sua amica sembrava tesa.

«No. Perché? Ha già deciso la data e il luogo?»

Di nuovo, silenzio.

Jo fissò il telefono e imprecò. «Pronto? Pronto, Beth?»

«Ci sono ancora.»

«Cosa c'è? È successo qualcosa? Qualcosa di brutto? Mitzi sta bene?»

«Oh, lei sta bene. Il matrimonio c'è stato lo scorso weekend.»

Alle parole di Beth, Jo rimase senza fiato. «Cosa?»

«Pensavo che ti avrebbe chiamata. Pensavo che lo sapessi.»

«Che sapessi cosa?» domandò Jo con voce strozzata.

«Che Mitzi non si sentiva a suo agio a invitarti,» rispose Beth.

«Perché?» Jo si sentiva bruciare gli occhi, come se stesse per mettersi a piangere. *Ma non piangerò.*

«Per via di quello che è successo con Skip.»

«Ma io non ho fatto nulla, Beth. Lo sai.»

«Io lo so, ma lei pensa che tu... non lo so. Che porti sfortuna, ecco. Ha detto che sarebbe bastato che Neil ti lanciasse solo un'occhiata e poi avrebbe fatto la stessa cosa.»

«Non è vero, lui non l'avrebbe fatto.»

«Non puoi saperlo,» le fece notare Beth.

Il silenzio calò tra di loro mentre Jo tentava di venire a patti con ciò che aveva appena sentito. Quella notizia fu come una coltellata alla pancia: un crampo allo stomaco la fece piegare in due per il dolore. «Non è stata colpa mia,» si difese.

«Nessuno ha mai detto che lo sia stata. Lo so che tu non hai fatto nulla. Non hai flirtato con Skip, non l'hai sedotto o roba del genere. Ti ha solo incontrata e si è innamorato di te.»

«Non posso credere che Mitzi l'abbia fatto,» si lamentò Jo.

«Mi dispiace tanto. Se avessi saputo che lei era troppo codarda per dirtelo, ti avrei chiamato io. Tu non hai fatto nulla, Jo. Mitzi ti vuole ancora bene, ma ha bisogno di un po' di tempo,» cercò di rassicurarla Beth.

«Sì, certo.»

Il silenzio calò da entrambi i capi della linea per un attimo.

«Spero che tu non ci sia rimasta male,» aggiunse Beth.

«Certo che ci sono rimasta male. Come puoi chiedermelo? Ho appena perso una delle mie migliori amiche,» rispose Jo.

«Non l'hai persa. Lascia che si riprenda un po'. Vuole ancora parlare con te, non è che abbia deciso di non vederti mai più.»

«Di cos'è che dovremmo parlare?»

«È gelosa, ha paura di te. Tu non sai quanto potere hai sugli uomini, Jo.»

«Non posso essere amica di qualcuno che prova questo nei miei confronti. Anche tu ti senti così?» chiese Jo.

«No, io no. Roger è mio, non sono preoccupata. C'eri anche tu al mio matrimonio, non te lo ricordi?»

«Certo, certo.» Ma Jo aveva la mente annebbiata.

«Mitzi ha detto che hai un nuovo ragazzo. C'è la possibilità che sia quello giusto?» cambiò argomentò Beth.

«Non lo so, Beth. Non penso che *quello giusto* arriverà mai, per me. Sono felice, quando sono single.»

«Detto dalla donna che non rimane mai senza ragazzo? Che cazzata.»

Il dolore si era diffuso dalla pancia al cervello, il crescente mal di testa la distraeva dalla conversazione. «Devo andare. Grazie per avermelo detto,» tagliò corto Jo.

«Non sei arrabbiata con me, vero?» domandò Beth.

«Ambasciator non porta pena. Noi due siamo a posto, è solo che... non mi sento molto bene, in questo momento.»

«Okay. Chiamami quando ti senti meglio. Voglio sapere tutto di questo nuovo ragazzo.»

«Lo farò.»

Jo posò il cellulare e si afferrò la pancia, piegandosi in due per il dolore, poi corse in bagno e vomitò. Si inginocchiò per terra, appoggiò la fronte sul bordo della tazza e lasciò scorrere le lacrime. Daisy trotterellò dentro la stanza, fissò la sua padrona piegando la testa di lato e infine si accucciò sul pavimento. La donna si asciugò il naso e il viso con la carta igienica, poi fece una carezza al cane e si tirò su.

Dopo essersi ripulita, si ritirò in camera. Sentiva un peso nel petto e dovette sdraiarsi. Nella sua mente si affollavano pensieri e ricordi dei bei tempi che aveva passato con Mitzi e Beth.

Si girò su un fianco e si guardò allo specchio: aveva il viso tutto arrossato e gli occhi gonfi. *Adesso non sono più tanto bella, vero? Non sono nulla di speciale, solo una ragazza che sa lavorare sodo e andare avanti.*

Oltraggiata dal modo ingiusto in cui le sue amiche l'avevano trattata, lasciò che la rabbia sostituisse la tristezza. Penso al modo in cui era stata giudicata, a quello in cui Mitzi era saltata subito alle conclusioni sbagliate riguardo a lei e a Skip, e l'ira le riempì il cuore. L'ingiustizia di quella situazione la fece infuriare. *Mi sbagliavo su di lei. Immagino che non sia mai stata veramente mia amica. Ma dopo tutti questi anni, dopo tutte le volte che abbiamo parlato dei nostri matrimoni...*

Jo sopirò e chiuse gli occhi. Si addormentò, ma poi venne svegliata dal suono del campanello e dall'abbaiare di Daisy. Si trascinò giù dal letto, si infilò la vestaglia buona e si diresse a piedi nudi fino alla porta. Guardando dallo spioncino, vide il Coach Bass. Dietro di lui, c'erano le sue figlie.

«Andiamo, Jo, apri,» la pregò l'allenatore.

La donna aprì un poco la porta e socchiuse gli occhi per difendersi dalla luce brillante.

«Non sei vestita? Mettiti addosso qualcosa, andiamo a fare shopping. Hai detto che ti serviva un vestito nuovo, e le ragazze vogliono portarti con loro.»

Jo lasciò andare la porta e Pete la aprì del tutto ed entrò.

Il suo sorriso svanì e venne sostituito da un'espressione corrucciata, quando la vide. «Che c'è?» le chiese.

«Non mi serve un vestito,» rispose semplicemente Jo.

«Ma pensavo che dovessi andare a un matrimonio.»

«No. Il matrimonio c'è stato la settimana scorsa, e io non ero invitata.»

Pete aggrottò le sopracciglia.

Jo prese un respiro profondo. *Non piangerò. Sii forte, su.*

«Cosa? Pensavo che la sposa fosse una delle tue migliori amiche,» chiese il coach, stupito.

«Lo era.»

Pete fece un passo in avanti e la attirò contro di sé. Quando la strinse tra le braccia, Jo sentì le lacrime colarle lungo le guance. Lui le accarezzò i capelli e disse: «Dev'essere pazza, per non averti voluto lì.»

«È una lunga storia.»

«Siamo già assenti ingiustificati dalla squadra, quindi vestiti. Puoi dirmi tutto in macchina. Guidano le ragazze, noi possiamo coccolarci sui sedili posteriori,» propose Pete.

«Non posso venire. Non sono vestita e ho un aspetto terribile,» protestò Jo.

«Stai benissimo. Sei un po' rossa, ma stai bene. Forza, so che riesci a vestirti in fretta. Stamattina sei fuggita da casa mia come un fulmine. Andiamo.» Pete le diede una pacca amichevole sul sedere e la spinse verso la camera da letto.

«Tu vieni con me?» chiese lei.

«Se lo facessi, non usciremmo più.» Il coach ridacchiò.

Jo sorrise e si chiuse in camera, dove si infilò dei jeans, una maglietta color corallo e un paio di infradito. *Non ho bisogno di vestirmi elegante, con delle ragazze del college.* Quando tornò, guardò fuori dalla finestra e vide Pete parlare con le sue figlie. *Probabilmente starà dicendo loro che sono una vera guastafeste.* Alzò le spalle. Quando uscì, però, si ritrovò circondata dalle ragazze, una per lato.

«Certe ragazze sono davvero cattive. Andiamo, compriamo qualcosa,» le disse Alyssa.

«Di sicuro ti servirà almeno un paio di scarpe,» aggiunse Lexie.

«Offro io, signorine. Prendete tutto quello di cui avete bisogno.» Pete seguì le tre donne che camminavano fianco a fianco, poi aprì la portiera per Jo, le si sedette accanto e le prese la mano tra le sue.

«Dove andiamo prima?» si chiese Lexie.

«Il Cottage ha dei vestiti perfetti per Jo, ma a me piace il Serendipity,» rispose sua sorella.

«Andiamo lì, allora. Non ci sono mai stata,» si intromise Jo.

Alyssa girò la Volvo SUV ed entrò in strada.

«Cos'è successo?» chiese Lexie.

Jo prese un respiro profondo. «Circa due anni fa, la mia migliore amica Mitzi si è fidanzata con uno stronzo, Skip...»

* * * *

Dopo lo shopping, Pete convinse Jo a fermarsi per cena. Mentre lui cuoceva una bistecca al barbecue, lei preparò un'insalata. Le ragazze apparecchiarono la tavola tra un messaggino e una conversazione al cellulare. Mentre Jo rovistava nel frigo alla ricerca di un condimento, sentì una voce femminile alle sue spalle.

«Non ferirlo.»

Jo si girò e fronteggiò Alyssa. La giovane donna aveva le sopracciglia aggrottate e un'espressione tempestosa.

«Chi?»

«Papà. So che sembra un duro, ma non lo è. Piange guardando i film romantici. Ma non dirgli che te l'ho detto,» chiarì Alyssa.

Jo riuscì a malapena a trattenere un risolino.

«Okay? Sembra che tu gli piaccia molto.»

«Anche lui mi piace molto, e non ho intenzione di ferirlo.»

«Bene, perché lui non ha esperienza in fatto di relazioni. Oh, certo, è già uscito con delle donne, ma nessuna di loro è mai rimasta per più di un paio di settimane.»

«Forse è stata una scelta sua, non loro,» ribatté Jo.

«Non lo so, ma ogni volta lui sembrava abbastanza giù di morale, disgustato. E passavano un paio di settimane prima che ricominciasse ad uscire,» disse Alyssa.

«Stava cercando qualcuno che potesse rimpiazzare vostra madre.»

«Già. Lei è una vera stronza,» commentò la ragazza, scuotendo la testa.

«Immagino che non fosse molto coinvolta nelle vostre vite, mentre stavate crescendo.»

«Coinvolta? Non veniva nemmeno a trovarci. No, c'era solo papà, ventiquattr'ore al giorno, sette giorni su sette.»

«È un peccato, ma è stata lei a rimetterci. Uno penserebbe che avere due figlie così belle debba portare molta gioia a una madre,» commentò Jo.

«Non a nostra madre. Tu vuoi figli?»

Jo ritrasse di scatto la testa. «Questa è una domanda un po' personale.»

«Abbiamo il diritto di sapere se dovremmo aspettarci un fratellino o una sorellina.»

«È un po' presto per pensarci, non credi?»

«Perché? Lui non sta uscendo con nessun'altra donna.» Alyssa si portò la mano alla bocca. «*Tu* non esci con nessun altro, vero?» Spalancò gli occhi.

«No. Esco solo con vostro padre,» rispose Jo.

«Oh, bene.» La ragazza sospirò, sollevata. «Dubito che papà riuscirebbe a condividere la sua donna con qualcun altro.»

«Chi condivide una donna con chi?» Il Coach Bass entrò nella stanza, portando con sé una bistecca ben cotta su un vassoio.

«Nessuno, papà, nessuno.» Alyssa arrossì leggermente e uscì.

«Di che stavate parlando?» domandò Pete, posando il vassoio sul tavolo.

«Facevamo solo una chiacchierata tra ragazze,» rispose Jo.

Il coach sorrise. «È fantastico vederla parlare con un'altra donna. Grazie.»

«È un piacere. Le tue figlie sono deliziose.»

«Non lo erano prima che parlassimo e le attirassi con l'esca dello shopping.»

«Le ragazze adorano i vestiti.»

«Mi dispiace per i loro futuri mariti, saranno molto costose da mantenere. Meglio che sposino degli uomini ricchi.» Pete prese il suo set di coltelli da bistecca dal cassetto e si chinò sul piatto.

«L'insalata è pronta.» Jo si leccò una goccia di salsa al sesamo e zenzero dal dito.

«Chiama le ragazze,» le disse l'allenatore, tagliando la carne succulenta a fette.

Non appena si sedettero a tavola, Alyssa e Alexis dominarono immediatamente la conversazione. Dopo aver discusso i vestiti che avevano comprato quel giorno, si lamentarono brevemente degli esami, e poi accennarono ai loro ragazzi. Entrambe lanciarono un'occhiata furtiva al padre, quando menzionarono le loro principali cotte.

Mentre la conversazione proseguiva, Jo ebbe tempo di perdersi nei suoi pensieri. *Voglio avere dei figli? Con Pete? Non è troppo presto per iniziare a pensarci? Ho sempre detto di volere dei bambini. E lui ha fatto un lavoro eccellente, quando si è trattato di crescere le sue ragazze, quindi sarebbe l'uomo perfetto con cui averli. Ma che sto dicendo? Non abbiamo nemmeno ancora una relazione ufficiale. Posso ancora usare quel termine?*

«Allora, Jo, quando ti trasferisci qui?» domandò Alexis.

Jo si strozzò con l'acqua che stava bevendo.

Pete le diede dei colpetti sulla schiena finché non riuscì a liberarsi i polmoni. «Non penso che sia una domanda appropriata da fare, Lexie,» disse prima di tornare alla sua sedia. Jo notò che aveva le guance rosse.

«Scusa. Solo che vuoi due sembrate a vostro agio insieme, quindi pensavo...»

«Grazie.» Jo posò una mano sull'avambraccio della ragazza. «È un pensiero molto dolce. Non partiamo in quarta, però.»

Finirono di mangiare, poi le ragazze si offrirono di sparecchiare e così Pete poté portare Jo a fare una passeggiata sulla spiaggia. Il coach intrecciò le dita con le sue e si avviarono lentamente lungo il bagnasciuga.

«Parlare di trasferirsi è *davvero* partire in quarta?» le chiese.

Jo spalancò gli occhi. «Non lo pensi anche tu?»

Il coach si fermò e si girò per guardarla in viso. «No, in realtà. So cosa provo e ti voglio vicino a me.»

La donna strinse le labbra e fissò l'oceano.

«Suppongo che tu non provi lo stesso.»

Jo si voltò verso Pete in tempo per vedere lo sguardo nei suoi occhi prima che si girasse anche lui verso l'acqua. «Io non sono mai andata a vivere con qualcuno. Non ho mai nemmeno avuto una relazione seria,» ammise.

Pete voltò il capo di scatto. «Perché no?»

Jo alzò le spalle. «Non lo so. Non ho mai pensato di sposarmi. Il mio obiettivo principale era diventare qualcuno, fare carriera, trovare la sicurezza di cui avevo bisogno in me stessa. Ha senso?»

Il coach le si avvicinò di più e le passò un braccio attorno alle spalle, e lei gli sorrise. «Certo, è come per un uomo. Lo capisco,» le rispose.

«La mia famiglia non mi appoggiava, sapevo che non potevo contare su di loro. Così ho imparato a fidarmi solo di me stessa, e questo mi è sempre andato bene,» spiegò Jo.

Continuarono a camminare lungo la spiaggia.

«Davvero?» chiese Pete.

«Che vuoi dire?»

«Sei sola. Diventare un'isola ti ha reso felice?»

Jo si fermò. «Non ho mai pensato a me stessa come ad un'isola, non esattamente. Sono solo autonoma. Ho sempre avuto degli amici.»

«Ma non c'è mai stato un uomo con cui tu sia rimasta a lungo?» insistette Pete.

La donna scosse la testa. «C'era sempre un nuovo ragazzo dietro l'angolo.»

«Ci scommetto,» commentò Pete, sorridendo divertito. «Una donna con il tuo aspetto e con il tuo cervello, scommetto che gli uomini si mettevano in fila per uscire con te. Probabilmente lo fanno ancora.»

«Mitzi sarebbe d'accordo con te, ma io non ne sono sicura.»

«Sei bellissima e sveglia.»

«E troppo indipendente, giusto?» chiese Jo.

«Non per me,» rispose Pete.

«Sei disposto ad affrontare la sfida di cambiarmi e rendermi una vera donna?» Perfino alle sue stesse orecchie, la sua voce suonò tagliente e dura.

«Ahi!» fece il coach.

«Mi dispiace.» Jo allungò una mano e gliela posò sulla guancia.

«Non hai bisogno di metterti sulla difensiva, con me. Ammiro quello che hai fatto, quello che sei riuscita ad ottenere. Non è facile essere una donna nella NFL.»

«Certo che non lo è. Grazie.»

«Ma è difficile credere che tu sia soddisfatta di essere da sola. Visto come sei con me, così passionale e dolce,» aggiunse Pete.

«Dolce? Io?»

«Credo che anche Daisy possa confermarlo.»

Jo rise.

«Non sei la tipa dura che vuoi far credere alla gente. Ho visto un po' del tuo altro lato,» disse Pete, prendendola di nuovo per mano.

Jo si scostò da lui e si avvicinò di più all'acqua.

L'allenatore la seguì e le posò le mani sulle spalle. «Non fare la dura con me, Josie. Non ce n'è bisogno. Apriti, lasciami entrare. Lascia che mi prenda cura di te, almeno per un po'.» Le sfiorò l'orecchio con le labbra.

Pete si era già preso cura di lei. Il Coach era sempre lì con i suoi abbracci e i suoi incoraggiamenti, quand'era triste, e questo era molto più di quanto avesse ricevuto da chiunque altro a parte Beth e Mitzi. Ora, però, sembrava che dovesse cancellare Mitzi dalla lista. Sospirò.

Pete le passò un braccio attorno alla vita. Il calore del suo corpo, così vicino alla sua schiena, la riscaldò, e Jo inspirò profondamente l'aria fresca e salata. *Voglio poter contare su di lui, ma cosa succederebbe se mi deludesse? È solo umano. Eppure, amo stargli accanto.* Pete non aveva mai fatto mistero del fatto che la voleva, fisicamente e mentalmente. L'aveva accolta nella sua vita, l'aveva persino presentata alle sue figlie. *Sta gestendo la situazione meglio di me.*

Con la bocca ancora vicina al suo orecchio, il coach sussurrò, forte appena abbastanza perché riuscisse a sentirlo sopra il rumore delle onde: «Ti amo.»

Jo trasalì come se Cupido le avesse appena scoccato una freccia dritta al cuore. Pete le strinse le dita calde attorno alle braccia.

«Oh, Pete. Io... io...» farfugliò la donna, ma non riusciva a trovare le parole.

Pete si chinò per baciarle il collo. «Lo so, piccola, lo so.»

Jo stava per piangere lacrime di felicità, ma le ricacciò indietro. Si liberò dalla stretta dell'allenatore, si girò e lo abbracciò. Il Coach catturò la sua bocca e le premette un bacio pieno di desiderio contro le labbra. Jo si aggrappò a lui come se fosse la sua linfa vitale e sentì l'amore che le scorreva nelle vene, imitando le onde che si infrangevano rumorosamente alle sue spalle.

Un nuovo sentimento si fece strada dentro di lei, come gioia mista a paura. *Non mi tratterrò più. Ci metterò tutta me stessa. Questa volta, ci metterò tutta me stessa.* Quando si allontanarono, lo sguardo del coach la scaldò. «Ti amo anch'io, Pete,» si lasciò sfuggire prima di riuscire a fermarsi.

La sua onestà venne ricompensata con un ampio sorriso. Pete la prese tra le braccia e le diede un bacio tra i capelli. «Lo sapevo, stavo solo aspettando che lo capissi anche tu.»

«Sei un po' arrogante,» replicò Jo.

«I pappamolle non vincono mai.» Si alzò il vento e a Jo venne la pelle d'oca sulle braccia, così Pete gliele sfregò per scaldarle e disse: «Entriamo in casa. Credo che ti serva un caffè caldo.»

Con il braccio di lei attorno alla vita di lui e quello di lui sulle spalle di lei, si allontanarono dalla spiaggia, presero le scarpe e tornarono a casa, poi Pete preparò il caffè. Le sue figlie si erano già ritirate nella privacy delle loro stanze. Jo e Pete rimasero in piedi davanti alla grande finestra a bere la bevanda calda e ammirare l'oceano.

«Allora, quando ti trasferisci?» chiese Pete.

«Hmm?»

«Mi hai sentita, signorina.»

«Beh, vediamo...» Jo spostò lo sguardo sul soffitto, poi lo guardò dritto negli occhi. «Il prossimo weekend sarebbe troppo presto, per te?»

Pete rise.

Jo rabbrividì. *Spero davvero di sapere cosa sto facendo.*

Capitolo Nove

Giugno fu un mese intenso per Jo e Pete. Le figlie dell'allenatore tornarono a scuola e al loro stage e Jo, poiché non era ancora andata completamente fuori di testa, come disse a lui, si tenne la sua vecchia casa e non la mise nemmeno sul mercato. Avere un posto tutto suo in cui poter tornare la faceva sentire più sicura, visto che non aveva mai avuto una relazione seria. Così Jo si trasferì da Pete. Lui andò in brodo di giuggiole alla sola idea, mentre lei sorrise ma non disse nulla.

Man mano che l'inizio del ritiro si avvicinava, la vita di Pete divenne sempre più caotica. Aspettava sempre con ansia l'ora di lasciare il lavoro e andare a casa con Jo. Andavano allo stadio e tornavano indietro insieme, per risparmiare benzina. Passavano la cena a scambiarsi le novità sul lavoro, e condividere i suoi trionfi e le sue frustrazioni aiutava Pete a calmarsi. Dopo aver guardato un film o un po' di televisione, andavano a letto, dove le loro preoccupazioni svanivano mentre facevano l'amore con passione. Ogni mattina, Pete si svegliava, vedeva Jo dormire al suo fianco e ringraziava le stelle, la luna e Dio per la sua fortuna.

Il Coach Bass passava le sue giornate immerso nei meeting con gli assistenti allenatori, con cui fissava gli obiettivi da raggiungere durante il ritiro. Lyle Barker e Cap, il direttore generale, organizzarono una riunione con lui per discutere delle strategie riguardo ai nuovi contratti, e il coach si spremette le meningi cercando un modo per tenere Trunk Mahoney in squadra senza concedergli milioni di dollari.

Jo si incontrò più volte con Wendy McMillan. Pete le vedeva parlare e sistemare pile di fogli nella sala conferenze. A cena, Jo gli parlava dei gruppi che lei e Wendy avevano ideato, e talvolta l'allenatore faceva una smorfia e le diceva che i giocatori che aveva raggruppato insieme avrebbero finito per scatenare una rissa o le offriva qualche altro appunto del genere. Diversi giocatori avevano già richiesto di venire spostati in un orario diverso per via di un conflitto in famiglia o di un battibecco con degli altri ragazzi, e Jo gli confessò che cercare di tenere il filo degli orari, le personalità e le dispute di tutti le stava facendo girare la testa.

Curly Hawkins, uno degli allenatori più anziani, si rifiutò di partecipare e nemmeno l'esca dei soldi riuscì ad attirarlo. Tutti in squadra sapevano che Curly era uno di quelli che ne avrebbero avuto più bisogno, sia tra i giocatori che tra lo staff. Eppure il vecchio rifiutava di cambiare opinione, usando come scusa il fatto che gli mancavano solo tre anni alla pensione e quindi non importava.

Jo a quanto pareva non voleva permettere che Curly rovinasse la sua percentuale perfetta di partecipazione, quindi era andata a chiedere aiuto a Lyle Barker. Doveva averlo trovato alla fine di una giornata particolarmente stressante, perché dopo il loro colloquio l'uomo andò subito a trovare Curly negli spogliatoi, i due iniziarono ad urlarsi addosso e Lyle licenziò l'allenatore su due piedi.

Il Coach Bass ne fu sconvolto. Quella sera, quando fu a casa con Jo, accennò all'argomento. Si lavò i denti e si tolse i boxer, poi si infilò a letto con la sua amata. «Maledetto, dannato Curly Hawkins,» borbottò.

Jo si girò su un fianco e lo guardò. «Perché è così importante?»

«Curly lavorava con i Kings da vent'anni. Conosceva tutto e tutti. Come diavolo farò ad arrivare alla fine di questa stagione senza di lui? Perché hai dovuto cominciare questo stupido programma, comunque?»

«Cosa?»

«Mi hai sentito.» Un senso di bellicosità prese Pete alla gola e non lo lasciò più andare.

Jo si puntellò sui gomiti. «Stai criticando il mio programma perché un idiota ha fatto i capricci e si è fatto licenziare?»

«Se il tuo stupido programma non esistesse, io avrei ancora Curly,» la accusò il coach.

«Oh? Immagino che gli idioti si debbano dare manforte a vicenda.» La donna scostò le coperte e scese dal letto.

«Che stai facendo?»

«Vado a casa. Non sono obbligata a farmi maltrattare da te.»

«Non ti sto maltrattando. Non ti ho nemmeno toccata,» si difese Pete.

«Esiste più di un tipo di abuso,» replicò Jo, scoccandogli un'occhiata gelida mentre si infilava i jeans.

«Non andare. Non andare, Jo. Mi dispiace.»

«Davvero? Ti dispiace? Non ti dispiace proprio per niente, è solo che non vuoi perdere la tua compagna di letto di stanotte. Beh, peggio per te!»

Pete balzò giù dal letto mentre Jo chiamava Daisy con un fischio e raccoglieva la sua borsa.

«Tornerò a prendere il resto della mia roba domani,» gli disse.

«Andiamo, Jo. Ho perso le staffe, ma non è una cosa così seria. Non andare.» Pete la prese per mano.

«È una cosa seria per me. Sei stato orribile, irrispettoso, cattivo. E potrei continuare ancora e usare termini peggiori. Io vado a casa, tu pensa a cos'hai fatto.» Jo scese le scale con Daisy alle calcagna e uscì dalla porta in un lampo.

Pete si accasciò sui gradini e si sbatté una mano sulla fronte. «Merda, cazzo, maledizione!» Andò nell'angolo che preferiva per passeggiare avanti e indietro quand'era nervoso, davanti alla finestra panoramica, e poi tirò uno dei cuscini del divano contro il muro. Poi il suo telefono squillò. *Jo?* Scattò verso il cellulare.

«Pete?»

«Oh, Bill. Ciao,» rispose Pete, deluso.

«Non sono l'Agenzia delle Entrate, Pete. Potresti anche suonare un po' più felice di sentire tuo fratello.»

«Mi dispiace, amico. Pensavo che potessi essere Jo.»

«Jo? Cos'è successo?» chiese Bill.

«Mi sono comportato da stronzo con lei, ecco cos'è successo.»

«Niente di nuovo, allora. Vuoi parlarmene?»

«Preferirei dimenticarmene.»

«Lei se ne dimenticherà?»

«Probabilmente no.»

«Allora lasciami sedere in poltrona. Ecco. Okay, spara,» lo spronò suo fratello.

«È successo tutto per colpa di questo stupido programma per il controllo della rabbia... beh, no, in realtà non è quello che è successo. È successo tutto per colpa di quello stupido di Curly Hawkins, un allenatore...»

* * * *

Jo salì di corsa gli scalini di casa sua, con Daisy al guinzaglio che le trotterellava dietro. Portò la sua pesante borsa da viaggio fino alla porta d'ingresso e poi si fermò per riprendere fiato. Una legittima indignazione le ardeva nel petto. «Quel grosso scimmione. Pensa di potermi trattare in quel modo? Che vada a farsi fottere.» Spinse la porta ed entrò.

Lasciò cadere la borsa con un tonfo e riempì una ciotola d'acqua per il carlino, poi prese una bottiglia di Moscato dal frigo e se ne versò un grosso bicchiere. Andò con passo deciso in soggiorno, ancora fumante di rabbia, e si fermò davanti alla porta a vetri che dava sulla veranda. Osservò la mangiatoia per gli uccellini, che fremeva d'attività, continuando a borbottare parole rabbiose su Pete al suo cane, che si accucciò sul tappeto e iniziò a russare.

Si sentiva come se stesse per esplodere, quindi chiamò Beth e le disse: «Devo parlarti.»

«Che succede?» La voce della sua amica sembrava assonnata.

«Ti ho svegliata?»

«Non preoccuparti, dimmelo e basta. C'entra il nuovo ragazzo?»

«Pete? Puoi scommetterci.»

Spinta dalla rabbia, Jo raccontò l'intera storia tutta d'un fiato. Beth la interruppe ogni tanto con qualche domanda, ma per il resto rimase ad ascoltarla in silenzio.

«Non so cosa stessi pensando quando ho deciso di trasferirmi da quel bastardo.» Jo si sedette sul divano e prese un respiro profondo.

«Stai scherzando, Jo, vero? Ti sei inventata tutto?» chiese Beth, sconvolta.

«No! Ha detto quelle esatte cose.»

«Ti sei arrabbiata perché ha chiamato il tuo programma stupido?»

«Sì.»

«Andiamo, si stava solo sfogando. È incazzato perché il suo allenatore se n'è andato proprio prima dell'inizio del ritiro. Ti trasformeresti in una belva, se succedesse a te,» le fece notare Beth.

«Certo, sarei turbata, ma non mancherei di rispetto a qualcuno che dico di amare,» ribatté Jo.

«Stai esagerando.»

«Non è vero.»

«Sì che è vero. Dove sei adesso?»

«A casa.»

«Te ne sei andata? Per questa storia?» domandò Beth.

«Beh...»

«Forse hai ragione, il matrimonio non fa per te. Litigherete, è inevitabile. A volte lui ti mancherà di rispetto e a volte tu mancherai di rispetto a lui. Tu dirai cose di cui poi ti pentirai e lui farà lo stesso. Ma se è amore, perdonerete e dimenticherete. Lui si è scusato?»

«Più o meno.»

«Più o meno? Cosa ti ha detto, esattamente?»

«Ha detto che gli dispiaceva,» rispose Jo, quasi in un sussurro. «Mi ha supplicata di non andarmene.»

«E tu te ne sei andata comunque?»

«Già.»

«Che razza di moglie sei?»

«Non sono sua moglie.»

«Giochi alla famiglia felice con lui, quindi è come se lo fossi. Non gli hai nemmeno permesso di scusarsi e cercare di farti sentire meglio?» chiese Beth.

«Me ne sono andata in fretta e furia,» ammise Jo.

«Non si fa così, Jo, devi incassare i colpi. Non tutte le discussioni sono l'ultimo litigio, qualcosa per cui rompere, la fine del mondo.»

«Non sono brava in queste cose, Beth.»

«Beh, allora diventa brava! Hai un uomo fantastico che ti ama con tutto se stesso, quindi impara a far funzionare le cose tra di voi. Ora sei *tu* che devi scusarti.»

«Perché?»

«Perché tu l'hai abbandonato, perfino dopo che lui si è scusato.»

«Pfft. Non lo farò,» si intestardì Jo.

«Ragazza, se non imparerai a scusarti, rimarrai sola per il resto della tua vita. È questo quello che vuoi?»

«No, ma...»

«Niente ma! Adesso attacco, tu pensa a quello che ti ho detto. Chiamalo. Non perdere quest'uomo, Jo, perché da quello che mi hai detto, faresti meglio a tenertelo stretto.»

Beth attaccò. Jo si mordicchiò il labbro, pensando che avrebbe dovuto passare la notte da sola. Daisy si sedette accanto alla porta e sbadigliò, e la donna le mise il guinzaglio e la portò fuori per l'ultima passeggiata della serata.

Quando andò a dormire, il letto le sembrò gigantesco e allungò il braccio per riempire lo spazio vuoto. Si girò su un fianco, verso la finestra, e guardò la luna. Si chiese se anche Pete si fosse sdraiato e stesse guardando di fuori. Daisy si mosse nervosamente in fondo al materasso e Jo sospirò, senza riuscire a prender sonno.

All'una e mezza, scostò le coperte. «È ridicolo. Proprio stupido. Ora sono *io* che sto facendo la stupida.» Si infilò i jeans e una maglietta, mise il guinzaglio al cane, prese la borsa e si diresse verso la macchina.

Lo scricchiolio delle gomme sulla ghiaia del vialetto di Pete suonò molto rumoroso nella quiete della notte. Erano le due e mezza e i cittadini di Monroe erano già andati a letto.

«Probabilmente starà dormendo. Se entro in punta di piedi, posso infilarmi sotto le coperte,» sussurrò a Daisy. Il carlino sbadigliò, e Jo trascinò la sua roba e la sua cagnolina fino ai gradini all'ingresso e salì più silenziosamente che poteva. Il tintinnio delle chiavi che Pete le aveva dato riecheggiò nella notte.

In un primo momento aprì la porta lentamente, ma poi vide una grossa ombra, trasalì, e la spalancò di scatto, colpendo in pieno Pete che si era nascosto dietro di essa ed era pronto a balzare in avanti. La porta rimbalzò contro la sua fronte e gli urtò il piede nudo, e il coach ululò di dolore, mettendo Daisy istantaneamente in stato d'allerta e facendola cominciare ad abbaiare.

«Pete? Sei tu?» chiese Jo, facendo entrare il cane e chiudendo la porta.

«Maledizione. Cazzo, che male.» Pete abbassò la grossa padella di ghisa. «Jo?»

«Sono io.» La donna fece scivolare la tracolla della borsa lungo la spalla e posò il grosso bagaglio sul pavimento.

«Che ci fai qui?» domandò il coach.

«Non mi vuoi qui?»

«Sì, sì che ti voglio. Intendevo, perché sei tornata? Merda. Nemmeno questa mi è uscita giusta.»

Tremando leggermente, Jo rispose: «Mi mancavi.»

«Davvero? Oh, sì. Ti mancavo. Mi dispiace, mi dispiace tanto, Josie, piccola mia. Ti prometto di non parlare mai più in quel modo del tuo programma. Sono stato uno stronzo,» farfugliò Pete.

«Lo sei stato.» Jo si mise le mani sui fianchi.

Il coach barcollò verso di lei e la avvolse in un grosso abbraccio. «Ti prego, non farlo mai più.»

«Cosa? Andarmene?»

«Sì. Urlami in faccia, picchiami, tirami le cose, ma non andartene mai più in quel modo.»

Jo lo abbracciò e l'ansia che le riempiva il petto si dissipò.

«La mia ex ha fatto la stessa cosa. Un giorno c'era, e il giorno dopo non c'era più. Non mi ha lasciato nemmeno un biglietto. Niente. Una settimana dopo, ho ricevuto una lettera dal suo avvocato. Quindi, ti prego, non andartene mai così, senza dire niente. Abbiamo litigato perché non eravamo d'accordo e io mi sono comportato da stronzo, ma questo non significa che non ti amo,» aggiunse Pete.

«E non significa nemmeno che non ti amo io, Pete. Dispiace anche a me, non me ne sarei dovuta andare.»

«Grazie. Prometti che rimarrai con me?»

«Lo prometto.»

«E se... *quando* litigheremo, ne parlerai con me, invece di scappare via alla prima parola rabbiosa?»

«Non scapperò.»

«Bene. Ti amo, piccola. Non pensavo che saresti tornata, mi hai spaventato a morte,» confessò Pete.

«Anch'io ho spaventato me stessa,» commentò Jo.

«Ti mancavo, eh?» Il coach abbassò lo sguardo su di lei con un sorriso lascivo.

«Andiamo di sopra e ti mostrerò quanto mi sei mancato.»

«Sesso per fare pace. Il miglior tipo di sesso.»

«Non l'ho mai fatto,» ammise Jo.

«Oh, ti piacerà un sacco. È come innamorarsi di nuovo.»

Pete prese la sua borsa e andarono in camera da letto. Jo si voltò per controllare e si accorse che era vero: la luna scintillava più luminosa nella camera di Pete, e il sesso per fare pace era fantastico.

* * * *

Jo lavorava ogni giorno per fare pubblicità alla stagione sportiva. Organizzò interviste per Pete, Lyle e diversi giocatori, sparpagliandole per tutto l'autunno. Doveva tenere il nome dei Kings sotto i riflettori, nel modo giusto.

Dopo aver pranzato con Samantha Drake, si sedette sulla sua poltrona e ideò un piano per far ottenere il supporto della squadra al rifugio delle donne. Era un collegamento perfetto con il programma per la gestione della rabbia.

Pensieri sexy con il Coach Bass come protagonista, però, le impedirono di concentrarsi. Il sesso le era sempre piaciuto, ma prima d'ora non l'aveva mai assorbita così tanto. Ma in fondo non era nemmeno mai andata a letto con un uomo come Pete Sebastian.

C'erano delle parti del suo corpo che fremevano, mentre ricordi delle sue mani e delle sue labbra che le toccavano la pelle nuda le attraversavano la mente. Si costrinse a concentrarsi sull'aiutare il rifugio, ma dovette interrompersi quando il pensiero del Coach Bass scacciò via tutti gli altri legati agli affari. Infine decise di arrendersi, si appoggiò contro lo schienale della poltrona, posò i piedi sul cestino e guardò fuori dalla finestra.

Più eccitata di quanto non ricordasse di essere mai stata, Jo si leccò il labbro inferiore. Visioni di Pete che la aspettava nudo a letto alimentarono il suo desiderio. Immaginò di passargli le dita irrequiete sul petto e sentì la tensione montarle tra le gambe, mentre una lieve fitta cresceva dentro di lei. *C'è un mucchio di gente, qui. Non possiamo fare nulla.* Diede un'occhiata all'orologio e vide che erano le quattro. *Hmm. Lyle e Edie se ne vanno alle cinque in punto.*

Per tenersi occupata, rispose alle e-mail che aveva ricevuto, e il tempo passò rapidamente. Quando guardò di nuovo l'orologio, segnava le cinque e un quarto. Si alzò dalla scrivania, si umettò le labbra e guardò da entrambi i lati del corridoio. Si sfilò il reggiseno, le calze e le mutandine e le mise nell'ultimo cassetto.

Era tutto così silenzioso da dare i brividi. Jo sorrise e si diresse verso l'ufficio di Pete: la luce era ancora accesa. Pregò che fosse da solo e bussò piano alla porta.

«Avanti.»

Con tutto il corpo che pulsava di passione, la donna prese un respiro profondo. La giacca di Pete era appesa sullo schienale della sedia e il coach, seduto al computer, si era sciolto la cravatta, che gli penzolava sopra la cintura. Aveva i primi due bottoni della camicia aperti, in modo da mostrare un po' del pelo che aveva sul petto, e le maniche tirate su fino ai gomiti. Indossava il suo orologio cromato. *Dio, amo quando si tira su le maniche!* Jo gli fissò gli avambracci forti, soprattutto il destro, quello che aveva usato per tirare il pallone da football segnando touch-down dopo touch-down.

Aveva la bocca secca. Deglutì.

«Che c'è, Josie?» Pete lanciò uno sguardo al suo orologio. «Non posso ancora andare a casa, devo finire queste ultime tre formazioni.»

Jo era in preda alla sua libido, riusciva appena a parlare. Gli si avvicinò, cominciando a sentirsi umida tra le gambe. Pete si passò le dita tra i capelli e lei poté giurare di averle sentite su di sé, come se le avessero pettinato i lunghi riccioli. «Neanch'io voglio andare via,» mormorò.

Pete si scostò dalla scrivania e si tirò in piedi, poi allungò le braccia verso il soffitto e sbadigliò. Era alto, snello e invitante. «Cosa c'è, tesoro? Sembri accaldata? Ti senti bene?» le chiese.

Jo girò attorno alla scrivania e gli si parò davanti, poi strinse nel pugno la sua camicia e lo trascinò giù, finché le loro labbra non si incontrarono. Sentì un verso sorpreso che la fece sorridere, mentre lo baciava. Colto di sorpresa, Pete barcollò in avanti e sporse le mani in fuori per mantenere entrambi in equilibrio.

Il coach rialzò la testa. «Che sta succedendo?»

«Facciamolo,» sussurrò Jo.

Pete rise. «Vuoi fare sesso qui?»

Lei annuì.

«Cosa ti ha spinto a decidere di farlo?»

«Tu.»

«Io?»

«Ho pensato a te tutto il pomeriggio, e adesso voglio fare qualcosa per risolvere la situazione.» Jo si strusciò contro Pete e gli premette le mani sul petto.

«Sei seria?» chiese lui.

«Assolutamente. Prendimi sulla tua scrivania.»

Di nuovo, l'allenatore rise, ma stavolta fu una risata più sexy. «Potrebbero interromperci,» le fece notare.

«Tutti sono già andati a casa. Hai paura?»

«Io? Tesoro, ho già fatto sesso in luoghi abbastanza pubblici.»

«Oh?» Jo inarcò un sopracciglio.

«Mai in ufficio, però,» puntualizzò Pete.

«Preferiresti la sala riunioni?» gli chiese la donna.

«Qui andrà bene,» rispose il coach, sorridendo. «Ma tu sei troppo vestita.»

«Non è vero. Non porto le calze, vedi?» Jo stese la gamba nuda. «Non porto nemmeno il reggiseno,» aggiunse, aprendo il bottone a metà della sua camicetta.

Pete allungò una mano e gliela chiuse attorno al seno. «Bello. Hai il davanzale migliore del mondo,» commentò.

«Davanzale?»

«Okay, i seni. Comunque li chiami, i tuoi sono sexy, piccola.» L'occhiata piena di desiderio che le rivolse il coach la infiammò ancora di più. Gli passò una mano sul petto, scese più giù e fu deliziata quando scoprì che stava diventando duro. «E le mutandine?» chiese Pete.

«Nemmeno.»

Pete spalancò gli occhi. «Non porti le mutandine? Sei venuta preparata. Dovevi essere abbastanza sicura che ne avrei avuto voglia.»

«Già,» rispose Jo.

L'allenatore ridacchiò. «Mi conosci troppo bene.»

La donna si inginocchiò e gli abbassò la zip.

«No, no, sul serio?» farfugliò Pete.

«Non voglio aspettare.»

«Lo vedo. Se insisti...»

Le parole smisero di uscire dalla bocca di Pete, quando Jo si chinò sulla sua erezione. Era solo mezzo duro, ma lei aveva tutta l'intenzione di accelerare il processo. Il coach si lasciò sfuggire un sibilo, quando iniziò lentamente a muoversi sopra di lui, le labbra rilassate ma abbastanza ferme, la lingua premuta completamente contro di lui. Jo alzò lo sguardo su di lui, poi si concentrò sul renderlo eccitato quanto lei... e pronto per fare l'amore.

«Diamine, ci sai fare,» sussurrò Pete, la fronte imperlata di sudore.

Due minuti più tardi, era duro quanto una trave d'acciaio. Jo lo leccò un'ultima volta, poi si alzò in piedi, gli gettò le braccia al collo e lo trascinò giù per dargli un bacio appassionato. Pete le alzò la gonna sopra il fondoschiena, fino ad arrotolargliela attorno alla vita, poi le strizzò il sedere e le infilò le dita tra le gambe.

«Oh, piccola,» sospirò.

Si scostò e ammucchiò i fogli sulla scrivania in una pila che spinse di lato, poi chiuse le grandi mani attorno ai suoi fianchi e la sollevò come se fosse fatta di zucchero filato. Jo trasalì, quando il suo fondoschiena scoperto toccò il legno freddo.

«Tutto bene?» le chiese il coach.

«La scrivania è fredda. E dura.» Jo gli sorrise e lo guardò dritto negli occhi: vedere la lussuria nel suo sguardo intensificò ancora di più il calore che si sentiva dentro. Il Coach Bass le allargò le cosce e ci si insinuò in mezzo, e lei lo strinse tra le dita. «Wow.»

«Sei stata tu a farlo,» disse Pete, poi risalì con la mano e infilò un dito dentro di lei. «Oh, tesoro, sei davvero pronta,» le sussurrò all'orecchio, poi le leccò il lobo.

«L'hai mai fatto prima?» Jo si sfilò le scarpe.

«No, ma sono sicuro di sapere come si fa. È come farlo sul bancone della cucina,» rispose il coach.

Jo lo fissò inarcando un sopracciglio e lui rise, poi le mise una mano sotto entrambe le ginocchia e le sollevò. La donna si aggrappò al bordo della scrivania con un tallone. Pete si strofinò contro di lei, poi la penetrò e lei si lasciò sfuggire un gemito. «Dio, è così bello,» sospirò, chiudendo per un attimo gli occhi.

Pete infilò le mani sotto di lei e la sollevò un po', attirandola più vicino a sé, finché i seni di Jo non furono schiacciati contro il suo petto. Nel frattempo, mantenne un ritmo regolare. Jo iniziò a respirare più rapidamente e la sua pelle si scaldò e si arrossò per il piacere.

Il Coach spingeva così forte dentro di lei da spostare indietro la scrivania di mezzo centimetro ogni volta. Jo si aggrappò a lui, circondandogli l'ampio petto con le braccia e appoggiandogli il capo sul cuore. La tensione che sentiva dentro di sé si fece sempre più acuta con ogni spinta. Chiuse di nuovo gli occhi e gemette, mentre un orgasmo incredibile la travolgeva, i suoi muscoli si stringevano attorno a Pete e le sue braccia lo abbracciavano strettamente.

«Wow, piccola,» sibilò il coach, stringendo i denti.

Jo si lasciò sfuggire un grosso sospiro e gli diede un colpo sulla parte bassa della schiena, poi chiuse le gambe, intrappolandolo. Pete spinse dentro il suo corpo un'ultima volta, le posò la bocca sulla testa e gemette tra i suoi capelli per attutire il rumore.

I due si aggrapparono l'uno all'altro, sudati e soddisfatti.

«Fantastico,» mormorò Jo.

Pete le passò le mani sulla schiena, poi le strinse gli avambracci tra le dita. «Faremmo meglio a vestirci, in caso avessimo compagnia,» le ricordò, poi fece due passi indietro e uscì da lei. La donna strinse le cosce e sorrise. «Soddisfatta?» le chiese l'allenatore.

«Oh, sì,» replicò lei, saltando giù dalla scrivania.

Mentre Jo si abbassava la gonna e Pete si tirava su la lampo, qualcuno bussò alla porta.

«Chi è?» domandò Pete, strofinandosi le mani sui pantaloni. Jo si pettinò i capelli arruffati con le dita e si leccò le labbra.

«Mahoney.»

«Entra,» disse Pete, poi sussurrò a Jo: «Ho un appuntamento con lui.»

La porta si aprì e, nonostante gli sforzi per apparire disinvolti, Jo capì che Trunk aveva intuito ciò che era appena successo. Il giocatore si coprì la bocca con le mani, spostando lo sguardo dall'uno all'altra. «Scusi, Coach. Non volevo... ah... interrompere nulla.»

«Non l'hai fatto,» gli assicurò Pete in tono brusco, evitando lo sguardo del linebacker.

«Grazie per l'aiuto, Coach. Adesso ho alcune cose da sistemare.» Jo batté velocemente in ritirata. Le ultime parole che udì prima di rifugiarsi nel suo ufficio furono pronunciate da Trunk.

«Scommetto di sì, signorina Parker.» Vennero seguite da una lieve risata.

Tornata nel suo ufficio, Jo prese le mutandine dal cassetto e liberò accidentalmente un pezzetto di carta incastrato in una fessura. Non aveva tempo di controllarlo, quindi lo lasciò in fondo al cassetto e mise i suoi vestiti in una borsa. Scrisse un messaggino veloce a Pete e uscì dall'edificio, ansiosa di evitare lo sguardo furbo di Trunk Mahoney.

Capitolo Dieci

Il giorno dopo, il Coach Bass convocò una breve riunione della squadra in sala stampa. Jo avrebbe presentato i gruppi finali per il corso sulla gestione della rabbia, poi lui avrebbe dato le ultime istruzioni riguardo al ritiro. Proprio mentre stava per cominciare a parlare, Buddy Carruthers irruppe nella stanza.

«Sei in ritardo,» lo rimproverò Pete.

«Mi sposo!» quasi squittì il ricevitore, alzandosi in punta di piedi.

«Lo sappiamo. Adesso torniamo alla riunione,» replicò il Coach.

«No, voglio dire che mi sposo ora. Beh, presto. Tra due settimane, forse. Emmy ha smesso di fare concerti.» Tutti si girarono a guardare l'affascinante giocatore. «Già. Ha ottenuto un contratto con la Goldfinch Music ed è obbligata a fare solo due spettacoli all'anno. Starà a casa con me a scrivere e registrare canzoni. Quindi, ci sposiamo.»

«Quando?» domandò il Coach Bass.

«Il prima possibile.»

La stanza si riempì del brusio dei giocatori che parlavano tutti insieme, congratulandosi con Buddy e dandogli pacche sulla schiena.

Quando si furono calmati, Jo aveva già ideato un piano pubblicitario di successo che non vedeva l'ora di approfondire meglio.

Quando la riunione finì, uscì dalla stanza, facendosi strada tra gli uomini ed evitando quelli che si stavano lamentando dei gruppi. Mise Buddy con le spalle al muro, ottenne le risposte ad alcune domande e tornò in ufficio.

Fece un paio di chiamate, poi tornò al computer e iniziò a scrivere. Il suo telefonò squillò diverse volte e definì più dettagli con ogni chiamata. Quando attaccò, finì di scrivere il documento di una pagina, ne stampò quattro copie e si incamminò verso l'ufficio di Lyle Barker.

Mentre ci andava, si fermò alla porta del Coach Bass. «Hai un minuto? Ho un progetto fantastico che ci farà ottenere un sacco di pubblicità... prime pagine piene di buone notizie nel titolo. Voglio presentarlo a Lyle. Verrai a darmi un po' d'appoggio?» gli chiese.

Pete le sorrise e si alzò in piedi. «Sicuro.»

Jo notò che la mano del coach stava scivolando verso la sua, prima che lui la ritraesse. Se l'avesse tenuta per mano per darle un po' di supporto morale, sarebbe stato d'aiuto, ma l'avrebbe fatta apparire poco professionale. *Non stai andando dal dottore, cresci un po'.*

«Entrate, entrate. Vi va un drink? Sono quasi le cinque,» li accolse Lyle.

Jo e Pete rifiutarono e si sedettero davanti alla scrivania del proprietario della squadra.

«Beh, io me ne bevo uno.» Lyle accese l'interfono, ordinò un gin tonic e si sedette sul divano. «Venite qui, starete più comodi,» li invitò.

Quando si furono tutti seduti, Edie entrò con il drink di Lyle. «Chiama Cap e digli di unirsi a noi,» le disse il proprietario della squadra.

Jo sentiva le farfalle nello stomaco. Si trattava di qualcosa di grosso, molto grosso. «Buddy ed Emerald, la rockstar, stanno per sposarsi,» attaccò.

«Così ho sentito. Spero che la sua stupida luna di miele non mandi a puttane la stagione,» replicò Lyle, lanciando un'occhiata al Coach.

«La madre di Buddy, Verna, si occuperà dei preparativi del matrimonio con Emmy,» proseguì Jo.

«Emmy? Pensavo si sposasse con Emerald.»

«Sono la stessa persona, Emerald è il suo nome d'arte. Comunque, pensavo che dovremmo fare la cerimonia qui.»

«Qui? Allo stadio? Che idea stupida... un matrimonio in uno stadio di football. Hai perso la testa?» Lyle bevve un grosso sorso.

«Mi ascolti. Potrebbero sposarsi dopo la prima partita della stagione, di fronte a tutti i fan. Verrebbero anche i fan di Emerald, e questo farebbe incrementare le vendite dei biglietti,» ribatté la donna.

Quando sentì quell'accenno all'incremento dei profitti, Lyle si sedette più dritto e disse: «Va' avanti, ti ascolto.»

«Si sposeranno in campo dopo la partita, poi andranno via in elicottero. Buddy ha già accettato di rimandare la luna di miele finché la stagione non sarà finita. Dovremo pagare il conto per il matrimonio.»

«Hmpf. Quant'è?»

«Non lo so ancora, ma Emerald non vorrà una cerimonia economica. Comunque, pensi a tutta la pubblicità che riceveremo, in aggiunta alla vendita dei biglietti.»

«Già, ci faremo un sacco di pubblicità, ma non esattamente gratis.»

«E vorrei anche aggiungere cinque dollari al prezzo del biglietto,» continuò Jo.

«Perché diavolo dovremmo farlo?» si stupì Lyle.

«Per donarli al rifugio New Life.»

«E che cazzo è?»

«Lyle, ricorda che ne avevamo parlato? Il rifugio per le donne? Il New Life?»

«Oh, sì, sì, le donne e i bambini picchiati. Capito. Va' avanti.» Lyle le fece un cenno con la mano.

Jo si alzò in piedi e iniziò a camminare su e giù mentre parlava. «Allora, raccoglieremo soldi per le donne e i bambini maltrattati e ospiteremo il matrimonio di Buddy e Emerald. Pensi a quanto farà effetto sul pubblico. E poi, non doneremo nemmeno i nostri soldi al rifugio, useremo solo il sovrapprezzo sui biglietti. Saranno i fan a donare. Potremmo riuscire a raccogliere migliaia e migliaia di dollari.» Lanciò un'occhiata al Coach Bass e inarcò le sopracciglia.

«Penso che sia un'ottima idea. Pensa a quanta gente verrà, e sarà proprio il giorno della prima partita! Che bel modo di iniziare la stagione,» intervenne lui.

«Tutti i maggiori network manderanno in onda il matrimonio e, ovviamente, anche la storia dell'evento per beneficienza. Pensi a che magnifico effetto avrà sulla reputazione dei Kings,» aggiunse la P.R., illuminandosi.

«Non mi importa un cazzo della reputazione, io voglio solo vincere le partite.» Lyle fissò Pete.

«Le vinceremo, e avremo una stagione fantastica. Ma pensa, Lyle. Quando si tratterà di contratti e selezioni, saranno i giocatori a voler venire da noi. Saremo la prima scelta di tutti, la squadra che vince il Super Bowl e ha anche un cuore... ed è presente nel mondo del rock and roll. Sarebbe vantaggioso per tutti, se vuoi la mia opinione,» ribatté l'allenatore.

Il cuore di Jo si riempì d'orgoglio per il suo uomo. *Sta facendo pubblicità il mio progetto con tutte le sue forze. Come si fa a non amarlo?*

«Sono tra l'incudine e il martello, qui,» disse Lyle, spostando lo sguardo da Pete a Jo e poi di nuovo sul Coach. «Okay, okay. Vedo che avete già deciso. Meglio per voi che la vostra iniziativa sia fruttuosa e che non costi troppo. Voglio un preventivo sulla mia scrivania entro domani pomeriggio. Dite a quella tizia, Emerald, di andarci piano con i miei soldi.» Tranguggiò il resto del suo drink e si alzò. Jo sapeva che era il suo modo per indicare che la riunione era finita.

Quando lei e Pete uscirono dall'ufficio, Jo riusciva a malapena a sentire il pavimento sotto i piedi. Lyle aveva approvato la sua idea, anche se era quanto di più lontano ci fosse dalla sua mentalità, e Pete l'aveva aiutata a fargliela accettare. Era come se il sole splendesse più luminoso.

A cena, quella sera, Jo non smise un attimo di parlare dei suoi progetti mentre preparava un'insalata veloce e scaldava gli avanzi delle lasagne. Gli argomenti di cui parlò includevano degli incontri con Emmy e Verna, una visita al rifugio e il piacere che avrebbe provato quando avrebbe annunciato a Samantha la buona notizia.

«Sono contento che il tuo progetto sia andato in porto,» si congratulò Pete.

La donna si sporse verso di lui per dargli un rapido bacio sulle labbra, mentre lui stappava due birre.

«Per te è una cosa fantastica, ma io invece sono nei casini. Dove diavolo lo trovo, un rimpiazzo per Curly Hawkins? Il ritiro sta per cominciare,» si lamentò il coach.

«Non ricominceremo a discutere, vero?» Jo alzò un sopracciglio.

«Non voglio discutere, ma lui se n'è andato e io ho bisogno di un nuovo allenatore. Qualcuno con un po' d'esperienza.»

«Non conosci nessuno che possa sostituirlo?»

«Cavoli, se conoscessi qualcuno, non lo starei chiedendo a te, no?» Pete inarcò un sopracciglio con aria scettica.

Jo scosse la testa. «Non c'è motivo di essere così scontroso,» disse, irrigidendo la schiena.

«Mi dispiace, tesoro.» Lui le posò la mano sulla sua e continuò: «Sono un po' nervoso. Alcuni dei ragazzi si sono lamentati dei gruppi del programma per la gestione della rabbia, Devon Drake non gioca come dovrebbe e Trunk Mahoney potrebbe andarsene. In più, Lyle si aspetta che vinciamo tutte le partite.» Si passò una mano tra i capelli.

«È un bel fardello,» commentò Jo, e mangiò una forchettata d'insalata.

«Tutte le altre squadre là fuori cercheranno di farci fuori. Quest'anno siamo noi il team da battere, i campioni. E a me manca un allenatore. Non è un tempismo perfetto.»

«Magari i ragazzi conoscono qualcuno.»

«Avrei un'idea, ma è un po' improbabile,» ammise Pete.

«Che idea?» lo spronò Jo.

«Prima lasciami vedere se è fattibile, poi te lo dirò.»

Jo alzò la forchetta. «Vuoi tenere alta la suspense?»

«Non voglio sembrare più stupido di quanto devo,» rispose Pete.

Dopo che ebbero finito di mangiare, il coach si infilò i calzoncini. «Vado a correre,» annunciò.

«Così presto dopo cena?»

«Starò bene.»

Mentre Pete si avvicinava alla porta, Daisy gli abbaiò contro.

«Non vuole che te ne vada. E non lo voglio nemmeno io,» spiegò Jo.

«Sei preoccupata?»

«Un po'. E se ti venisse un crampo?»

«Non sto andando a nuotare, anche se non sarebbe una cattiva idea. Non mi succederà niente, e se mi verrà un crampo, me la caverò,» la rassicurò Pete.

Jo si mordicchiò il labbro. «Non hai neanche dato un'occhiata alla lista per il corso sul controllo della rabbia.»

L'allenatore si bloccò, una mano già sulla maniglia della porta. «Dovrei farlo?»

«Beh...»

«Io con chi sono?» Pete raddrizzò la schiena.

«Con nessuno. I dirigenti faranno le loro sessioni da soli. Lyle ha accettato di pagare un extra per questo,» rispose Jo.

«Allora, cosa c'è?»

«Tu sarai il primo.»

«Io cosa?» La voce di Pete si alzò di diverse ottave.

La P.R. prese a camminare su e giù mentre parlava: «Pensavo solo che i ragazzi si sarebbero sentiti meglio, se il coach l'avesse fatto per primo. Sai, per provare che non è niente di fatale o terribile o qualcosa del genere. Se sopravvivi tu, allora possono farlo anche loro, hai presente?»

L'allenatore scoppiò a ridere. «Ma che diavolo...? Va bene, andrò per primo.»

Jo sospirò, sollevata. «Bene. Grazie.»

Pete si chinò su di lei e le diede un bacio. «Farei di tutto per te, piccola,» le assicurò, poi le diede una pacca sul sedere e uscì.

* * * *

La mattina successiva, Jo e Pete andarono in ufficio presto. Alle otto, lui era già seduto dietro la scrivania e osservava il campo fuori dalla sua finestra sorseggiando la terza tazza di caffè. La pila di fogli sulla scrivania includeva promemoria riguardo ai contratti, le nuove selezioni e i rapporti dei loro scout sui giocatori del college più promettenti, una relazione medica su Bullhorn Brodsky, e delle nuove formazioni da analizzare.

Pete si alzò e iniziò a camminare avanti e indietro. Pensava meglio quando si muoveva, come ogni buon quarterback. Cercò di concentrarsi, ma tutto ciò che riuscì a fare fu ricordare la sveltina con Jo sulla sua scrivania. Ridacchiò al pensiero della sua ragazza, solitamente così pudica e professionale, eccitata e decisa a non fare prigionieri. *Sembrava una belva. È piena di sorprese.* Tornò alla sua sedia e rise tra sé e sé mentre lasciava scorrere il palmo sulla superficie su cui avevano fatto l'amore.

All'inizio Jo gli era sembrata così timida, e doveva ammettere che in realtà lo era ancora in diverse occasioni. Ma non lo era in ufficio e, quella volta, aveva dimostrato che le bastava essere dell'umore giusto per abbandonare le inibizioni. Il suo cellulare squillò, interrompendo il flusso dei suoi pensieri.

Era Lexie e stava piangendo tanto forte che lui riuscì a malapena a capire cosa stesse dicendo. «Aveva detto che aveva ricevuto l'approvazione per assumerci entrambe,» iniziò.

«Non riesco quasi a capirti, Lexie. Chi?» chiese Pete.

«Il tizio del giornale,» rispose sua figlia.

«Ehi, se poteva assumere solo una ...»

«È quello che ci aveva detto. Aveva detto che ci avrebbe fatto un colloquio.»

«Okay. Cos'è successo?»

Le lacrime di Lexie si trasformarono in singhiozzi e lei continuò: «Ieri sera ci ha fatto venire alle otto. Ha detto che avrebbe assunto chi di noi gli avrebbe fatto il pompino migliore...» Poi le sue parole si fecero incomprensibili.

«Che diavolo ha fatto? Che cazzo ha fatto? Io lo ammazzo!» Il viso di Pete impallidì e poi arrossì mentre lui balzava giù dalla poltrona e iniziava a camminare su e giù davanti alla finestra, sparando insulti a raffica e sputacchiando per la rabbia.

«Papà. Papà!» Era la voce di Alyssa, che stava gridando al telefono per attirare la sua attenzione.

Pete si fermò per riprendere fiato.

«Calmati, papà. Non preoccuparti, non l'abbiamo fatto,» cercò di rassicurarlo sua figlia.

«Venite a casa. Maledizione, venite a casa.»

«Lo stiamo facendo. Lexie doveva solo dirti che non abbiamo ottenuto il lavoro e che stavamo tornando. Pensavo di dirti tutto il resto quando saremmo arrivate, ma lei non è riuscita a rimanere calma.»

«Venite qui il prima possibile.»

«Cosa faremo quest'estate?» domandò Alyssa.

«Non preoccupatevi di questo, penseremo a qualcosa quando sarete qui,» rispose Pete.

«Saremo lì per cena.»

«Ottimo. Vi voglio bene.»

«Ti vogliamo bene anche noi, papà.»

Pete attaccò e tirò un calcio alla sedia.

Qualcuno bussò alla porta, attirando la sua attenzione, e vide che Jo era sulla soglia. «Cos'è successo?» gli chiese.

Pete le racconto tutta la storia.

«Non ne sono sorpresa. Ci sono uomini viscidi e disgustosi dappertutto,» commentò la donna.

«Saranno a casa per cena,» la informò il coach.

«Allora cancelliamo i nostri piani e non usciamo.»

«Posso fare una bistecca al barbecue,» propose Pete.

«Perfetto,» replicò Jo.

«Vorrei ammazzarlo, quel maledetto bastardo.» Pete si batté il pugno sul palmo con forza.

«Se lo meriterebbe, lo stronzo viscido.»

Quella sera, quando le ragazze arrivarono, raggiunsero subito Pete davanti alla griglia e si lasciarono avvolgere nel suo abbraccio. Le loro parole, lacrime, imprecazioni e singhiozzi sicuramente filtrarono oltre la porta con la zanzariera, ma Jo rimase in cucina. Pete fu grato che sapesse quando rimanere in disparte, quando si trattava delle sue figlie, e dedicò tutta la propria attenzione alle ragazze.

Quando ebbero finito di aggiungere dettagli raccapriccianti alla storia, i tre Sebastian entrarono in casa e Pete posò le bistecche sul tavolo. Jo aveva preparato un'insalata verde e la sua famosa insalata di patate fatta in casa.

Pete tagliò la carne, Alyssa versò del tè freddo e Jo posò una birra davanti al piatto del coach.

«Cosa faremo adesso, papà? Tutti i lavori estivi migliori sono già presi,» si lamentò Lexie, mettendosi dell'insalata di patate nel piatto.

«Non ne ho idea, Lexie. Anch'io ho i miei problemi a cui pensare,» ammise Pete.

Per un po', mangiarono in silenzio.

«Ho un'idea,» annunciò Jo, e tutti si girarono a guardarla. «Sto lavorando ad un nuovo progetto, ma è una cosa molto grossa. Mi serve aiuto e voi ragazze potreste fare uno stage estivo con me.»

«Di che si tratta?» C'era una nota carica di sospetto nella voce di Alyssa.

«Vi piacerà un sacco. Emerald sta per sposare il nostro ricevitore, Buddy Carruthers,» cominciò a spiegare Jo.

«Sì, e allora?»

«Si sposeranno subito dopo la prima partita. Allo stadio. E io li aiuterò con i preparativi per il matrimonio!»

Due forchette si bloccarono a mezzaria e le gemelle spalancarono gli occhi e fissarono Jo.

«Aiutare con i preparativi per il matrimonio di Emerald? Stai scherzando, vero?» chiese Alyssa.

«No. Chiedete pure a vostro padre.»

«È vero. Ottima idea, Jo. Potrei perfino riuscire a convincere Lyle a pagarvi qualcosa,» intervenne Pete.

Sui visi ancora gonfi per il pianto delle gemelle comparvero due enormi sorrisi, poi le ragazze squittirono deliziate e si misero a saltellare sulle sedie.

«Oh, mio Dio! È un lavoro fantastico!» esclamò Alyssa.

«Molto meglio che lavorare per quel direttore arrapato,» aggiunse Lexie.

Quando sentì il titolo di quel bastardo, Pete si incupì. «Almeno non dovrò preoccuparmi per la vostra incolumità. Però state lontane dai giocatori,» disse, tagliando un pezzetto di bistecca e infilzandolo con la forchetta.

«Grazie, Jo. È veramente un lavoro da sogno.» Lexie saltò giù dalla sedia e andò ad abbracciarla.

«Aspetta solo che le ragazze della nostra sorellanza lo vengano a sapere,» cinguettò Alyssa.

Jo sorrise. «Vi farò lavorare tantissimo, ma sarà eccitante,» replicò.

Pete sorrise divertito. *Grandioso, adesso è la loro fata madrina.* «Questa è la miglior insalata di patate che abbia mai mangiato,» commentò.

Le ragazze furono d'accordo con lui.

* * * *

Il primo giorno del ritiro, il Coach Bass aveva in programma nel pomeriggio la prima sessione del corso per la gestione della rabbia con la dottoressa Wendy McMillan. Voleva finire presto, così avrebbe potuto concentrarsi solo sugli allenamenti.

La mattina la squadra fece esercizio e poi, dopo pranzo, ripassarono gli schemi di gioco per un'ora. Infine, provarono le loro formazioni.

Durante una pausa, Buddy si girò verso il Coach e gli disse: «Lei sarà il primo ad entrare nella camera a gas oggi, eh, Coach?»

«Di che diavolo stai parlando?» sbottò Pete.

«Già, il Coach sarà il primo a farsi fucilare dal plotone d'esecuzione,» concordò Brodsky.

«Il corso sul controllo della rabbia, Coach,» gli ricordò Griff.

«Oh, quella roba. Sì, io sono il primo. Andrò sotto i ferri alle cinque. Prendete esempio da me, femminucce, perché io non sono spaventato,» replicò l'allenatore.

«Forse dovrebbe esserlo. Quella donna le guarderà dentro la testa,» disse Trunk, prima di attaccarsi a una bottiglietta d'acqua.

«Non vi guarderà certo nei pantaloncini, ragazzi,» fece notare Griff Montgomery.

«Dovrà dirle che guarda i porno?» domandò Bullhorn.

«Non mi servono i porno, io ho una donna,» rispose Pete.

«Tutti gli uomini hanno bisogno dei porno,» ribatté Mahoney.

Tutti scoppiarono a ridere, poi Pete si lavò le mani e il viso nello spogliatoio e si incamminò verso l'ufficio privato della dottoressa McMillan.

«Buona fortuna, Coach!»

«Non le permetta di tagliarle le palle.»

«Coach Bass, non dica nulla di compromettente.»

«Non ammetta nulla!»

«Chieda di parlare con un avvocato.»

Pete ridacchiò mentre saliva le scale. *Sono come un branco di ragazzini.* Stava ancora scuotendo la testa, quando entrò nella stanza e chiuse la porta.

«Benvenuto, Coach Bass,» lo salutò Wendy McMillan. «Si sieda dove si sente più comodo.»

Il coach si sedette su un divanetto e la donna si accomodò su quello di fronte, con un blocchetto aperto in grembo.

«Prenderà appunti?» Pete aggrottò la fronte.

«No, ma qui ho una lista di domande. È solo per non dimenticarmene, non sia nervoso. Le prometto che non le farò del male,» scherzò la dottoressa.

Lui riuscì a rivolgerle un timido sorriso, ma aveva il cuore pieno di terrore, come quando andava dal dentista da bambino.

«Okay, cominciamo. Mi dica, lei si considera un uomo violento?» domandò Wendy.

«Certo che no. Non ho mai colpito una donna, né lo farei mai. Mai, nemmeno tra un milione di anni. Abbiamo finito? Posso andare, ora?» Pete fece per alzarsi dal divanetto.

Wendy gli fece cenno di sedersi. «Non ancora,» disse con un sorriso.

«Certo che lei va subito al sodo, non è vero?» le chiese il coach.

La dottoressa ridacchiò. «Volevo solo accertarmi che fosse sveglio. E poi, mi piace andare dritta al punto.»

«Cos'ha capito dalla mia reazione?»

«Bel tentativo, Coach Bass, ma questa sessione riguarda lei, non me. Sono io che faccio le domande, e lei mi fornisce le risposte. Torniamo alla rabbia. Lei si considera un uomo irascibile?»

«No. Certo, a volte mi incazzo... ops. Mi scusi.»

«Non si preoccupi. Ogni tipo di linguaggio è accettabile, qui. Non badi troppo alle parole che usa,» lo rassicurò Wendy.

«Già. Mi arrabbio. Cavoli, sono un padre. Mi mostri un padre che non perde le staffe ogni tanto,» ricominciò Pete.

«Quando dice *perdere le staffe,* cosa intende?» volle sapere la donna.

«Urlo.»

«Lancia mai degli oggetti?»

Pete sentì le guance scaldarsi. «Forse. Ogni tanto,» ammise.

«Come urla?»

«Impreco. Le parolacce fanno bene, quando sei arrabbiato.»

«Rivolge queste imprecazioni all'oggetto che ha scatenato la sua rabbia?» chiese Wendy.

«Vuole sapere se le rivolgo ai miei figli? No. Ho due figlie,» spiegò Pete.

«Ai giocatori?»

«A volte, dipende se stanno facendo gli stupidi.»

«A Jo?»

«Jo? Aspetti un attimo, come siamo arrivati a parlare di lei?» si stupì Pete.

«È la sua fidanzata, giusto?» insistette Wendy.

«È una cosa personale,» ribatté il coach.

«Tutto quello che stiamo dicendo è personale ed è coperto dal segreto professionale. Rimarrà tra me e lei,» gli assicurò la dottoressa.

«Sì, a volte impreco davanti a Jo. Le donne a volte sanno essere... esasperanti,» confessò Pete.

Wendy rise. «Cosa lancia, di solito, quando è arrabbiato?»

«Qualsiasi cosa mi abbia fatto incazzare.»

«Non lancia anche le persone, vero?»

Fu il turno di Pete di ridere. «Non esattamente.»

«Ha mai voluto picchiare qualcuno?» proseguì la dottoressa.

Pete aggrottò le sopracciglia e appoggiò il mento sulla mano. Calò il silenzio.

Wendy gli posò una mano sul braccio e gli disse: «Va bene se dice sì. Voler fare una cosa non è uguale a farla.»

«Certo, ho avuto voglia di picchiare della gente. Degli uomini,» rispose infine il coach.

«Ma non lo ha fatto, giusto?»

«Giusto. Prendere a sberle i giocatori non aiuta, quando devi gestire una squadra, e poi alcuni di loro sono più grossi di me.»

«Quindi non ha mai compiuto abusi fisici?»

Pete scosse la testa.

«E per quanto riguarda gli abusi emotivi? Anche il linguaggio può essere usato per maltrattare la gente. Termini derogatori, sarcasmo, cattiveria e nomignoli offensivi possono far male quanto uno schiaffo o un ceffone,» cambiò argomento Wendy.

Di nuovo, il coach rimase in silenzio.

«Immagino che questo sia un sì,» commentò la dottoressa.

Ancora silenzio.

«Mi dica come si sente quand'è arrabbiato. La rabbia arriva rapidamente, come un tornado? O è del tipo che ci mette del tempo per manifestarsi?»

«Talvolta è di un tipo, talvolta dell'altro. Se molte cose mi vanno male, una dopo l'altra, beh... quando perdiamo una partita, o qualcuno fa qualcosa di stupido in campo, come ricevere una punizione inutile per un motivo stupido,» rispose Pete.

«E quando è a casa con Jo?» chiese Wendy.

«Che intende?»

«Si arrabbia mai con lei?»

«Certo. Viviamo insieme.»

«La rabbia è del tipo veloce o lento?»

«A volte l'uno e a volte l'altro. Mi arrabbio quando lei fa qualcosa di stupido.»

«L'ha mai spaventata con la sua rabbia?»

«Certo che no...» Pete si interruppe e, stavolta, sentì tutto il viso andare a fuoco. L'aveva spaventata la prima volta che si erano incontrati, e poi forse anche la sera in cui avevano avuto quel litigio e lei se n'era andata. *Se n'è andata perché aveva paura di me?* Pieno di vergogna, chinò il capo e giunse le mani. «L'ho fatto, ma non era mia intenzione. Una volta, forse due.»

«Lei come ha reagito?» chiese Wendy.

«La prima volta, è rimasta di sasso. La seconda, si è arrabbiata e se n'è andata.»

«Ma è tornata, giusto?»

«Ha capito che stavamo litigando per un motivo stupido e che andarsene era stata una reazione esagerata.»

«Pensa che potrebbe essersene andata perché lei l'ha spaventata?»

«In realtà, no. Credo che se ne sia andata perché le avevo mancato di rispetto, e su questo aveva ragione. Ho perso le staffe per via di qualcosa che non era nemmeno colpa sua,» rispose Pete.

«Forse è stato un misto di entrambi i sentimenti a spingerla ad agire in quel modo,» ipotizzò la dottoressa.

«Non ho mai pensato di poterla spaventare.»

«Le ha urlato contro?»

Pete annuì.

«Sei un uomo imponente, Pete. Se ti arrabbiassi e iniziassi ad urlare, immagino che potresti sembrare minaccioso, magari perfino spaventoso,» considerò Wendy.

Il coach sentì una fitta al petto. «Io non le farei mai del male,» dichiarò.

«Lei lo sa?»

«Non ne abbiamo mai parlato.»

«Riesci a capire quando stai per arrabbiarti?»

Pete annuì.

«Credi di poter fare qualcosa per calmarti prima che la tua rabbia aumenti?»

«Ci posso provare.»

«Che ne dici di uscire dalla stanza prima di ritrovarti in preda alla rabbia?» propose Wendy.

«Tenterò.»

«Bene. Se esci dalla stanza, fai un paio di respiri profondi e ti prendi del tempo per calmarti, riuscirai a parlare di quello che ti fa arrabbiare senza esplodere.»

«Mi aiuterebbe a tenere sotto controllo la pressione,» commentò Pete.

«Hai problemi di pressione?»

«Stavo solo scherzando, la mia pressione va benissimo. Quando mi arrabbio, però, sento il sangue che scorre più forte e sembra che questo mi faccia infuriare ancora di più.»

«Potresti andare a fare una corsa? Uscire di casa o dal campo? Cambiare paesaggio può essere un modo per rimuovere ciò che ti fa agitare, il che ti aiuterebbe a calmarti più velocemente,» proseguì Wendy.

«Non ho mai pensato di avere un problema di rabbia,» ammise Pete.

«Non tutta la rabbia si manifesta con la violenza fisica. Gli abusi possono essere emotivi, verbali, basati sull'intimidazione... tutte forme di rabbia che vengono utilizzate per controllare qualcun altro,» spiegò la dottoressa.

«Mi dispiace. Non mi arrabbio spesso.»

«Non ti scusare, Pete. La maggior parte degli uomini ha problemi a gestire la rabbia, ed è ancora peggio per gli atleti. Alcuni riescono a controllarla meglio di altri, e tu sembri riuscirci abbastanza bene. Alcuni uomini picchiano donne o bambini, quando si arrabbiano. Credo che tu riuscirai a controllare l'aspetto verbale, ora che ne sei consapevole,» lo incoraggiò Wendy.

«Certo che ci riuscirò. Non posso di credere di aver fatto paura a Jo.» Pete si passò le mani sul viso e scosse la testa.

«Devi chiederlo a lei, noi stiamo solo facendo delle ipotesi.»

«Lo farò stasera.»

Wendy guardò l'orologio. «Il nostro tempo è finito,» annunciò.

«Di già?» domandò Pete, stupito.

«Già. Le sessioni individuali durano solo un'ora.»

«Wow, è passata in fretta,» commentò il coach.

«È stata terribile come credevi?»

«Mi ha dato un sacco di cose su cui riflettere.»

«Bene, è proprio questo il punto.» Wendy si alzò.

Pete seguì il suo esempio. «Grazie, dottoressa McMillan,» disse.

«Wendy,» gli ricordò lei.

«Grazie, Wendy. Mi sento meglio.»

«Non sei più nervoso?»

L'allenatore sorrise. «No. Ora capisco perché i ragazzi dovrebbero venire da lei, la maggior parte di loro esplode quando si arrabbia.»

«Spero che riusciremo ad aiutarli a controllare la rabbia e reagire meglio alle difficoltà,» gli confidò Wendy.

«I miei giocatori non maltrattano la gente, non sul piano fisico. Non picchiano le donne o i bambini, ma hanno dei bei caratterini.»

«Non ne sono sorpresa.»

«Grazie, mi è stata d'aiuto.» Pete strinse la mano alla dottoressa e tornò in ufficio.

Si mise a camminare avanti e indietro, guardò fuori dalla finestra e poi afferrò la giacca e si diresse verso il parcheggio. Quando tornò, era ora di andare via. Jo arrivò nel suo ufficio blaterando qualcosa riguardo ai dettagli del matrimonio di Buddy ed Emerald. Quando alzò lo sguardo su di lui, Pete era davanti a lei con in mano una dozzina di rose rosse.

«E queste? Perché?» si stupì lei.

Il coach la fece entrare e chiuse la porta. «Ti ho spaventata,» dichiarò.

«Cosa?»

«Il giorno che ci siamo conosciuti. Ti ho gridato contro e ti ho spaventata, l'ho capito dalla tua espressione e te l'ho letto negli occhi,» spiegò Pete.

Jo gli sorrise.

«Ti ho spaventata quando abbiamo litigato riguardo a Curly?» le chiese lui.

«Un po',» ammise la donna.

«È per questo che te ne sei andata?»

«Forse è una delle ragioni, ma più che altro l'ho fatto perché mi avevi mancato di rispetto.»

Pete la prese tra le braccia. «Mi dispiace tanto. Non mi arrabbierò più in quel modo, te lo prometto.»

«Perché ti stai comportando così?» domandò Jo.

«Per via della mia sessione con Wendy.»

Jo alzò lo sguardo su di lui.

«Ho imparato qualcosa, qualcosa su me stesso,» spiegò Pete.

La donna lo abbracciò forte, premendo i loro petti uno contro l'altro.

«Non mi ero mai reso conto di poter spaventare la gente. Probabilmente avrò spaventato anche le ragazze, un paio di volte. Ma non lo farò mai più,» giurò il coach.

«Ti amo,» sussurrò Jo.

Lui le accarezzò i capelli. «Sei la migliore. Ti amo anch'io,» disse.

Rimasero abbracciati ancora per qualche attimo.

«Andiamo. Voglio farmi perdonare come si deve, a casa,» propose infine Pete, facendo l'occhiolino a Jo.

La donna si infilò il bouquet sottobraccio.

Il coach la fermò e le disse: «Avevi ragione riguardo al programma. Ne abbiamo bisogno, tutti i ragazzi ne hanno bisogno. È un'ottima idea, avevo torto e non ne parlerò più male.»

Jo si alzò in punta di piedi per dargli un bacio. «Questo per me vuol dire di più di tutti i fiori del mondo.»

Il giorno successivo, il Coach iniziò il ritiro con una nuova consapevolezza del suo carattere irascibile. I giocatori si erano messi in fila in campo mentre uno degli allenatori faceva loro dei test e Pete si appoggiò contro un muro e rimase ad osservarli senza immischiarsi. Gli uomini fecero una pausa e andarono a prendere le loro bottigliette d'acqua.

Il nuovo linebacker, Lawson Breaker, conosciuto come *The Kid*, andò a sbattere per sbaglio contro Bullhorn Brodsky. Brodsky lo spinse per terra, ma Lawson balzò subito in piedi.

«Forza, forza. Vuoi eliminarmi? Posso abbatterti con una mano sola,» si vantò Bull.

Lawson gli lanciò un'occhiata torva.

Griff posò una mano sulla schiena del linebacker più anziano e cercò di calmarlo: «Chiudi il becco, Bull. Lascia stare Kid.»

«Sì, Brodsky. Questo non è un vicolo nel tuo vicinato, ma un ritiro sportivo. Abbi un po' di rispetto,» si intromise Trunk Mahoney.

Bull caricò Mahoney e lo buttò per terra. I due omoni si rotolarono sull'erba, tirandosi pugni, e gli altri giocatori iniziarono a gridare e formarono un cerchio attorno a loro. Kid si chinò, afferrò Brodsky per la maglietta e lo trascinò via. Devon Drake occupò con un piede lo spazio creato dalla mossa coraggiosa del novellino, poi si sedette su Mahoney, che si dimenò cercando di liberarsi e imprecò.

Brodsky diede un pugno nello stomaco a Kid.

A quel punto, il Coach decise di intervenire. «Questo ti costerà una sanzione, Brodsky!» gridò.

Quelle parole riuscirono ad attirare l'attenzione del giocatore. «Quel maledetto stronzo! Ha cominciato lui,» si lamentò.

«Tutte cazzate. Tira su il culo e va' a farti una doccia, per oggi hai finito. Sei fuori per un giorno, non voglio vedere la tua brutta faccia fino a domani.»

Brodsky si rialzò, borbottando tutte le parolacce che conosceva. Il Coach passò un braccio sulle spalle di Kid e lo condusse fino alla panchina. Il ragazzo era piegato in due e stava cercando di riprendere fiato e un allenatore andò ad aiutarlo.

«Il prossimo che comincia una rissa avrà una sanzione doppia. Tu, Mahoney! Alzati, cazzo, e torna in fila,» aggiunse Pete.

Trunk si tirò in piedi, si tolse un po' di polvere di dosso e mantenne l'espressione corrucciata finché non si sedette di nuovo.

Il Coach si rivolse a tutta la squadra: «Sì, l'anno scorso abbiamo vinto il Super Bowl, e nessuno vi porterà via quella vittoria. Quest'anno, però, la sfida sarà più dura. Non capite che tutti cercheranno di farci fuori? Adesso siamo noi la squadra da battere. Ricordate quanto eravate eccitati all'idea di giocare contro i Sidewinders dopo la loro vittoria? L'obbiettivo principale era batterli. Quest'anno, è il nostro turno.»

Si fermò per buttare giù una bottiglietta d'acqua, poi continuò: «Ogni squadra contro cui giocheremo tenterà di eliminarci con tutte le sue forze. Noi siamo i vincitori, il top, e se riuscissero a batterci, arriverebbero in cima alla classifica. Porca puttana, li lasceremo vincere? Nossignore. Siamo ancora il meglio, ancora i numeri uno. E loro possono andare a farsi fottere, se pensano di poterci far fuori!»

I suoi uomini esultarono.

«Quindi, dovrete farvi un culo così! Dobbiamo essere in forma, pronti, concentrati. *Non* lasciate che queste cazzate ci impediscano di vincere!»

Ci fu un altro coro di apprezzamenti, l'allenatore fece segno ai giocatori di rimettersi in posizione e il Coach Bass andò negli spogliatoi a vedere come se la passava Brodsky. Il linebacker aveva finito di farsi la doccia, si era avvolto un asciugamano attorno alla vita e si stava pettinando i capelli.

«Brodsky, cosa c'è?» Il Coach appoggiò la schiena contro il muro.

«Quel deficiente, quello stronzetto. Pensa di essere così figo perché è entrato nei Kings. Non voglio che mi rimpiazzi,» si lamentò Bullhorn.

«Nessuno potrebbe mai rimpiazzarti, Bull, lo sai.»

«Dillo anche a lui, allora.» Brodsky si massaggiò il braccio.

«Come va il gomito?» gli chiese Pete.

L'altro uomo evitò il suo sguardo. «Sta bene.»

«Ecco il mio piano. So che non sei al cento per cento delle tue forze, ma abbiamo bisogno di te. Quindi, userò Kid come tuo sostituto. Ti farò entrare all'inizio della partita e poi, quando avremo un po' di vantaggio, ti farò uscire per lasciarti riposare e farò entrare lui, così tu starai al sicuro. Non possiamo permetterci di lasciare che ti infortuni di nuovo,» spiegò il Coach.

«Sul serio? Non mi rimpiazzerete?»

«Certo che no, abbiamo bisogno di te. Ma ci servi in salute, e se Kid può far sì che questo succeda, allora lo sfrutteremo. E poi lui farà un po' d'esperienza.»

«Okay, capisco.»

«Bene.» Pete diede a Brodsky una pacca sulla spalla.

«Quindi non devo più preoccuparmi della sanzione, giusto?» chiese Brodsky in tono speranzoso.

«No, una rissa è sempre una rissa e non è permessa. La sanzione rimane,» rispose il coach.

Il linebacker fece una smorfia. «Almeno ci sarò per l'inizio della stagione.»

«Ma certo. Va' a farti una scopata, Bull, e calmati. Quando cominci con il corso per la gestione della rabbia?»

«Domani.»

«Ottimo tempismo.»

Il Coach Bass uscì dallo spogliatoio e sospirò: tenere i giocatori di buonumore e mantenere l'ordine era davvero una sfida. Sorrise ripensando alla sua strategia, contento di essere riuscito a placare Brodsky. Adesso era ora di pensare a un modo per evitare che Kid collezionasse punizioni una dopo l'altra. Scosse la testa. Domare i nuovi giocatori era sfiancante come addestrare un cucciolo.

Capitolo Undici

Il ritiro era già in pieno svolgimento, così come il corso sulla gestione della rabbia e i preparativi per il matrimonio di Emmy e Buddy. Jo riunì in sala riunioni la sua "squadra", composta ovviamente da Emmy e da Verna, Alyssa e Alexis.

«Non voglio che vengano un sacco di celebrità,» disse Emmy, alzandosi dalla sedia. «Buddy ed io non siamo gente sofisticata, e io non conosco molte star del cinema o gente simile. Vogliamo solo i nostri fan, ecco.»

«Perfetto,» replicò Jo. «Avrete uno stadio pieno di fan. Ecco il comunicato stampa che ho scritto, dagli un'occhiata. Se va bene, lo faremo uscire oggi. Abbiamo solo dieci settimane per occuparci di tutto.»

«Dieci settimane?» ripeté la cantante, prendendo il foglio che le porgeva.

«È la data della prima partita della stagione,» le spiegò la P.R.

«Riuscirete ad organizzare tutto in tempo?»

«Dobbiamo farlo.»

«Ho già contattato il prete,» intervenne Verna. «Ha acconsentito a spostare tutto più in là per l'evento.»

Mentre leggeva, Emmy si appoggiò alla parete, e poi, quando finì, alzò lo sguardo sulle loro espressioni ansiose. «Fatemi capire bene.

Faremo pagare un extra di cinque dollari per ogni biglietto?» chiese infine.

«Quei soldi andranno al Rifugio per le Donne New Life.»

«Non nelle tasche di Lyle Barker?»

«Assolutamente no, Emmy. Lo stadio può contenere fino a sessantacinquemila persone e quindi, se riusciremo a riempirlo, raccoglieremo trecentoventicinquemila dollari per il rifugio,» dichiarò Jo.

«Ma è fantastico,» commentò Lexie.

«Lo è di certo. Sicuramente sarà un modo per pagare per il matrimonio senza spendere troppo,» ridacchiò Emmy.

«Sarà il più grande evento di beneficienza ospitato dalla squadra. E poi, tutte le donne ti ringrazieranno, Emmy,» aggiunse la P.R.

Emerald arrossì. «Pensi che abbiamo qualche possibilità di riempire lo stadio?»

«Non se rimaniamo sedute qui a non fare nulla. Dobbiamo muoverci. Com'è il comunicato?»

«Mi sembra che vada bene.»

«Bene, ora dobbiamo dividerci i compiti. Ragazze, voi inviate i comunicati stampa. Prendete queste due liste.» Jo porse un foglie a ciascuna delle figlie di Pete, poi continuò: «Verna, tu, Emmy ed io dobbiamo scegliere i fiori, la musica e la torta. Ho dei modelli nel mio ufficio.»

«Come riusciremo a cucinare una torta grande abbastanza per tutte quelle persone?» chiese Verna.

«Non lo faremo. Agli spettatori daremo delle bomboniere. Dobbiamo scegliere anche quelle.»

Le gemelle si alzarono in piedi.

«Aspettate! Domani faremo un'uscita di lavoro. Andremo a New York in limousine. Emmy, tu hai un appuntamento privato con Vera Wang,» le fermò Jo.

«Vera Wang?» ripeté Emmy, sbalordita.

«Non vede l'ora che tu indossi una delle sue creazioni. Pensa alla pubblicità che ne ricaveremo! Quindi ti accompagneremo tutte a provare i vestiti.»

Le ragazze si misero a saltellare sul posto per la gioia, Verna sorrise e gli occhi di Emmy si riempirono di lacrime.

«Ho sempre creduto che, se mi fossi sposata, avrei fatto una cerimonia segreta. Non avrei mai pensato che ci sarebbero state delle amiche disposte ad organizzare il matrimonio per me,» confessò.

Verna la abbracciò e le disse: «Ora fai parte della mia famiglia e rimarremo sempre unite.»

«Renderemo questo matrimonio spettacolare. Te lo meriti. Sei una star, è giusto che ti sposi con stile,» aggiunse Jo.

«Grazie mille, Verna, Jo. Siete le migliori,» le ringraziò la cantante.

Si abbracciarono tutte, poi si separarono e ognuna andò ad occuparsi dei propri compiti.

Jo faceva un cenno di saluto a Pete ogni volta che si incrociavano in corridoio. Il coach era in continuo movimento e pareva essere dappertutto: nel suo ufficio, in campo, al telefono, in riunione con Cap e Lyle.

Quella sera, le gemelle si chiusero nella loro stanza con due buste di popcorn a guardare dei film. Verso le dieci, Jo stava camminando su e giù per la camera con il cellulare attaccato all'orecchio, mentre Pete, seduto contro la testiera del letto, stava rovistando in un mucchio di fogli, fermandosi ogni tanto per leggere qualcosa qua e là.

«Maledizione! Quello stronzo che si occupa dei fiori si sta comportando davvero da coglione,» si lamentò la donna, buttando la vestaglia sul letto e infilandosi nuda sotto le coperte accanto al coach.

«Attenta a come parli,» la rimproverò lui con un sorriso scherzoso.

«Insiste perché ordiniamo un allestimento di fiori meno cari, tutti di colori diversi. A Emmy piacciono le rose, quindi io voglio solo rose in diverse sfumature di rosa, magari sistemate in ordine dalle più chiare alle più scure.»

«Wow, chi avrebbe mai pensato che il tipo o il colore dei fiori avrebbe fatto tanta differenza.»

Jo strinse gli occhi. «Tu sei padre e dovrai vivere tutto questo due volte. Preparati,» lo avvertì.

Pete alzò un palmo verso di lei. «Per le mie ragazze? Loro non si sposeranno per almeno altri dieci anni,» ribatté.

«Non esserne tanto sicuro.» La donna si accoccolò accanto a lui sotto le coperte.

«Sei pronta per spegnere la luce?»

Jo annuì e Pete impilò i fogli sul comodino e premette l'interruttore, lasciando che l'oscurità li avvolgesse. Una falce di luna rischiarava la stanza, ma non abbastanza per illuminarla del tutto. Il coach si sdraiò, si mise le mani dietro la testa e intrecciò le dita.

«Anche tu hai molto a cui pensare,» commentò Jo.

«Sto cercando di rimettere i ragazzi in forma e di perfezionare un paio di nuove formazioni,» rispose lui.

La donna gli posò una mano sul petto. «Va tutto bene?» chiese.

Pete alzò lo sguardo sul soffitto. «Oggi Robbie Anthony non era in giornata, non riusciva a colpire nemmeno una palla. A Brodsky fa ancora male il gomito, e Trunk si lamenta come se volesse davvero cambiare squadra.»

«Stanno succedendo un sacco di cose.»

«Cose maledettamente irritanti.»

«Anthony ha qualcosa che non va?» chiese Jo.

«Niente di fisico, niente che il dottore riesca a rilevare. Spero proprio che non si tratti di una donna,» rispose Pete.

«Perché deve trattarsi per forza di una donna? Magari ha sperperato tutti i suoi soldi e adesso è al verde, o magari suo padre sta morendo. Ma no, dev'essere sempre colpa di una donna.» Jo scosse lentamente la testa. «Uomini.»

Il coach ridacchiò. «Hai ragione, certo, come al solito. Domani chiederò a Robbie cosa gli sta succedendo.»

«Bene. Tu scopri la verità, poi penseremo a cosa fare.»

«Penseremo?»

Jo si sentì arrossire e fu grata del buio. «Insomma... pensavo solo che... ovviamente, sono affari tuoi e non miei,» balbettò.

Pete si girò su un fianco e le diede un bacio. «Ti stavo solo prendendo in giro. Certo che voglio i tuoi consigli.»

«Oh. Meno male. Per un attimo ho pensato...»

«Pensato cosa?»

«Niente. Non importa,» rispose Jo.

«No, su, dimmelo,» la spronò Pete.

«Non importa. Dormiamo un po', domani sarà una giornata sfiancante.»

«Devi trattare con il tizio dei fiori?»

«Già.»

«Un duello a suon di petali,» scherzò Pete.

Entrambi risero, poi Jo si avvicinò di più e il coach le avvolse un braccio attorno alla vita e la attirò contro di sé. La donna sospirò e allungò i piedi, scuotendo le dita.

«Amo averti nel mio letto,» sussurrò Pete.

«E io amo stare qui. Buonanotte, Pete.» Jo gli posò un bacio sul braccio.

«Buonanotte, Josie, tesoro.»

* * * *

Completamente immersa nel tentativo di rispettare le scadenze, Jo notò a malapena lo scorrere dei giorni. Appena i comunicati stampa vennero pubblicati, stazioni radio e televisive, giornali, blog e siti internet iniziarono a chiamare a ogni ora. I giornalisti sportivi, i paparazzi a caccia di celebrità e i giornaletti di gossip volevano tutti ottenere interviste esclusive o i diritti delle foto scattate prima, durante e dopo il matrimonio.

Jo dovette placare i direttori di giornali arrabbiati che si rifiutavano di dividere l'esclusiva con altri media. Affidò diversi compiti minori ad Alyssa e Lexie e le ragazze li svolsero con prontezza, aiutandola a non impazzire. Da quando entrava in ufficio fino a quando tornava a casa, era sempre al telefono a destreggiarsi tra i giornalisti e adulare i fioristi.

Quando la storia arrivò fino in televisione, il suo cellulare quasi esplose e le chiamate iniziarono a susseguirsi a ritmo serrato, intasandole la segreteria. I suoi giorni erano pieni di dettagli da definire, da quelli più piccoli come la glassa sulla torta nuziale, fino alle grandi decisioni come il modo più sicuro per far uscire Buddy ed Emmy dallo stadio dopo la cerimonia.

Quella sera, la cena non fu un sollievo. Lei e Pete si scambiarono le novità sul lavoro, ma la donna non riusciva a credere che lui avesse tanti grattacapi quanto lei. Il coach le raccontò dei suoi tentativi di esaminare tutte le formazioni e di quanto fosse preoccupato per il gomito di Bullhorn Brodsky.

Dopo il dolce e il caffè, accennò anche ad altri problemi. «Spero che Trunk Mahoney non se ne voglia andare. Presto non avrà più obblighi contrattuali. Abbiamo bisogno di lui, anche se a volte si comporta come un selvaggio,» disse.

«Non puoi convincerlo a rimanere?» domandò Jo.

«Devo tenere d'occhio i ragazzi usciti dalle nuove selezioni e ho un pranzo con Robbie Anthony. Cristo, spero che il suo problema sia roba da poco, perché sono già nella merda fino al collo,» si lamentò Pete.

«Vorrei avere una bacchetta magica da agitare per far sparire tutti i problemi,» disse Jo, massaggiandogli i muscoli della spalla.

«Lo vorremmo entrambi, Josie, tesoro.» L'allenatore si appoggiò contro lo schienale della sedia e chiuse gli occhi.

Il Coach Bass e la sua signora passarono giorni interi a destreggiarsi tra i loro numerosi impegni. Quando si incrociavano in corridoio, si lanciavano un bacio o semplicemente si facevano un cenno con il capo. La notte, crollavano sul letto esausti o si lamentavano dei loro problemi, troppo tesi per dormire.

Jo, che si stava ancora abituando a condividere il letto con Pete, si girava sempre sulla pancia per soffocare le preoccupazioni e concentrarsi sul tentativo di riposare un po', ma Pete non glielo permetteva mai. La rigirava delicatamente sulla schiena e le chiedeva com'era andata la sua giornata. Quando Jo iniziava a rilassarsi, il coach se la tirava più vicino, finché lei non gli si accoccolava contro. A volte, quando la vita di tutti i giorni richiedeva la loro completa attenzione, il sesso veniva quasi dimenticato.

Una sera, Pete si girò su un fianco.

«Non stasera, Coach,» lo fermò lei, girando il viso.

«Anch'io sono un po' stanco. Possiamo prenderci un minuto per parlare?» chiese lui.

«Certo.» Jo si girò verso il suo uomo. «Che succede?»

«Come va con le ragazze?»

«Sono fantastiche.»

«Davvero? Non lo dici così per dire?»

«Sono molto brave. Riescono a starmi dietro e svolgono i loro compiti in fretta, e poi non passano tutto il tempo a scrivere messaggini. Sono molto colpita,» rispose Jo.

«È fantastico,» commentò Pete.

«Hai fatto un buon lavoro con loro.»

«Non è stato facile farlo da solo. Vorrei averti incontrata dieci anni fa.»

Jo ridacchiò. «Dubito che sarei piaciuta molto alle ragazze. A quei tempi ero la tipica donna in carriera, determinata e totalmente presa dal lavoro.»

«E ora non lo sei?» Pete le accarezzò il braccio.

Lei rise. «Immagino che sia così, ma lo sei anche tu.»

«Certo. I Super Bowl non si vincono distraendosi.»

Jo si rannicchiò contro Pete e gli appoggiò la testa sulla spalla. «Pensi che avremo mai tempo per stare insieme senza essere stanchi?»

«Prima della fine della stagione?»

«Magari.»

«Dipende dai risultati che otterremo. Se vinciamo, sarà più facile prenderci del tempo per noi,» rispose il coach.

«Vinceremo. Tu non accetteresti nulla di meno.»

Pete si lasciò sfuggire una risatina. «Non dipende tutto da me. Cavoli, io non scendo nemmeno in campo.»

«È vero, ma sei il leader della squadra.»

«Io e Montgomery, è lui il capitano. Gli altri giocatori lo ammirano.»

«Sembra una combinazione vincente,» commentò Jo.

«Lo è. Mi sento sicuro, la squadra ha tutto ciò che serve. I ragazzi devono solo concentrarsi.»

«Hai poi scoperto qual era il problema di Robbie Anthony?»

«Sì. I suoi genitori hanno dei problemi di soldi. Lui è stato molto attento a gestire i suoi, ma sente di doverli aiutare e questo lo preoccupa. Cavoli, un infortunio al piede e la carriera di Robbie andrebbe a puttane,» spiegò Pete.

«Aha! Quindi non era una donna,» esclamò Jo in tono trionfante.

«No, ma i soldi sono la seconda preoccupazione più grande, dopo le donne.»

Rimasero in silenzio e Jo si girò su un fianco, in modo che il Coach potesse sdraiarsi contro la sua schiena. Ormai era abituata al modo in cui i peli sul suo petto le solleticavano le spalle e al calore delle sue cosce dietro le sue. Pete le strinse il seno tra le dita e il suo tocco la eccitò, ma era troppo stanca per muoversi.

Quando chiuse gli occhi e cominciò ad addormentarsi, Pete le sussurrò: «Ti amo.»

Spesso veniva svegliata dal sonno irrequieto del suo uomo e quella notte non fece eccezione. Il dondolio del materasso la fece sobbalzare e gemette piano.

«Sei sveglia?» le chiese Pete a bassa voce.

Jo si girò per guardarlo e rispose: «Adesso sì.»

«Mi dispiace, tesoro. Ho un sacco di cose per la testa. Rimettiti a dormire.»

«Ne vuoi parlare?»

Nel buio, le parole della donna vennero accolte da una bassa risata. «In realtà, se sei davvero sveglia e non ti dispiace...»

«Hai voglia di fare l'amore?»

«Che idea fantastica.»

Jo ridacchiò. «Dio, sei sottile quanto un trattore in autostrada.»

Sentì il pollice di Pete accarezzarle la guancia e poi le sue lunghe dita scenderle dalla gola fino al petto. «Sei così sexy. Come posso pensare a qualcos'altro, quando sei qui con me?» si domandò il coach.

«Il fatto che siamo nudi non migliora la situazione, vero?»

La risposta di Pete risuonò attutita, mentre le sue labbra lasciavano una scia di baci fino al suo seno e si posavano su un capezzolo.

Jo sentì un fremito alla pancia che poi scese più giù. «Sai sempre cosa fare, non è vero?»

Pete ridacchiò e fece scorrere le mani sulla sua pelle setosa fino ad arrivare alle cosce. «Apri le gambe per me, piccola,» disse infine.

Jo si tirò su per baciarlo.

Lui le posò le mani sul fondoschiena e se la tirò contro. «Sdraiati e rilassati. Lascia fare a me,» le ordinò, iniziando a scendere lungo il suo corpo.

Jo chiuse gli occhi e lasciò che Pete la portasse in orbita.

* * * *

La notte prima del matrimonio, Emmy chiese di poter dormire a casa di Jo. La P.R. preparò una borsa per la notte e si unì alla rockstar. Cucinarono un semplice piatto di pollo alla griglia con insalata e cenarono in veranda. Mentre mangiava e osservava gli uccellini, Emmy prese a canticchiare la sua canzone *Love on the Wing*.

«Sei nervosa per domani?» le chiese Jo, portandosi alla bocca una forchettata d'insalata.

«Per la parte della performance? No. Per la parte dei voti sì, però!» La cantante sorseggiò il suo tè freddo.

«Ma conosci Buddy da un sacco di tempo.»

«Non significa che non mi preoccupi di fare qualche errore. Viviamo vite così diverse, chissà cosa ci attende in futuro. Buddy potrebbe subire un infortunio, magari anche uno serio, e io potrei perdere il mio contratto. Se avessimo un figlio, come faremmo a gestire i viaggi e tutto il resto? Io voglio essere una brava madre,» ribatté Emmy.

«Non ci avevo pensato...»

«L'idea del matrimonio non ti spaventa?»

Jo rise. «Mi spaventa così tanto che non l'ho mai considerata.»

Emmy le sorrise. «Che mi dici del coach?»

«Che dovrei dire?»

«Forse potresti sposare lui.»

Jo fece un verso scettico. «Non mi sembra probabile, il Coach non è tipo da matrimonio.»

«Tutti gli uomini vogliono sposarsi, perché vogliono una donna che si prenda cura di loro.»

«Non Pete. Lui è uno che si prende cura della gente, non gli serve nessuno che lo faccia per lui.»

«E se ti sbagliassi? Non vuoi sposarti?» insistette Emmy.

«Io?» Jo sgranò gli occhi. «Una volta pensavo di sì, ma a un certo punto mi sono arresa.»

«Quanti anni hai?»

«Trentadue.»

«Sei ancora giovane. Dovresti sposarti. Sposa il Coach Bass,» la spronò Emmy.

«Pensavo che fossi nervosa per il matrimonio,» ribatté Jo.

«Ma non sono mai stata nervosa per quel che riguarda Buddy. Lui mi ha amata per molto tempo.»

«Dev'essere bello,» commentò Jo, tentando di soffocare la nota malinconica nella sua voce.

«Sei un po' come me, una donna indipendente. Ma io avevo Stash che si prendeva cura di me, e guarda cos'è successo,» disse Emmy.

«Io sto meglio da sola.»

«Puoi veramente dire così, ora che vivi con il coach?»

Jo si sentì scaldare le guance. «Beh, forse no, credo. Ma prima stavo bene.»

«Sì, ma adesso stai molto meglio.»

«Immagino di sì.»

«Non sei felice?»

«Sono più felice di quanto pensavo sarei mai potuta essere,» ammise Jo.

«Allora, qual è il problema?» volle sapere Emmy.

«La felicità non dura mai, per me. Arriva sempre qualcosa a distruggerla.»

«Devi lavorare sodo per ottenerla. Me l'ha insegnato Buddy.»

«Bisogna lavorarci in due.»

«Il Coach è innamorato pazzo di te,» dichiarò Emmy.

«Lo pensi davvero?» si stupì Jo.

«Sì, e le quote delle scommesse dicono tutte che vi sposerete. Perderanno un sacco di soldi, se non lo farete.»

«Quale scommessa?»

«Oops.»

Jo guardò la sua nuova amica dritta negli occhi. «Sputa il rospo. Di che scommessa parliamo?»

«Non avrei dovuto dirti nulla,» si lamentò Emmy.

«Ma l'hai fatto, e ora ti tocca sputare il rospo.»

«Okay. Ho aperto la mia boccaccia e immagino che adesso tu abbia il diritto di sapere. I ragazzi, la squadra, hanno scommesso tutti su quando tu e il Coach vi fidanzerete ufficialmente,» confessò la cantante.

«Oh, mio Dio! Sul serio?» Jo sentì la testa e il collo andarle a fuoco.

Emmy le posò una mano sulla spalla. «Ehi, non è un problema così grosso. Rilassati, sai come sono i ragazzi. Si comportano come un branco di adolescenti. Hanno solo fatto una scommessa.»

Jo nascose il viso tra le mani. «Mi sento così in imbarazzo.»

«Non devi. Tu piaci alla squadra e vogliono tutti che sposi il loro allenatore.»

«Oddio, perché non abbiamo tenuto la nostra storia segreta?»

«Come avreste potuto? Non capisco perché sei così preoccupata. Cavoli, quei ragazzi capiscono che gli uomini hanno bisogno delle donne,» cercò di rassicurarla Emmy.

Jo fece una smorfia. «Per questo scommettono sulla mia vita privata?»

«Più che altro, su quella del Coach Bass. Gli vogliono bene e vogliono che sia felice. Dal momento che sanno che è felice con te, vogliono che ti incastri per sempre.»

«Lo pensi davvero?»

«Decisamente.»

«Eccoci qua, la sera prima del tuo matrimonio, e tu stai consolando me,» scherzò Jo.

La sua amica la abbracciò. «Tu hai bisogno di essere consolata, io no.»

Entrambe scoppiarono a ridere.

«Ho una millefoglie per il dessert,» cambiò discorso Jo.

«La mia torta preferita!»

Le due donne portarono i piatti vuoti in cucina e Jo servì il dolce, poi tornarono in veranda e chiacchierarono mentre mangiavano. Emmy bevve un bicchiere di brandy per essere certa di dormire bene e poi andò a letto, mentre Jo rimase alzata fino a tardi a controllare gli ultimi dettagli.

A mezzanotte, si versò un bicchierino e rimase al buio sulla veranda a pensare a Pete Sebastian. Quella era la prima notte che dormiva senza di lui da mesi. Daisy la raggiunse e uggiolò, esprimendo il suo disappunto per essersi ritrovata a letto senza la sua padrona.

«Arrivo, ragazza, dammi solo qualche minuto,» la rassicurò Jo. Il carlino starnutì e tornò nella stanza padronale. La donna prese a camminare su e giù, lo sguardo fisso sul riflesso argenteo della luna sulle foglie del tiglio in cortile.

Cosa provo per Pete? Gli ho detto che lo amo, ed è vero. Mi manca. È solo per una notte, però, quindi dovrei riuscire a passarci sopra. È per questo che non sono riuscita ad andare a letto presto per riposarmi un po' prima che tutti diano di matto domani? Vorrei che lui fosse qui, riuscirei a dormire meglio.

Bevve un bel sorso di brandy e si sedette. *Voglio sposarlo? E fare da madre alle sue ragazze? Loro sono fantastiche, ma mi vogliono davvero nella loro vita? Non lo so. E per quanto riguardo l'avere un figlio tutto mio? Pete è un ottimo padre, ma io sarei una brava madre?* Sorrise all'idea di avere un figlio con il coach. *No, ho già deciso di non sposarmi mai. Forse però è stato un errore.*

Lui non me l'ha ancora chiesto, quindi dovrei rallentare un po'. Non mi ha nemmeno mai detto di volersi sposare. Non ha mai trovato nessuno con cui volesse rifarlo, quindi forse è felice così. Perché non dovrebbe esserlo? Non ha bisogno di comprare la mucca, se può avere il latte gratis. Sono stata stupida a trasferirmi da lui? Probabilmente, ma mi fa sentire amata. Tutto questo è una novità per me. Se non me lo chiede, però, lo lascerò. Gli darò sei mesi, poi me ne andrò. Così, almeno, avrò passato un po' di tempo con lui.

Quando finalmente ebbe preso una decisione, si sentì improvvisamente stanca. Sciacquò il bicchierino da brandy, sbadigliò e andò in camera da letto. Daisy alzò la testa di un paio di centimetri e schiuse un occhio, poi crollò di nuovo sulle coperte.

* * * *

Quella mattina, Paula si presentò a casa di Jo per aiutare Emmy a prepararsi. La sposa era nervosa e Jo le versò uno screwdriver per buttare giù con la colazione. La cantante lo tracannò subito e ne chiese un altro.

Visto che in quel momento era Paula ad occuparsi di Emmy, la P.R. iniziò ad occuparsi della lista di cose da fare più lunga del mondo. Lasciò che fosse Emmy a guidare la sua macchina fino allo stadio, dov'era riposto al sicuro il suo abito. Paula aveva un veicolo tutto suo, in cui teneva tutti gli accessori extra, e Jo si fece venire a prendere da Pete.

Quando il nervosismo per la prima partita della stagione incontrò il nervosismo per il matrimonio perfetto, quella combinazione non poté portare altro che guai.

«Devo fermarmi in farmacia, ho un mal di testa terribile e nemmeno un'aspirina,» disse Jo.

«Tu hai mal di testa? Noi oggi giochiamo contro i Sidewinders, e io ho dei dubbi su Brodsky,» ribatté Pete.

«Per favore, fermati da Crackle, è sulla strada per lo stadio.»

Il coach lanciò un'occhiata al suo orologio. «Non c'è tempo, dovrai trovare qualcosa quando arriveremo.»

«Andiamo, Pete, non ci vorranno nemmeno cinque minuti,» lo pregò Jo.

Il collo di Pete si arrossò per la rabbia. «Non c'è tempo!» ripeté.

«Mi stai urlando contro?» Jo sentì la tensione che montava dentro di lei, i muscoli del collo che si irrigidivano e le lacrime che le pungevano gli occhi.

«Non sto urlando.»

«Sì che lo stai facendo. Smettila! Avevi detto che non l'avresti fatto mai più.»

Pete abbassò la voce. «Non sto urlando, okay?»

«Così va meglio,» disse Jo.

«Devo entrare in campo,» spiegò il coach.

«E a me serve qualcosa per il mal di testa. Sto male e oggi ho un sacco da fare.»

«*Tu* hai un sacco da fare! Hah! Io ho una partita da vincere.»

La tensione raggiunse il punto di rottura e Jo si maledisse quando versò qualche lacrima che non riuscì a trattenere. *Non uso mai le lacrime per manipolare la gente. Mai! Cos'ho che non va?*

Pete uscì di strada e fermò la macchina sul cordolo. «Mi dispiace. Ti ho spaventata?» chiese, prendendo il suo fazzoletto.

«No, ma la mia testa e lo stress...» La donna si asciugò gli occhi e si soffiò il naso. «Mi dispiace, non volevo comportarmi come una bambina.»

«Guarda, là c'è un minimarket! Fermiamoci lì. Che tipo di antidolorifici vuoi?» L'allenatore parcheggiò e aprì la portiera.

Jo tirò su con il naso, le lacrime che le scorrevano ancora sulle guance. Quel matrimonio era il primo grosso evento su scala nazionale che organizzava ed era terrorizzata. Quando Pete tornò, le porse una bottiglietta di pillole e una d'acqua. Jo prese la medicina con le mani che le tremavano, poi si gettò nell'abbraccio del suo uomo, singhiozzando.

Lui le accarezzò i capelli. «Che c'è, piccola? Josie, tesoro? Parlami.»

«Ho tanta paura,» confessò Jo.

«Hai tutto sotto controllo. Andrà tutto bene,» cercò di rassicurala Pete.

«Non è vero. Ci sono così tante cose che potrebbero andare storte. Emmy e Buddy potrebbero morire in un incidente con l'elicottero.»

«Dolcezza, non succederà nulla del genere,» ribatté il coach, stringendola più forte tra le braccia.

Jo prese un respiro profondo e tremante e i brividi che la scuotevano iniziarono a diminuire. Pete le diede un bacio sulla fronte.

La donna si tamponò il viso con il fazzoletto bianco e abbassò lo sguardo. «Mi dispiace. Non perdo mai il controllo in quel modo.»

«Ti capisco. Questo evento è una cosa grossa,» le disse Pete.

«È più che grossa, è colossale,» ribatté Jo.

«Gigantesca.»

«Mastodontica.»

«Monumentale.» Le labbra di Jo si curvarono in un lieve sorriso e il Coach Bass le posò una mano sulla guancia e chiese: «Va meglio?»

Lei annuì.

«Sei pronta ad affrontare tutti?»

«Adesso siamo ancora più in ritardo. Mi dispiace,» si scusò Jo.

«Sono stato uno stronzo. Abbiamo ancora un sacco di tempo,» le assicurò Pete.

La donna si sporse verso il sedile del coach e gli appoggiò la testa sulla spalla. «Mi sei mancato la scorsa notte,» sussurrò.

«Mi sei mancata anche tu.» Pete rientrò in strada e riprese a guidare lentamente.

«Hai qualche rituale?» gli chiese Jo.

«Rituale?»

«Insomma, puoi fare sesso prima di una partita o devi astenerti?»

Pete scoppiò a ridere. «Lo faccio ogni volta che posso,» scherzò.

«E quindi la notte scorsa cos'hai fatto?»

«Ho fatto un sacrificio, visto che tu non c'eri,» ammise il coach.

«Accosta,» ordinò Jo.

L'auto sterzò bruscamente e Pete spalancò gli occhi. «Cosa?»

«Stavo solo scherzando. Mi farò perdonare alla prossima partita,» chiarì la donna.

«Dovrai mantenere la promessa.» Il coach si fermò nel parcheggio, si girò verso di lei e le diede un bacio lungo e appassionato. «Il matrimonio sarà fantastico, vedrai.»

Jo gli sorrise. «Buona fortuna per la partita, caro,» gli augurò.

Pete alzò le sopracciglia sentendo quel nomignolo.

Jo abbassò lo sguardo, consapevole di aver rivelato di più di quanto intendesse. «Voglio dire, fagli il culo. O falli neri. O qualsiasi altra cosa dovrei dire.»

Pete rise e la abbracciò, poi spense il motore.

Jo scese dalla macchina e raddrizzò le spalle, poi fece un respiro profondo e si diresse verso il suo ufficio, mentre un rapido brivido le correva lungo la schiena. L'evento di quel giorno era il più grosso che avesse mai provato a mettere in piedi.

Avrebbe voluto sedersi sugli spalti e guardare la partita, ma c'erano così tante cose da fare ed era lei a tirare i fili di tutto. Andò in sala riunioni con Alyssa, Lexie, Paula, Verna e Edie e iniziò a dare ordini e risolvere problemi. Riuscì perfino ad ammaliare il fiorista fino a convincerlo a fornirle le rose che voleva.

Tra i fan che entravano nello stadio vennero distribuiti dei coriandoli. Anche se non avevano venduto tutti i biglietti, rimanevano solo pochi posti vuoti isolati. Al chiosco vennero fornite gratuitamente giarrettiere rosa e nere con sopra lo stemma della squadra e il logo di Emmy.

Jo si mise a guardare la partita da un enorme televisore a schermo piatto. Aguzzò lo sguardo per cogliere tutte le inquadrature di Pete, che camminava su e giù e si passava nervosamente le dita tra i capelli. I punteggi delle due squadre erano vicini e riusciva a sentire la tensione che doveva provare il Coach Bass mentre lo osservava gridare istruzioni o prendere appunti su una tavoletta portablocco. Avrebbe voluto stargli accanto per aiutarlo, ma sapeva che non avrebbe mai potuto farlo. Quando vide i Sidewinders intercettare un passaggio, si morse il labbro.

Verna entrò nella stanza. «La sposa è pronta. Quanto manca ancora?» chiese.

«Forse un'ora. Ha bisogno di un drink?» replicò Jo.

«Perché non vieni giù e vedi la situazione da te?»

La P.R. si alzò in piedi, prese una piccola bottiglia di champagne dal minifrigo, poi percorse il corridoio fino al suo ufficio, che era diventato il "quartier generale della sposa".

Il pavimento era stato ricoperto con un lenzuolo bianco. Emmy indossava uno splendido abito senza spalline in organza bianca dal taglio snello che aderiva perfettamente alle sue forme. Il vestito si allargava un po' sui fianchi e scendeva in una gonna leggermente più ampia, in modo che la sposa potesse camminare senza difficoltà.

Jo inspirò bruscamente. «Sei bellissima!»

Le guance della giovane si tinsero di una graziosa sfumatura di rosso.

«Buddy andrà fuori di testa,» commentò Verna.

Alyssa e Lexie, ciascuna con una tavoletta portablocco in mano, si unirono a loro. Lyssa fece per dire qualcosa, poi vide Emmy e le parole le si bloccarono sulle labbra. Sulla stanza calò un silenzio reverenziale.

«Nessuno ha voglia di dire nulla?» chiese Emmy.

«Sei troppo bella,» commentò Lexie, e Alyssa annuì.

Jo era come ipnotizzata dalla fantasia, l'eleganza e l'atmosfera sognante dell'evento.

«Forza, abbiamo degli aggiornamenti,» le disse Lexie, trascinandola fuori.

La P.R. e le gemelle tornarono nella sala riunioni. Sistemarono un paio di problemi nel programma e poi fu tutto pronto. Jo aprì un'altra bottiglietta di champagne e bevve da essa mentre guardava la partita. I Sidewinders erano in vantaggio di tre punti ed erano già a metà del terzo quarto della partita. La camera inquadrò Pete, che stava camminando lentamente su e giù, guardando in campo e massaggiandosi il retro del collo.

Fa così quando è nervoso. Jo si mordicchiò le labbra e bevve la bevanda piena di bollicine senza mai distogliere lo sguardo dallo schermo.

* * * *

Pete bevve un sorso dalla sua bottiglietta d'acqua. Aveva la fronte madida di sudore e se la asciugò con una manica, senza mai distogliere lo sguardo dal campo. Vide Brodsky massaggiarsi il gomito per la terza volta e fece cenno a Lawson Breaker di sostituirlo.

«Potevo farcela,» borbottò Bull.

«Abbiamo bisogno di te per tutta la stagione, non possiamo perderti durante la prima partita. E poi, Kid ha bisogno di fare pratica,» ribatté il coach.

«Ma stiamo perdendo.»

«È ora che lui perda la sua verginità.»

Il linebacker brontolò, ma afferrò una bottiglietta d'acqua e andò a sedersi in panchina. La prima cosa che Breaker fece fu un fuorigioco.

«Merda! Cazzo!» esclamò Pete, senza osare guardare Bull. Quelle cinque iarde li avrebbero messi in difficoltà, e il terzo quarto era quasi finito. Il Coach odiava sprecare un prezioso time out, ma doveva cambiare strategia. I Sidewinders erano già arrivati sulla linea delle venti iarde dei Kings e dovevano fermarli.

«Breaker, ci serve un sack. Ferma il loro quarterback. E per l'amor di Dio, non farti dare una punizione!»

Un paio d'altre istruzioni e la squadra fu pronta per tornare in campo. Pete si ficcò una gomma n bocca e iniziò a masticare mentre la palla veniva rimessa in gioco. Come previsto, il quarterback dei loro avversari prese palla prendendo la rincorsa per effettuare un passaggio. La sua squadra sembrava pronta a proteggerlo, ma Breaker si lanciò verso di lui, aggirando la prima linea.

Gli attaccanti si separarono e due di loro iniziarono ad inseguire Breaker, creando una breccia che la difesa dei Kings riuscì ad attraversare. Il quarterback indietreggiò per sfuggire agli uomini che si stavano scagliando verso di lui e scartò di lato, finendo dritto contro Breaker, che lo spinse a terra. I Sidewinders stavano per perdere quindici iarde e il loro quarto down stava per finire.

Pete si mise quasi a ballare per la gioia. I Sidewinders provarono a segnare un field goal e ci riuscirono, tornando in vantaggio di sei punti, ma ai Kings sarebbero bastati un touch-down e un punto extra per vincere la partita.

L'ultimo quarto della partita iniziò con un kick-off da parte dei Kings. Breaker corse fuori dal campo e i suoi compagni di squadra cominciarono a scontrarsi con lui petto contro petto per la felicità, poi il Coach Bass si sporse verso di lui e gli disse: «Vai così!» Il ragazzo lo guardò con un'espressione raggiante.

Pete alzò lo sguardo sui finestroni dell'area amministrativa. Gli sembrò di vedere Jo saltellare per l'entusiasmo. *Lei capisce tutto questo.*

I Kings cominciarono ad avanzare lungo il campo animati da una nuova energia. Buddy Carruthers intercettò il kick-off e zigzagò lungo la linea delle trenta iarde della loro squadra. *Il fatto di stare per sposarsi gli ha dato la carica.* Chi si aspettava che il ricevitore non riuscisse a concentrarsi o che fosse troppo nervoso per dare tutto se stesso durante la partita si era sbagliato. Buddy mantenne la concentrazione e giocò con più impegno che mai.

I Kings guadagnarono terreno down dopo down, avanzando fino alla linea delle quaranta iarde dei loro avversari. Il tempo stava per scadere e un altro play fu abbastanza per farli arrivare sulla linea delle venti iarde e segnare un first down. I Sidewinders, però, non avevano intenzione di lasciarli segnare. Al quarto down, i Kings erano già sulla linea delle cinque iarde e avevano a disposizione solo un altro play.

Il Coach Bass fermò Robbie Anthony prima che potesse entrare in campo per calciare un field goal. «Gioca un sessantanove, Rob,» gli ordinò.

Il kicker annuì.

I Kings si misero in formazione e la palla venne rimessa in gioco. Robbie affiancò Trunk Mahoney, che non era un quarterback ma si era esercitato sui passaggi brevi per far sì che la finta del field goal riuscisse. Lanciò un pallone corto a Nat Maguire, un corpulento attaccante. Nate tese il braccio per spingere via uno dei Sidewinders e trottò fino alla goal line per segnare il suo primo touch-down.

Pete stava saltellando su e giù per l'eccitazione. Avevano pareggiato e ora toccava a Robbie Anthony fare la sua parte. Il kicker scalciò con la gamba per fare una prova, prese un respiro profondo e incrociò lo sguardo del Coach Bass, che alzò il pollice in segno d'approvazione. Il giocatore annuì e corse in campo e Pete trattenne il fiato mentre Robbie eseguiva lo snap e calciava la palla. Il pallone si alzò in aria e si spostò un po' a sinistra, ma la mira era abbastanza precisa perché la traiettoria del tiro rimanesse dritta. Il punto extra era assicurato. I giocatori balzarono giù dalla panchina e si accalcarono intorno a Robbie Anthony, che aveva un grosso sorriso stampato sulle labbra.

Il nostro kicker è tornato. Pete smise di trattenere il respiro e si mise a ballare sul posto.

Adesso toccava ai Kings assicurarsi che i Sidewinders non segnassero altri punti negli ultimi quattro minuti di gioco, ma quattro minuti potevano essere un tempo molto lungo. Trunk Mahoney passò parola tra i difensori, dicendo di buttare a terra chiunque avesse la palla e uscire dall'area di gioco. Uscire dai confini del campo faceva fermare il tempo, il che permetteva alla loro squadra di prendersi un po' di tempo in più e avere più possibilità di segnare.

Mahoney fu il primo: un passaggio corto venne intercettato e Trunk si precipitò subito a placcare il ricevitore mentre quest'ultimo si avvicinava a bordocampo. Pete si morse il labbro inferiore e si ficcò in bocca un'altra gomma. *Saranno quattro minuti molto lunghi.*

Capitolo Dodici

Jo lasciò la sua postazione davanti alla finestra, da dove stava guardando la partita. Era il momento di entrare in azione. Verna fece scendere Emmy di sotto con l'ascensore privato e le gemelle accompagnarono il prete e il fiorista ai loro posti, poi portarono il copione a Dane Matthews, il commentatore sportivo che oltre alla partita avrebbe seguito anche la cerimonia.

Jo radunò i giornalisti nello skybox, dove sarebbero rimasti fino alla fine della partita. Quando tutti furono ai loro posti, la P.R. ebbe finalmente un attimo per controllare il tabellone del punteggio. Sorrise, vedendo che i Kings avevano vinto di un punto contro i Sidewinders. Quella vittoria significava che ci sarebbe stato ancora più entusiasmo per il matrimonio.

La sicurezza fece uscire rapidamente i giocatori dal campo, poi Dane andò all'altoparlante. Un elicottero sorvolava lo stadio e lo staff a terra entrò in campo con una tettoia di metallo decorata di rose che sistemò sulla linea delle cinquanta iarde. Dopo aver scaricato l'ingombrante struttura, stesero un sentiero di satin rosso che portava dall'entrata fino agli spogliatoi. Le figlie di Pete accompagnarono il prete fino alla sua postazione.

Jo fece capolino con la testa nello spogliatoio. «Siete tutti vestiti, qui dentro?» domandò.

«Porca puttana!» Quella era la voce di Buddy.

«Sta' fermo, coglione. Non riesco a fare il nodo, se continui a dimenarti,» replicò Bullhorn Brodsky, abbastanza forte perché lo sentissero anche nello Stato confinante.

Jo sorrise. *Buddy è nervoso.* «Coach Bass? Sei pronto?» chiese ancora.

«Più o meno. Questi maledetti affari,» rispose Pete, armeggiando con i bottoni del suo smoking, e la raggiunse.

Robbie Anthony lo seguì. «Mi lasci fare,» gli disse, prendendolo per il braccio.

«Bene. Allacciagli i bottoni e annodagli il farfallino, io ho altre cose da fare,» approvò Jo. *Dio, è splendido in smoking.*

Emmy si stava esercitando con le scale musicali mentre Verna le sistemava il velo. Mentre i cameramen si mettevano in posizione, Dane fece l'annuncio e Pete corse ad unirsi alle donne, poiché era stato scelto per portare Emmy all'altare.

«Grazie per quello che sta facendo,» gli disse la sposa.

«Chiamami Pete,» replicò lui.

«Vorrei che mio padre potesse essere qui,» sospirò Emmy, asciugandosi una lacrima dalla guancia.

Il coach le passò un braccio attorno alle spalle nude e la abbracciò.

Non riesce a resistere alle donne che piangono. «Buddy è pronto?» chiese Jo.

«Più pronto di quanto sarà mai,» rispose Griff Montgomery, il testimone.

La P.R. abbaiò un ordine al telefono, la musica partì e sulla folla calò il silenzio. Jo corse all'entrata e fece segno a Buddy e Griff di uscire, poi sussurrò all'orecchio di Montgomery dove si dovevano mettere. Le gemelle erano vicino all'altare, pronte a guidare i partecipanti ai loro posti.

Appena Buddy fece la sua entrata in scena, gli spettatori esultarono rumorosamente, lanciando grida di guerra e urlando *"forza,*

Buddy!". Alcuni gettarono in aria i coriandoli, anche se lo staff aveva raccomandato di aspettare a farlo. Il ricevitore sorrise e li salutò con la mano mentre andava con Griff al loro posto.

Jo tornò di corsa dalla sposa, che stava battendo per terra la scarpetta di raso per il nervosismo. Pete si asciugò il sudore dalla fronte con un fazzoletto.

«Siete pronti?» chiese la P.R.

Entrambi annuirono e Pete offrì il braccio ad Emmy. «Per me questo è un buon allenamento. Un giorno, saranno le mie figlie a sposarsi.»

«Spero che trovino un uomo buono quanto Buddy,» gli augurò la cantante.

Il coach rise. «Lo spero anch'io.»

Emmy gli rivolse un sorriso a trentadue denti e gli posò la mano sul braccio. Jo fece un'altra chiamata e l'altoparlante suonò la Marcia Nuziale, zittendo immediatamente il pubblico. La cantante apparve dall'arco dell'entrata insieme al Coach.

Mentre avanzava sul palco, i fan iniziarono ad acclamarla. Uno ad uno si alzarono in piedi e presero ad applaudire più forte. Emmy li salutò con un sorriso, mentre Jo guardava da bordocampo, la vista annebbiata dalle lacrime. *La piccola Emmy Meacham venuta dal nulla. La stanno accogliendo come una star.* L'emozione le strinse la gola, mentre osservava la giovane cantante ricevere ondata dopo ondata d'affetto dai suoi fan. *Sentire tutto questo amore deve toglierle il fiato.*

Una piccola parte di lei sperava di ricevere un giorno almeno una piccola parte di quell'adorazione. L'idea di avere tanta gente felice per lei e un uomo meraviglioso che la amava le sembrava un sogno alla Cenerentola che non si sarebbe mai realizzato. Il ricordo di Pete le scaldò il cuore. *Lui è fantastico. Sono fortunata ad averlo.*

Il tecnico del suono premette un interruttore e il microfono sul palco sotto la tettoia si accese. Il reverendo ci batté sopra con il dito, poi si schiarì la gola e, mentre dava inizio alla cerimonia, il silenzio calò sugli spettatori.

Quando finì, Buddy diede un grosso bacio ad Emmy, facendole fare il casquè e ricevendo un applauso assordante dalla folla, poi i due sposi mangiarono ognuno un boccone di torta. Dopodiché, Emmy si fece dare il microfono dal prete e cantò *Love on the Wing*, la canzone che aveva scritto per suo marito. Quando finì, l'elicottero fece calare una piattaforma dal cielo.

Due guardie della sicurezza aiutarono la coppia a salire sull'impalcatura e sistemarono a entrambi le imbracature. Buddy ed Emmy si alzarono in piedi, stretti l'uno all'altra e assicurati ai pali robusti ai lati della piattaforma, e l'elicottero li sollevò da terra. L'aria si riempì di coriandoli.

Un milione di lampadine si accesero, mentre l'impalcatura si alzava in aria e sul maxischermo apparivano i neosposi, intenti a sorridere e salutare con la mano. La folla impazzì e l'elicottero volò via, trasportandoli dentro la struttura simile ad una gabbia, che venne depositata dietro lo stadio, dove una limousine li attendeva per portarli nel lussuoso hotel Greenwich Arms, nascosto in una stradina silenziosa di Greenwich Park a New York. L'ultimo piano dell'albergo era stato interamente prenotato per loro: avevano dovuto spostare la luna di miele vera e propria a dopo la fine della stagione sportiva, ma lì avrebbero potuto concedersi un paio di notti di lusso tutte per loro.

Altri uomini della sicurezza circondarono il campo mentre gli spettatori iniziavano ad andarsene. Griff e Pete tornarono negli spogliatoi parlando tra loro. Jo captò qualche stralcio della conversazione e capì che stavano analizzando la partita che avevano quasi perso.

Griff lanciò uno sguardo al suo orologio e disse: «Devo andare, Lauren è da sola con Hank.»

«Adesso sta imparando a camminare, giusto?» gli chiese Jo.

«Sì, e va a sbattere dappertutto.» Il quarterback scomparve nell'area privata degli spogliatoi.

«Beh, Josie, è stato un evento fantastico! Credo che adesso ci voglia una cena fuori,» disse Pete.

«Meraviglioso! Portiamo anche le ragazze.»

«Prima, però, devo togliermi questa roba. Mi fa sembrare uno scimmione,» si lamentò il coach.

«Ma hai un aspetto splendido,» lo supplicò Jo.

«Davvero? Mi sento di merda, come se avessi addosso una camicia di forza.»

Le gemelle li raggiunsero e cominciarono a chiacchierare animatamente del matrimonio.

«A cena con voi? Ma abbiamo già degli appuntamenti,» disse Alyssa, lanciando un'occhiata a sua sorella.

«Esatto. I nostri amici vogliono sapere tutto. Prima del matrimonio, non potevamo dirgli nulla, ma adesso sì,» confermò Lexie.

«E io ho fatto delle foto bellissime!» aggiunse sua sorella.

Diedero un bacio al padre, fecero un cenno con la mano a Jo e corsero verso la loro macchina.

Jo sospirò. «Non riesco a credere che sia finita.»

«È stato spettacolare,» disse Pete, dopo essere tornato con indosso un paio di pantaloni e una giacca sportiva.

La donna sorrise, sentendosi completamente soddisfatta. Si era quasi ammazzata di lavoro, ma ogni singolo dettaglio aveva raggiunto la perfezione.

«Immagino che siamo solo io e te, Josie,» le disse l'allenatore, porgendole il braccio.

Jo lo accompagnò fino al The Sweet Magnolia e Pete ordinò dello champagne.

«Alla mia bellissima Josie e al matrimonio del secolo,» brindò.

«Al coach più vittorioso di sempre,» replicò lei.

Fecero tintinnare i bicchieri l'uno contro l'altro, condividendo le loro vittorie. Più tardi, quella sera, riguardarono il filmato della partita e del matrimonio al telegiornale. Accoccolata contro Pete sul divano, Jo non riusciva a smettere di sorridere. Le sembrava di avere finalmente in pugno la sfuggente felicità che aveva cercato per tanto tempo.

* * * *

Jo organizzò una conferenza stampa. L'assegno di trecentosettemilacinquecento dollari era pronto perché Lyle Barker lo consegnasse al Rifugio per le Donne New Life.

Samantha Drake era fuori di sé dalla gioia. «Questi soldi porteranno sicurezza a tante donne e bambini. Non ci posso credere, è la donazione più grande che il rifugio abbia mai ricevuto,» disse.

«Dovresti essere orgogliosa di te stessa, Sam. Tu hai fatto sì che succedesse tutto questo,» replicò la P.R., rinfrescandosi il rossetto.

I cameramen accesero le telecamere proprio mentre Lyle Barker faceva il suo ingresso nella stanza. L'uomo, grande e grosso e con la testa calva luccicante e la pancia gonfia, rivolse loro un ampio sorriso. *Lyle adora stare sotto i riflettori. Se faccio in modo che ci stia sempre, riuscirò a tenermi il lavoro.*

Jo salì sul podio ed esordì: «Grazie per essere venuti. Oggi, i Connecticut Kings hanno fatto la storia... di nuovo...»

Prima che potesse finire, Lyle la raggiunse, la spinse via e prese il controllo della conferenza. Fece un paio di battute e poi chiamò sul palco la direttrice del rifugio, Gina Banks. Dopodiché, prese l'assegno dal taschino della giacca, lo alzò in modo che i cameramen potessero riprenderlo e lo consegnò alla donna. «Adoro quando all'improvviso mi viene un'idea come questa. Mi fa venire la pelle d'oca,» dichiarò, sorridendo.

Jo aggrottò la fronte. *Si sta prendendo il merito della mia idea e del mio lavoro.*

La stampa bombardò il proprietario di domande sulla raccolta fondi e sulla sua squadra e Lyle si destreggiò tra di esse come un esperto, fornendo appena le informazioni sufficienti per dare risposte soddisfacenti senza rivelare nessun segreto. La conferenza terminò dopo dieci minuti e poi l'uomo fece delle foto con Samantha e Gina.

Jo tornò nel suo ufficio. Più tardi, ricevette un bouquet di rose e una bottiglia di Moët et Chandon, accompagnati da un'adorabile bigliettino: glieli avevano mandato Emmy e Buddy.

La testa di Lyle fece capolino nel suo ufficio. «Stanno cercando di rubarti a Pete?» scherzò.

«No,» rispose lei, seccata. «Me li hanno mandati Emmy e Buddy per ringraziarmi.» *Tu non ti abbasseresti mai a dire grazie.*

«Emmy? Oh, sì, la tizia del matrimonio. Non mollare il vecchio Pete, adesso, mi serve felice e soddisfatto.» Lyle le lanciò uno sguardo lascivo e rise in modo volgare.

Jo si sentì impallidire e strinse le labbra in una linea sottile mentre lo osservava spostarsi dalla soglia della porta. *Maledetto stronzo. Chi si crede di essere?* Decisa a non lasciare che l'uomo insensibile e assetato di pubblicità per cui lavorava le rovinasse la giornata, prese le sue cose e andò a casa di Pete. Arrivò prima di lui, ma dentro c'erano già le gemelle.

Mise le rose in un vaso e lo champagne in frigo, ma le belle sensazioni che dovevano farle provare nelle intenzioni dei neosposi erano già svanite. Non riusciva a superare il fatto che Lyle non avesse fatto nulla per riconoscere il suo contributo, né davanti alla stampa, né in privato. Sentiva un peso sul petto.

Pete irruppe in casa lamentandosi dei problemi della squadra e parlando di quanto fosse nervoso per la partita successiva, prese un po' di carne e si diresse verso il cortile sul retro. Jo tirò fuori dal frigo della lattuga, dei pomodori, dei cuori di carciofo e dei cetrioli. Mentre il coach faceva gli hamburger alla griglia, lei preparò un'insalata.

Le ragazze la raggiunsero e presero a chiacchierare allegramente mentre lei tagliava le verdure, ma Jo rimase in silenzio. Gestì la delusione come faceva sempre, tenendola per sé. La sua vita ne era sempre stata piena, fin dal giorno in cui aveva deluso i suoi genitori nascendo femmina, e da allora le cose non sembravano essere mai cambiate.

Nessuno l'aveva mai notato, il che le andava benissimo: odiava mentire, ma non voleva ammettere la verità. Forse non si meritava alcun riconoscimento, o forse continuava ad affidarsi alle persone sbagliate. Comunque fosse, si sentiva un peso sul cuore. A cena, osservò le espressioni vivaci delle gemelle mentre parlavano di un giro per negozi che avevano in programma e di un weekend in spiaggia con gli amici. Pete le interrogò su alcuni dettagli e disse che era la loro ricompensa per aver fatto un buon lavoro aiutando Jo.

Dopo cena le ragazze sparecchiarono, mentre Jo finse di avere mal di testa e andò a fare una passeggiata sulla spiaggia con Daisy. Crogiolarsi nell'autocommiserazione davanti a tutti era orribile, voleva solo leccarsi le ferite in privato. Il rumore della risacca fece eco alla rabbia e alla frustrazione che ardevano dentro di lei. Non era mai andata alla ricerca disperata di attenzioni, ma venire rifiutata la deprimeva sempre. Si sedette sulla sabbia, con il carlino accanto.

Piegò le ginocchia, appoggiò il mento sulle mani e fissò il mare. *Pensavo che questo lavoro fosse diverso, pensavo di non dovermi più preoccupare del maschilismo. Immagino di essermi sbagliata.* Sospirò e chiuse gli occhi. Lottare per far sì che i suoi meriti venissero riconosciuti era sfiancante e lei l'aveva fatto per tutta la vita, prima a casa e poi nella NFL.

La sabbia si mosse e Jo aprì gli occhi, incrociando lo sguardo di un paio d'occhi marrone chiaro che la fissavano esprimendo una domanda inconfondibile. «Cosa c'è che non va? Hai ricevuto dei fiori bellissimi, lo champagne, la pubblicità... ma non hai detto una parola a cena. E adesso te ne stai qui tutta da sola? Che succede?»

«Niente.»

Pete aggrottò la fronte e la fissò dritta negli occhi con uno sguardo incuriosito, finché Jo non dovette guardare altrove. «Non mentirmi. Sei come un libro aperto per me,» le disse.

Quell'affermazione la fece arrabbiare ancora di più e si sentì il viso in fiamme. «Cazzate,» ribatté.

«Non volevo dire che... insomma... non è che... mi è uscita male,» farfugliò il coach.

«Già, ti è uscita davvero male.»

«Josie, tesoro, c'è qualcosa che ti fa stare male. Dimmi di cosa si tratta.» Pete allungò le braccia verso di lei, ma Jo sfuggì alla sua presa. «È colpa mia?»

La donna scosse la testa.

«Allora, cos'è successo?»

«Non è nulla d'importante,» rispose Jo.

«Non chiudermi fuori.» Pete la prese tra le braccia, stringendola forte perché non potesse liberarsi.

«Ahi,» si lamentò lei.

«Non ti sto facendo male, vuoi solo che ti lasci andare.»

Jo spinse contro il petto di Pete, cogliendolo di sorpresa, e il coach cadde all'indietro, lasciandola andare. La donna si bloccò quando vide l'espressione sconvolta sul suo viso.

«Che diavolo...? Cosa ti ho fatto?» le chiese lui.

«Niente, niente.» Con gli occhi colmi di lacrime, Jo si tirò su e cercò di alzarsi in piedi, ma Pete le passò un braccio attorno alla vita e la trascinò contro di sé. La donna crollò e si sciolse in lacrime, mentre il coach le accarezzava la schiena, poi gli appoggiò la testa nell'incavo del collo. «Mi dispiace,» sussurrò.

«Andiamo a casa,» disse Pete, alzandosi e tendendole la mano.

La donna si appoggiò al coach e si asciugò il viso con le dita. *Casa. Se solo lo fosse davvero.*

«Andiamo a letto, poi mi dici tutto. Okay?»

Jo annuì.

* * * *

Visto che le ragazze se n'erano andate, Jo e Pete non ebbero bisogno di stare attenti a non farsi sentire mentre facevano l'amore. Il coach sembrava di umore vivace, quella sera, e le fece cambiare spesso posizione: all'inizio mise lei sopra, poi la piegò sul materasso e per finire la fece stendere sotto di sé. Jo lo lasciò fare, sedotta dalla sua fantastica abilità nel fare l'amore. Il suo uomo si assicurò che venisse in ogni posizione, prima di abbandonarsi anche lui al piacere.

Il Coach Bass poteva essere un egoista e un maniaco dal controllo. Era un allenatore, dopotutto, e quindi responsabile per le azioni di tutti i membri della squadra e deciso a vincere. Talvolta usava quell'atteggiamento paternalistico anche con Jo. C'erano giorni in cui le piaceva lasciargli prendere il controllo della situazione e altri in cui le dava fastidio, ma quand'erano a letto si affidava completamente a lui, consapevole che l'avrebbe sempre messa al primo posto. Dio, quell'uomo sapeva come riscaldare le lenzuola.

In quella particolare occasione, quando ebbero finito e si strinsero in un abbraccio sudato, lui le diede un bacio sulla pancia e poi le appoggiò il petto contro la schiena. Non gli ci volle molto per addormentarsi, invece Jo si appisolò per un'ora o due e poi si svegliò con un'idea fissa nella mente. Riusciva sempre a pensare meglio, di notte.

Scese piano dal letto, senza disturbare Pete, e si infilò la maglietta del coach. Daisy alzò la testa e sbadigliò. Jo andò a piedi nudi in salotto e si rannicchiò sul divano, con il cane alle calcagna. Il carlino saltellò su e giù e le appoggiò il mento sulla gamba.

La donna prese una penna e il suo blocco appunti dal tavolino da caffè e annotò diverse idee. Più scriveva, più si sentiva ispirata. Continuò così per circa un'ora, poi la stanchezza la costrinse a infilarsi di nuovo sotto le lenzuola.

«Tutto bene?» mormorò Pete, assonnato.

«Stavo solo annotando un paio di idee. Rimettiti a dormire,» gli disse Jo, dandogli un bacio sulla guancia e pettinandogli i capelli con le dita.

Il coach le strinse il polso e se lo portò alle labbra. «Dio, amo il tuo profumo,» sospirò, e poi si riaddormentò.

Quella mattina, Jo dormì fino a tardi. Non fu sentire il Coach Bass che si alzava a svegliarla, ma il profumo di caffè e pancake. Si stiracchiò e sorrise: Pete era già in piedi e stava cucinando per lei. *Come ho fatto ad essere tanto fortunata?*

Corse all'armadio e indossò una delle sue camicie da notte più sexy. *Quell'uomo si merita di vedere qualcosa di bello, visto che ha preparato la colazione.* Raggiunse in punta di piedi la cucina, dove Pete stava canticchiando *I Can't Smile Without You*, e gli passò le braccia attorno alla vita.

«Ah! Eccoti qui,» la salutò lui.

Jo gli appoggiò la fronte sulla schiena e il coach le strinse le dita attorno alla mano, mentre con la mano libera girava i pancake.

«I piatti?» gli chiese.

«È tutto già pronto,» rispose Pete.

«Sei un uomo da sposare,» ridacchiò Jo.

Il coach si voltò per guardarla negli occhi? «Dici davvero?»

Dico davvero? «Hanno un odore fantastico. Mangiamo,» cambiò argomento lei, poi lo lasciò andare e andò a sedersi a tavola, sentendo lo sguardo del suo uomo su di sé.

«Quella è per me?» le chiese Pete, seguendola.

Jo si fermò e fece la riverenza. «Ti piace?»

«Sei così sexy, piccola.» Pete passò un dito sul pizzo sopra il suo seno.

Si sedettero davanti a due piatti pieni di pancake con pezzetti di cioccolato e due tazze di caffè fumante. Pete teneva lo sguardo incollato sul suo petto, che era quasi del tutto visibile attraverso il top vedo non vedo.

«Posso parlare delle mie nuove idee con te?» domandò Jo, poi mangiò una forchettata di pancake.

«Cercherò di concentrarmi, ma con te che indossi quella roba... sarà difficile.»

«Vado a mettermi una vestaglia?» chiese la donna, lanciando al coach un'occhiata impertinente.

«Dio, no. Comincia pure, io mi sforzerò di stare attento.» Pete bevve un sorso di caffè mentre lei iniziava a spiegare. Quando finì, le sorrise e disse: «Devi mostrare questi progetti a Lyle. Dovrebbe essere un idiota, per rifiutarli.»

«Pesavo che avessimo stabilito che era un idiota la scorsa notte.»

L'allenatore sorrise. «Hai ragione, l'abbiamo fatto, ma i piani che hai per il Ringraziamento e per Natale faranno fare bella figura a lui e alla squadra.»

«E lui è abbastanza egoista e narcisista per apprezzarlo.»

«Devi battere il ferro finché è caldo. Certo, dovrai limitare i costi.»

«Ce l'ho in pugno, per quanto riguarda i costi.» Jo sospirò. «Immagino che dovrò lasciare che si prenda il merito anche per quest'idea.»

Pete le coprì la mano con la sua. «Non lasciare che il suo ego ti butti giù. Le persone che contano sanno che è tutta farina del tuo sacco.»

«Grazie.» La donna gli rivolse un sorriso caloroso. «Come farei senza di te?»

«Non lo so e non lascerò che tu lo scopra,» replicò il coach, poi si sporse oltre il tavolo per baciarla.

«Devo fare in modo che mi dia il permesso di acquistare tutto quello che mi serve,» rifletté Jo.

«Ci riuscirai. Fagli un'offerta che non potrà rifiutare.»

Jo si sedette di nuovo, con un ghigno furbo sulle labbra e la tazza stretta tra le mani. «Presenterò le mie idee in modo tale che non potrà dire di no.»

«Eccola qua, la mia ragazza. La donna più sveglia e sexy di tutta la città.»

Capitolo Tredici

Jo si vestì con cura, scegliendo un completo color ruggine e una camicetta di seta arancione chiaro e infilandosi delle scarpe con il tacco più basso del solito. Era il giorno della riunione con Lyle e doveva assicurarsi di non sembrare sexy o troppo alta. Era decisa a farsi prendere seriamente.

«Sto bene?» domandò, facendo una piroetta davanti a Pete, che stava mangiando un toast e ripiegando il giornale dopo averlo letto.

«Sei bellissima, come sempre,» rispose lui.

«Ho un aspetto professionale?»

«Come sempre.»

Jo aggrottò la fronte. «Non mi sei d'aiuto.»

«Come posso trattenermi? Ti amo. Per me sei sempre stupenda.»

Lyle era già in ufficio, quando Jo e Pete arrivarono. La donna prese un respiro profondo e poi si avviò a passo di marcia lungo il corridoio.

«Entra pure,» gridò il proprietario dei Kings.

Edie la seguì dentro l'ufficio, portando con sé due tazze di caffè su un vassoio.

«Di che si tratta?» Lyle andava sempre dritto al punto.

«Ho delle proposte per la squadra,» rispose Jo.

«Quanto?»

«Cosa?» La P.R. inarcò le sopracciglia.

«Quanto mi costeranno?» chiarì Lyle.

Jo ridacchiò. «Dritto al sodo, eh?»

«Già. Non mi piace perdere tempo.»

«Mi dia cinque minuti per presentare le nuove idee in generale, prima.»

«Puoi farcela in tre minuti?»

Jo rise. «Ci proverò,» disse. Aprì il suo blocco appunti e attaccò: «La squadra ha ricevuto un sacco di pubblicità per via del matrimonio e delle donazioni al Rifugio per le Donne...»

«Sai che Cap ha ricevuto delle telefonate per via di quella storia?» la interruppe Lyle.

«Telefonate? Che tipo di telefonate?» chiese Jo, sentendo il cuore che le batteva più forte.

«Da parte di alcune mamme. Madri di ragazzi che giocano a football al college.»

«Davvero?»

«Hanno apprezzato la cosa del rifugio, il fatto che la squadra gli abbia mostrato il suo appoggio. Vogliono che i loro figli giochino con noi,» rispose l'uomo.

«Sta scherzando?»

«Non scherzo mai quando si parla della squadra. E poi alcune di loro hanno scoperto quella cazzata del programma per il controllo della rabbia e vogliono che anche i loro figli partecipino. Alcune famiglie stanno già tenendo d'occhio i Kings per prepararsi alle selezioni dell'anno prossimo.»

«È una cosa positiva?» chiese Jo.

«È fantastica! Non era mai accaduto nulla del genere. Questo ci dà un vantaggio rispetto a tutte le altre squadre. Forse non riusciremo a scegliere i nuovi giocatori per primi, soprattutto quando vinceremo di nuovo il Super Bowl, ma avremo un sacco di giovani che vorranno giocare per noi. Potremmo perfino cambiare le posizioni per farli entrare in squadra,» spiegò Lyle.

«Quindi approva il programma e l'appoggio che abbiamo dato al rifugio?»

«Certo.»

«Non ci è costato nulla,» disse Jo.

«Il matrimonio ci è costato una montagna di soldi,» ribatté Lyle.

La P.R. si sentì scaldare le guance. «È vero,» ammise.

«Allora, di che si tratta questa volta, e quanto ci costerà?» chiese il proprietario della squadra.

«Visto che abbiamo già cominciato con il rifugio, pensavo che la squadra potrebbe organizzare una cena per il Ringraziamento.»

«Dove?»

«Qui? O magari al Kiwanis Hall?»

«Forse. Chiamerò il mio amico del Lions.»

«Ottimo!» esclamò Jo.

«Quanto possono costare un paio di tacchini, in fondo?» si chiese Lyle.

«Possiamo far sì che venga anche la squadra?»

«Dipende. Se giocheremo in casa, sicuro. Anche loro festeggiano, però. Magari potrebbero fermarsi giusto per un bicchiere di birra o qualcosa del genere.»

«Se la squadra non ci può essere, va bene. Andrebbe bene anche solo offrire un pasto alle donne e i bambini del rifugio.»

«Affare fatto.»

«Ora, per Natale...» iniziò Jo.

«Natale? Cristo, ragazza! Pensi che io sia fatto di soldi?» la bloccò Lyle.

«Lei è l'uomo più ricco che io conosca,» rispose semplicemente la P.R..

«Che volevi fare per Natale?» cedette l'uomo.

«Una distribuzione di giocattoli e una festa per i bambini del rifugio.»

Lyle strinse gli occhi e domandò: «Quanto?»

«Non lo so. Speravo che i giocatori potessero contribuire con dei regali, non solo lei. E magari che potessero anche fermarsi un po' al rifugio per far felici i bambini,» rispose Jo.

«Spedirò qualsiasi cosa i giocatori vogliano regalare. Che ne dici?»

«Meraviglioso! Fantastico!» Jo batté le mani, entusiasta.

«Che altro?» Lyle ticchettò con la penna sulla scrivania.

«Niente.»

L'uomo alzò le sopracciglia. «Niente?» ripeté.

«No, ho finito. Non è abbastanza?» rispose Jo.

«Certo che è abbastanza. Finirò di pagare per quel matrimonio tra sei mesi.»

«Forse, ma è riuscito a rubare la copertura mediatica a qualsiasi altra squadra, di football o meno, per due giorni interi.»

Lyle ridacchiò. «Già. Eravamo un po' dappertutto, non è vero?»

«E questi due eventi le porteranno ancora più pubblicità positiva,» aggiunse Jo.

«Presto la gente si dimenticherà che quei due stronzi che picchiavano le mogli e i figli abbiano mai giocato per i Kings,» concordò l'uomo.

«Esatto. E grazie al programma per la gestione della rabbia, possiamo sperare che non succeda mai più nulla del genere.»

«Certo che non succederà mai più. Prenderò a calci di persona chiunque lo faccia.»

«È per queste idee che mi ha assunta, Lyle.»

«Già. Ottimo lavoro,» replicò Lyle. Jo gli sorrise e lui si alzò in piedi, facendole capire che la riunione era finita, e le disse: «Adesso, cerca di trovare un paio di nuovi programmi che non mi costino nulla.»

Bastardo avaro. Jo uscì dall'ufficio di Lyle godendosi il sapore delle vittorie che aveva ottenuto e tentando di dimenticare l'ultimo commento del suo capo. Si fermò davanti alla porta del coach e fece capolino con la testa dentro l'ufficio. «Stasera andiamo a cena al The Sweet Magnolia, offro io,» annunciò.

Pete alzò lo sguardo su di lei. «Buone notizie?» chiese.

Jo sorrise. «Un touch-down, un punto extra, un safety e un field goal,» rispose.

«Congratulazioni.»

La donna prese il cellulare e si diresse verso il suo ufficio. «Sam? Ci sono buone notizie.»

* * * *

Lavorare con Samantha Drake lasciò Jo libera di andare a vedere le partite e di tornare a casa dal lavoro in orario, ma Pete pativa sempre di più lo stress ad ogni incontro. I Kings persero contro i Columbus Bobcats, le loro nemesi, e dopo quella partita, il coach fu di cattivo umore per un po'. Odiava perdere, e Jo non riuscì a tirarlo su di morale nemmeno facendogli notare che Horse Jackson non era riuscito ad azzoppare nessuno.

L'allenatore si rinchiuse nel suo ufficio e si mise a riguardare il filmato della partita, cercando ossessivamente di individuare gli errori compiuti dalla sua squadra. La corsa verso il Super Bowl era già cominciata, anche se era solo la metà di settembre. Rimase irritabile per una settimana, e solo una vittoria fu in grado di tirarlo su. Quando gli tornò il buonumore, notò che anche Jo aveva smesso di trattarlo con i guanti. L'umore della sua donna sembrava riflettere il suo: era silenziosa quando lui era giù di morale e allegra quando lo era anche lui.

Il secondo lunedì di ottobre, Pete sgattaiolò via dal lavoro per avere una conversazione segreta con le sue figlie. Le ragazze erano a scuola, quindi Lexie mise il vivavoce.

«Che succede, papà?» chiese Alyssa.

Pete si schiarì la gola e disse: «Uhm. Beh, Sto per affrontare una decisione difficile.»

Le gemelle rimasero in silenzio.

«Ragazze?»

«Ci siamo,» rispose Lexie.

«Uhm, non so come chiedervelo.»

«Chiediglielo e basta, papà.» C'era una nota d'irritazione della voce di Lexie. «Abbiamo lezione tra quindici minuti,» gli ricordò.

«Sul serio? Quindi per voi va bene se faccio la proposta a Jo?» si stupì Pete.

«Sì. Non è che non ce lo aspettassimo,» rispose Lyssa.

«Bene, mi sento sollevato.» Il coach sospirò. «Lo sapevate già, eh?»

«Non siamo stupide. Aspettavano tutti che glielo chiedessi.»

«Tutti?»

«Beh, noi due, almeno,» si corresse Lexie.

«Va tutto bene, a patto che non abbiate altri figli,» intervenne Alyssa.

Calò di nuovo il silenzio.

«Non volete avere figli, vero?» La voce di Lyssa si alzò di un'ottava.

«In realtà, ci stavo pensando. So che Jo vuole dei figli suoi, e visto che voi due ormai siete quasi fuori di casa, anche a me piacerebbe averne un altro,» rispose Pete.

Ancora silenzio.

«Ragazze?» Pete si passò le dita tra i capelli.

Il silenzio continuò.

«Vi aspettavate una proposta, ma non un bambino?»

«Jo è incinta?» domandò Lexie.

«Non credo.»

Pete sentì qualcuno che piangeva al telefono.

«Alyssa, tesoro, perché piangi?» chiese.

«Come sapevi che ero io?»

«Sono vostro padre. So certe cose.»

«Amerai il tuo nuovo bambino più di quanto ami noi,» si lamentò Lyssa.

Il coach corrugò la fronte. «Mai.»

«I neonati sono così carini, e se sarà un maschio, beh...» Il pianto di sua figlia si fece ancora più forte.

«Lexie, abbraccia tua sorella. Alyssa, ascoltami. Ho abbastanza amore per voi due e per un altro figlio,» dichiarò Pete.

Udì sua figlia tirare su con il naso e soffiarselo.

«Sarete delle sorelle maggiori,» aggiunse.

«E allora?» chiese Lyssa.

«Sì, papà, non aspettarti che gli cambieremo i pannolini e gli faremo da babysitter,» aggiunse Lexie.

«Non volete che sposi Jo?» chiese Pete, confuso.

«Non abbiamo detto questo. Fa' pure, sposati,» rispose Alyssa.

«Già, a noi Jo piace,» confermò Lexie.

«Solo, non avere altri figli,» ripeté sua sorella.

«Non ve lo posso promettere. Mi dispiace, ragazze. Sapete che vi voglio bene, ma voi due siete quasi adulte. Anch'io devo andare avanti con la mia vita,» ribatté il coach.

Cadde la linea.

«Maledizione!» Pete tirò indietro il braccio e fece per scagliare il cellulare contro il muro, poi ci ripensò e se lo rimise bruscamente nella tasca posteriore dei pantaloni.

Si appoggiò contro lo schienale della sedia, con un peso sul cuore, poi rovistò in un'altra tasca e ne estrasse una scatolina ricoperta di velluto. La aprì e fissò il diamante al suo interno: taglio a smeraldo, quindici carati. Si lasciò sfuggire un sospiro, mentre osservava il modo in cui la luce luccicava e scintillava riflettendosi sulla gemma. La felicità che l'aveva travolto quando l'aveva scelto era evaporata con una sola telefonata.

Qualcuno bussò alla sua porta, riscuotendolo da quelle riflessioni. Colto di sorpresa, richiuse di scatto la scatola e se la infilò nuovamente in tasca mentre la porta si apriva.

La testa di Jo fece capolino dentro il suo ufficio. «Tra quindici minuti andiamo, sei pronto?» domandò, inclinando il capo in modo da far ricadere liberamente gli splendidi capelli.

Pete annuì. *Dio, è bellissima.*

Jo gli sorrise, poi inarcò le sopracciglia e gli chiese: «Va tutto bene?»

«Dammi solo un minuto,» rispose lui, massaggiandosi il retro del collo.

La donna si allontanò e Pete andò alla finestra e guardò fuori. Non aveva mai fatto nulla per ferire le sue figlie, le aveva sempre messe al primo posto. *Quando avrò il diritto di vivere la mia vita? Mi ci è voluto così tanto per trovare Jo e, se non le faccio la proposta, lei potrebbe incontrare un altro uomo. La perderò.* Rabbrividì brevemente. *Loro se ne andranno e io rimarrò da solo.* Le spalle gli si accasciarono e gli angoli della bocca gli si incurvarono all'ingiù, mentre si infilava la giacca e si dirigeva verso la porta.

* * * *

Mentre il Giorno del Ringraziamento si avvicinava, i Kings aggiunsero un paio di vittorie al loro record e Pete e Jo consolidarono la loro routine. I progetti per la cena festiva per i residenti del rifugio stavano andando a gonfie vele. L'ultima volta che li avevano contati, c'erano quindici donne accalcate insieme ai loro figli negli stretti spazi che erano stati forniti al rifugio. Con i soldi raccolti grazie al matrimonio di Buddy ed Emmy, però, l'organizzazione no-profit aveva acquistato un piccolo pezzo di terra su cui stava costruendo dei prefabbricati. Quella notizia le scaldò il cuore.

A volte, Jo si sorprendeva a sorridere senza motivo. Trovava la felicità ogni notte quando si perdeva tra le braccia del suo uomo, e ogni mattina quando apriva gli occhi e lo vedeva sdraiato accanto a lei. Era grata di avere una vita tanto perfetta, ma segretamente temeva che la bolla di gioia in cui viveva potesse scoppiare da un momento all'altro, gettandola di nuovo nella sua solitaria esistenza da stacanovista e riportandola ai tempi in cui cercava in tutti i modi di dimostrare al mondo il proprio valore.

Organizzò un'altra conferenza stampa per informare i media dei piani della squadra per il Ringraziamento. Ormai aveva partecipato ad abbastanza di quegli eventi per capire che, se era Lyle Barker a pagare, era lui a stare sotto i riflettori. Jo venne relegata in un angolo, ma accettò il fatto che agire in quel modo era un diritto del suo capo e decise che Lyle conosceva i suoi meriti e questo le sarebbe dovuto bastare.

La sua vita lavorativa e la sua vita amorosa stavano procedendo esattamente come voleva e Jo si godette il tepore della soddisfazione. Essere felice era una nuova esperienza per lei, e piccoli dubbi insistenti la spinsero a condividere la sua fortuna con qualcuno a cui sarebbe importato. Aveva bisogno di un parere esterno.

Una sera, dopo cena, lasciò che Pete si occupasse dei piatti, uscì di soppiatto e si diresse verso l'oceano. Aveva bisogno di parlare in privato con Beth, così portò Daisy a fare una passeggiata.

«Ehi, ragazza, sono passati secoli dall'ultima volta che ci siamo sentite. Che succede?» le chiese la sua amica.

«Va tutto bene,» rispose Jo.

«Sono lieta di sentirlo. Come va con quel bel Coach?»

«Lui è sexy come sempre.»

«Allora, le cose tra di voi stanno diventando serie?»

Jo esitò. «Beh...»

«Non ti sta venendo paura, vero?»

«Non è che lui me lo abbia chiesto o qualcosa del genere.»

«Se te lo chiedesse, tu risponderesti di sì?»

«Non lo so.»

«Non lo sai?» urlò Beth al telefono.

«Credo di sì,» ammise Jo.

«Non vuoi sposarlo?»

«Non voglio che le cose cambino. Amo la vita che sto vivendo in questo momento e voglio che rimanga così.»

«Allora, uh, forse sposarlo sarebbe una buona idea.»

«Lo pensi davvero?» Jo si morse il labbro.

«Non hai mai avuto tutto questo, non sei mai stata così vicina ad un uomo. Non mandare tutto a rotoli, Jo. Questo tipo sembra un uomo da tenersi stretto,» le consigliò Beth.

«Lo è.»

«Quindi, qual è il problema?»

«Non ho mai avuto una relazione seria, e l'idea mi spaventa un po'.»

«Anche le montagne russe del Great Adventure fanno un po' paura, ma tu ci sali sopra comunque.»

Jo scoppiò a ridere. «Bella metafora. Essere innamorati mi dà un brivido molto simile.»

«Buttati e dà un bel morso a quella mela succosa. Ti meriti di essere felice, ragazza. Non lasciare che quell'uomo ti sfugga,» le ordinò Beth.

«Mi sembra di capire che tu voglia che accetti, nel caso me lo chieda.»

«Ovvio!»

«Okay, okay. E se non me lo chiedesse?»

«Non si lascerà scappare una perla come te.»

«Ma se non me lo chiedesse?» insistette Jo.

«Datti una scadenza. Se non te lo chiede entro quel giorno, scopri quali sono le sue intenzioni. Se ti fa la proposta, bene. Se non lo fa, cercati qualcun altro,» rispose Beth.

«Lo fai sembrare così facile.»

«È facile. Hai già superato la parte più dura, ovvero trovare quello giusto.»

Jo ridacchiò. «Già, credo che tu abbia ragione. Ci ho messo dieci anni.»

«Lui ci ha messo ancora di più. Non credo proprio che potrebbe lasciarti,» le fece notare la sua amica.

«Spero che tu abbia ragione. A te come va, invece?»

«Sono incinta,» annunciò Beth.

«Oh, mio Dio! Davvero? È fantastico, congratulazioni!»

«Siamo al settimo cielo. Ora devo andare.» Beth sbadigliò. «Dovrei essere a letto già da un pezzo.»

«'Notte. Prenditi cura di te stessa,» le disse Jo.

«Digli di sì,» replicò l'altra donna.

Daisy abbaiò a delle foglie mosse dal vento nell'oscurità, poi cercò di trascinarla verso la casa di Pete.

Il vento si alzò sulla spiaggia e le penetrò nelle ossa. Jo rabbrividì, un po' per il freddo e un po' perché la sua vita sembrava avviarsi a tutta velocità verso l'ignoto. Aveva finalmente ammesso a se stessa di essere innamorata e quella consapevolezza la rendeva felice ma allo stesso tempo la spaventava. Adesso la sua felicità non dipendeva più solo dalle sue azioni, ma anche dalla volontà del Coach Bass.

Il cane si fermò sul vialetto.

«Giusto, ragazza. È questa la nostra casa adesso, non è vero?» Jo rabbrividì e Daisy si scosse per asciugarsi il pelo. «Spero che lo sia,» mormorò la donna tra sé e sé, mentre saliva i gradini dell'ingresso.

* * * *

La cena del Ringraziamento filò liscia come l'olio. Pete notò che le donne del rifugio sembravano timide, come se si sentissero in imbarazzo perché non avevano una casa. Quelle che avevano ancora dei lividi visibili si coprivano il viso e nascondevano il collo con le sciarpe. I ragazzi della squadra sembrarono sconvolti, vedendo le conseguenze della rabbia incontrollata sul piano fisico. Alcuni di loro distolsero lo sguardo di fronte al dolore che evidentemente riempiva la vita di quelle donne.

Jo si alzò per fare un discorso, ma Bullhorn Brodsky la prese per le braccia e la scostò. Pete li osservò senza intervenire.

«Con la mia voce, non mi serve né il microfono né nient'altro. Nessuno sentirà questa signorina minuta,» disse Bull, indicando Jo con un cenno del capo. «Benvenuti, signore e ragazzi. I giocatori dei Kings sono grati di avere una squadra fantastica e un coach fantastico, e oggi siamo anche grati di avervi qui con noi per festeggiare insieme. Oggi è il giorno del Ringraziamento, quindi noi ringraziamo perché siete riusciti ad unirvi a noi e per aver vinto tante partite. Amen.»

L'applauso degli invitati si mischiò alle loro risate.

«È un discorso migliore di quello che avrei potuto fare io, Bull. Credo che tu abbia fatto sentire tutti a loro agio,» si complimentò Jo.

Bullhorn la fissò con un'espressione raggiante e poi le diede un grosso abbraccio.

«Attento, Bull. Se stritoli la signora del Coach, verrai messo in panchina,» lo avvertì Trunk Mahoney.

«Zitto, Trunk,» disse Brodsky, ma lasciò andare Jo, che fece un respiro profondo per riprendere fiato. Il giocatore le sorrise e diede un pugno sulla spalla a Trunk.

«Ehi! Potresti beccarti una sanzione,» scherzò Trunk.

«Nessuno mi darà una sanzione per averti dato un colpetto. Cavoli, vogliono farlo tutti,» replicò Bull.

I giocatori ridacchiarono, Trunk arrossì e poi tutti tornarono a fare la coda per il cibo e a distribuire piatti e posate.

Quando la festa fu finita, fece la sua comparsa lo staff di una ditta delle pulizie e Jo fu grata di lasciare che qualcun altro si occupasse di pulire. Lei e Pete salirono in macchina e il coach accese il riscaldamento, perché il finestrino era ghiacciato e l'auto era gelida.

Pete si sfregò le mani e guardò Jo. «Hai fatto un ottimo lavoro, oggi,» si congratulò.

«Grazie. È andata bene e sembra che le donne e i bambini si siano divertiti,» replicò lei.

«Anche i ragazzi si sono divertiti. Mi dispiace che non ne siano riusciti a venire di più.»

«Va tutto bene. Li capisco, hanno delle famiglie a cui pensare.»

«Parlando di famiglie...»

Jo distolse lo sguardo dal finestrino, si girò per guardare Pete in viso e inarcò un sopracciglio.

Il coach fu sorpreso di scoprire che stava sudando, anche se fuori c'erano meno tre gradi. Si soffiò sulle mani per scaldarle. *Smettila di prendere tempo, codardo.*

«Stavi dicendo?» chiese Jo.

Pete rovistò nella tasca dei pantaloni e tirò fuori la scatolina, tenendola nascosta nel largo palmo. «Non posso mettermi in ginocchio qui, ma, beh... merda, è più difficile di quanto pensassi.»

Jo ridacchiò e si coprì la bocca con la mano.

«Voglio dire, tu e io, beh, siamo una bella famiglia. Insomma, mi piacerebbe che fossimo una famiglia. Magari un giorno potremmo fare un bambino, ma non senza esserci prima sposati. Quindi, vuoi sposarmi, Josephine Parker?» chiese Pete.

Lei inarcò un sopracciglio. «Sposarti?»

«Maledizione. Ti amo, donna, quindi non prendermi in giro. Mi ami? Vuoi essere mia moglie?»

Ci fu un momento di silenzio che Pete giurò fosse durato due ore, prima che Jo rispondesse. I suoi occhi, che scintillavano riflettendo la luce del lampione, sembravano due pozze d'acqua turchese del Mar dei Caraibi. Aveva il resto del viso nascosto dall'ombra, ma il coach vide che la sua espressione esprimeva solo amore.

«Sì, Pete. Lo voglio,» gli rispose.

Pete non era sicuro di aver sentito bene e la fissò intensamente. «Che hai detto?»

«Ho detto di sì. A meno che tu non preferisca che ti dica di no.»

«No, no, no. Il sì va bene per me. Oh, Jo!» Il coach diede un bacio alla sua donna, poi aprì la scatolina. Anche il grosso diamante catturava la luce e brillava come un piccolo faro. Jo fece un verso di sorpresa e Pete glielo infilò al dito, poi la baciò di nuovo. «Ora la nostra è una relazione ufficiale.»

«Lo è,» confermò Jo.

«Non sei felice?» chiese Pete, alzando le sopracciglia.

«Sono fuori di me dalla gioia, è solo che non me lo aspettavo. Voglio dire, non lo sapevo. Non ci avevo mai pensato. Questo... noi. Non pensavo che tu... non pensavo che tu lo volessi,» farfugliò lei, reagendo a scoppio ritardato. Le lacrime le scorrevano sulle guance.

Pete la prese tra le braccia come meglio poteva tra gli stretti confini dell'auto. «Oh, tesoro, ma certo che lo voglio. Che io sia maledetto se ti lascio scappare. Ti ho cercata per così tanto tempo. Ora ti ho trovata e non ti lascerò andare mai più.» Sentì Jo rilassarsi sentendo le sue parole, le accarezzò la schiena e le diede un bacio tra i capelli.

«Ti amo, Pete. Ti amo più di quanto pensavo che avrei mai potuto amare qualcuno.»

«Magari potremmo fare un figlio. Tu ne vuoi uno?»

Jo si sporse verso di lui per guardarlo negli occhi. «Oh sì. Voglio essere una madre.»

«Saresti una madre fantastica,» le assicurò Pete.

Non appena la macchina si scaldò, Pete mise in moto ed entrò in strada. Gli tremavano un po' le mani, ma non vedeva l'ora di andare a casa. Rallentò, in modo da poter tenere Jo per mano, e quando il suo cellulare squillò mise il vivavoce.

«Dove diavolo sei, papà?» Era Lexie.

«Stiamo andando a casa,» le rispose.

«Il tacchino si sta raffreddando.»

«Arriviamo subito,» disse Pete, poi riattaccò.

Vide che Jo stava ammirando l'anello con un sorriso e le labbra gli si incurvarono all'ingiù. *Le ragazze.* Strinse le dita della sua fidanzata un po' più forte. La radio stava passando *Can't Smile Without You.*

Capitolo Quattordici

Jo era ancora sotto shock quando la coppia decise di sfidare il freddo e correre fuori dalla macchina e in casa. Passò le braccia attorno alla vita di Pete, sopra la giacca e tutto il resto, mentre lui armeggiava con la chiave. *Signora Pete Sebastian. Signora Jo Sebastian. Jo e Pete Sebastian.* Sorrise come una scolaretta.

Si sfilarono le giacche e raggiunsero le gemelle nella sala da pranzo. La tavola era già apparecchiata con il servizio buono di porcellana e le posate. Al centro era stato sistemato un vassoio di tacchino già tagliato a fette e agli angoli i contorni, ovvero purè di patate, farcitura, patate dolci, fagiolini e zucchine. Tra il vassoio e uno dei piatti c'era un piattino di mirtilli rossi.

«Wow, avete fatto tutte da sole?» domandò Jo.

Alyssa annuì e poi fissò l'anello con il diamante che aveva al dito. «L'hai fatto, papà?» chiese.

Pete annuì e sorrise. «Mi sono fidanzato,» confermò.

La ragazza si portò la mano alla bocca, si voltò e corse fuori dalla stanza.

«Merda,» borbottò il coach sottovoce. «Torno subito.» Diede una pacca sul braccio a Jo e poi inseguì sua figlia.

Jo si lasciò crollare su una sedia. «Che diavolo? Lexie, che sta succedendo?»

«Lyssa è triste che voi due vi sposiate,» spiegò la ragazza.

«Perché? Credevo di piacerle. A me lei piace.»

«Non è per quello. Non sei tu, è il bambino.»

«Quale bambino?» chiese Jo, senza capire.

«Avrete un bambino, non è vero?» chiarì Lexie.

«Vogliamo averne uno, ma non si sa mai.»

«Alyssa non vuole che papà abbia un altro figlio.»

«Oh, capisco,» disse Jo, annuendo.

«Non è per te, Jo. Ti siamo molto grate perché hai reso papà davvero felice,» insistette Alexis.

«Grazie, Lexie.» La donna si alzò in piedi e la abbracciò. «Tu come ti senti?» le chiese.

«Questa storia non mi piace molto ma, beh, non posso farci nulla,» rispose lei.

«Perché non aspetti, prima di decidere?»

«Immagino che dovrò farlo.»

«Sto morendo di fame, non ho avuto tempo di mangiare alla festa. Possiamo cominciare?» cambiò argomento Jo.

«Potremmo anche farlo. Chissà quanto ci metteranno per chiarirsi.» Lexie si sedette.

Le due donne si servirono in silenzio. Proprio quando Jo stava per addentare il primo boccone, tornarono Alyssa e Pete. Il coach la abbracciò e le diede un bacio sulla cima della testa, poi la lasciò andare.

La giovane le si avvicinò e le disse: «Mi dispiace. Non sono triste perché stai per sposare mio padre, tu mi piaci. Ma un bambino...» Si interruppe e prese un respiro tremante. «Imparerò ad accettarlo.»

«Grazie, Lyssa,» disse Jo, alzandosi per abbracciarla.

Alyssa riuscì a farle un lieve sorriso.

«Forza, mangiate. Questo cibo sembra buonissimo, voi ragazze siete fantastiche,» commentò Jo, poi mangiò il primo boccone. «Delizioso. Vorrei saper cucinare così.»

«Te lo insegnerà papà. È stato lui ad insegnarcelo.» Alyssa si sedette.

Pete prese una bottiglia di champagne dal frigo e la stappò. «Abbiamo così tante cose da festeggiare oggi. Prima di tutto, benvenuta nella nostra famiglia, Jo.» Le gemelle e il coach alzarono i calici per fare un brindisi e Jo si unì a loro. «E poi, la cena organizzata da Jo per le donne e i bambini del rifugio è stata un grandissimo successo. Infine, ultimo ma non ultimo, oggi abbiamo battuto gli L.A. Tigers!»

Le bollicine le solleticarono il naso e Jo si sentì euforica. Non ricordava di essersi sentita tanto felice da quando Tommy Anderson, il capitano della squadra di football, l'aveva invitata al ballo scolastico dell'ultimo anno. Le gemelle ammirarono il suo anello, e lei stessa non riusciva a distogliere lo sguardo dalla gemma e continuava a guardarla come se stesse per svanire.

Una vocina nella sua testa la avvertì di stare attenta. *Non sei ancora all'altare, non entusiasmarti troppo.* Ma Jo era stufa di vivere tutta con cautela, quindi chiuse la porta in faccia alla sua coscienza e lasciò che la felicità le dipingesse un grosso sorriso sulle labbra. Incrociò lo sguardo di Pete sopra il tavolo e fissò i suoi occhi marrone chiaro e pieni d'esperienza, leggendovi un'espressione gioiosa. Il suo sorriso caloroso la rassicurò.

Dopo cena, Jo e Pete sparecchiarono, poi lei si preparò un bagno e chiamò Beth.

«Indovina,» le disse.

«Uh oh. Cosa?» fece la sua amica.

«Mi sono fidanzata!»

Beth iniziò a urlare al telefono, costringendola ad allungare il braccio per allontanarlo dall'orecchio. «Sul serio? Con il coach?»

«E chi altri?»

«Non si sa mai con te. Sei molto veloce, quando si tratta di queste cose,» scherzò Beth.

«Non sono così veloce. Verrai al mio matrimonio?» le chiese Jo.

«Dipende da quando nascerà il bambino. Ma ci sarò, se potrò. Ne sarei molto felice.»

«Grazie.»

«E tu sei felice?»

«Da perdere la testa.»

«Meraviglioso. Buona festa del Ringraziamento, piccola,» le augurò Beth.

«Buon Ringraziamento.» Jo attaccò, poi entrò nella vasca e si immerse nell'acqua fino al mento. Pensò di chiamare i suoi genitori, ma sapeva che probabilmente stavano passando una bella serata da qualche parte e non voleva interromperli. *Li chiamerò. Domani. Sabato. Quando me ne ricorderò.*

Si sfregò tutto il corpo e si passò la crema sulle gambe. *Magari Pete ha in mente un altro tipo di festeggiamento?* Si infilò una camicia da notte di seta rosa chiaro e una vestaglia coordinata. Le ragazze stavano guardando un film, quindi non li avrebbero disturbati.

Jo spense la luce in bagno. In camera era accesa solo una lampada che emanava una luce soffusa, e Pete era steso sul letto nudo, ma sotto le coperte. La donna si avvicinò in punta di piedi, scostò il piumone e si sistemò accanto a lui. Poi udì il lieve ronzio del suo russare. *È completamente andato. Si è addormentato!*

Capì cos'era successo, sorrise e si lasciò sfuggire una risatina. *Ho vinto la partita, mi ha fatto la proposta e ha bevuto mezza bottiglia di champagne. Non mi meraviglia che sia finita così.* Davanti a Jo si estendeva un'intera vita fatta di notti passate con Pete. Sospirò, soddisfatta, poi spense la luce e si accoccolò sotto il piumone

Pete gemette, si girò su un fianco e le passò un braccio attorno alla vita. «Josie,» mormorò nel sonno, attirandola più vicino a sé.

Forse ho finalmente trovato una casa.

* * * *

I Connecticut Kings stavano avanzando verso i playoff senza perdere nemmeno una partita. Dopo il matrimonio di Emmy e Buddy, Jo era diventata pappa e ciccia con la stampa. Anche la cena del Ringraziamento aveva ricevuto un po' d'attenzione dai media, ma la P.R. aveva deciso di mantenere la pubblicità al minimo per non mettere in imbarazzo le donne del rifugio.

Ora era tempo di pensare alla copertura mediatica della festa di Natale e di pensare al menù per l'evento. Optò per caffè e biscotti per ridurre i costi, poiché Lyle stava iniziando a starnazzare riguardo ai conti da pagare. Quando si trattava di prendersi il merito per l'iniziativa, però, l'uomo era sempre in prima linea.

Anche se non ricevere un briciolo d'apprezzamento da parte del suo capo le seccava, Jo decise di accettare quel fatto come una naturale conseguenza dell'enorme ego di Lyle e scrollò le spalle. Finché Barker pagava i conti, aveva il diritto di vantarsi, pensò. E poi, alla stampa tutto questo piaceva un sacco. I Kings erano l'unica squadra che avesse adottato un rifugio per le donne e non erano mai stati tanto popolari, sia con i futuri giocatori di football che con i fan. La media delle presenze alle loro partite salì del quindici per cento.

Jo svuotò il cassetto della scrivania in cui teneva gli schedari e spostò i raccoglitori che aveva finito di usare in un armadietto in fondo alla stanza perché le serviva spazio per quelli nuovi. Quando tornò alla scrivania, il pezzo di carta incastrato sul retro del cassetto si era liberato di nuovo. Lo raccolse e vide che era una busta paga per Lonnie Gowan, l'uomo che aveva svolto quel lavoro prima di lei.

Posò il foglio sulla scrivania e lo lisciò: mostrava tutti i dati relativi al salario di Gowan nel 2013. *C'è qualcosa che non va.* Prese il cellulare, aprì la calcolatrice e controllò le cifre. Poi prese la sua busta paga più recente e la mise accanto a quella di Gowan.

Merda! Rifece i calcoli e fissò i due fogli. Infine, controllò un'altra volta le cifre. Sentendo la rabbia montare dentro di lei e crescere di minuto in minuto, afferrò il cellulare e le buste paga e si diresse verso l'ufficio di Lyle Barker.

Lyle c'era, ma Edie le disse che stava facendo una telefonata. Jo la ignorò e spalancò la porta.

«Ti richiamo io, tesorino,» disse Lyle al telefono, poi attaccò. «Che diavolo fai? Non sai bussare?» le chiese.

«Non mi parli di queste cazzate. Che diavolo è questo?» La donna gli schiaffò le buste paga sulla scrivania.

Lyle le raccolse. «Dove l'hai presa?» domandò, indicando quella di Gowan.

«Che differenza fa?» chiese a sua volta Jo.

«Fa molta differenza. Te l'ha data Pete?»

«No, non me l'ha data Pete. L'ho trovata nel mio cassetto.»

«Che cosa spiacevole,» commentò Lyle.

«Ha proprio ragione, è veramente spiacevole. Pagava quell'uomo centocinquantamila dollari per fare un lavoro di merda, ma paga me un terzo... *un terzo*... in meno. E io faccio un lavoro migliore di quanto lui abbia mai fatto,» ribatté Jo.

«E allora?»

«Che intende con *e allora?*»

«Hai accettato tu quel salario. Come posso aiutarti, se tu non hai voluto negoziare?» chiese Lyle.

«Sarebbe stato disposto a pagare centocinquantamila dollari anche me?» domandò Jo con aria di sfida.

«Certo che no. Sei una donna single, a che ti servono tutti quei soldi?»

Più tardi, Jo giurò che in quel momento un fiotto di vapore le uscì dalle orecchie. «È contro la legge. È discriminazione,» dichiarò, alzando la voce.

«Questa è solo la tua opinione. Io dico che è fare affari in modo scaltro,» ribatté Lyle.

«Potrei farle causa.»

«Fa' pure, tanto non vincerai mai. I miei avvocati prolungheranno il processo per anni, finché tu non rimarrai senza il becco d'un quattrino,» gridò Lyle.

«Bastardo!» urlò Jo.

«Se tu mi fai causa, io licenzio Pete,» minacciò l'uomo.

Jo trasalì e rimase in silenzio per un attimo. «È una cazzata. Non lo licenzierebbe mai, ha vinto un Super Bowl per lei e ne sta per vincere un altro,» disse infine.

«Quindi?»

«Tutto ciò che le importa è vincere.»

«Che c'è di male in questo? Non sono qui per fare beneficienza, ma per vincere partite di football e fare soldi,» dichiarò Lyle.

«E grazie a me ha risparmiato cinquantamila dollari,» gli ricordò Jo.

«Già, è stata una mossa intelligente.»

Quando iniziarono a sollevare di nuovo le voci, Pete irruppe nella stanza. «Che diavolo sta succedendo qui?» chiese, spostando lo sguardo da Jo a Lyle e poi di nuovo su Jo.

«Oh, la tua ragazza sta facendo i capricci perché pagavo quel coglione di Gowan cinquantamila dollari in più di lei. Per favore, puoi dirle tu che è così che va nelle grandi leghe sportive?» rispose Lyle.

Jo si voltò verso il suo fidanzato.

«Non gliel'avevi detto, Pete?» chiese Lyle.

Il coach impallidì. «No.»

«Tu lo sapevi?» Jo lo fissò incredula. Quando Pete annuì, fu come se tutti i sensi l'avessero abbandonata: non riusciva né a parlare né a sentire. Aveva le braccia e la fronte madide di sudore e tutto ciò che riuscì a fare fu fissare il suo uomo con espressione sbalordita, la bocca leggermente aperta per la sorpresa.

Guardò Pete dritto negli occhi e vi lesse imbarazzo e confusione. Tutto si fece chiaro nella sua mente e l'ira si trasformò in dolore.

Quando il dolore la travolse, inspirò bruscamente per riprendere fiato e finalmente ritrovò la voce. «Tu lo sapevi?» sussurrò di nuovo.

Pete fece un passo verso di lei, ma Jo lo aggirò e si diresse verso la porta. «Non è così, Jo. Lascia che ti spieghi. Aspetta, ti prego,» gridò lui, ma lei era già uscita in corridoio.

Aveva la gola serrata, con le parole che non voleva dire intrappolate all'interno. Si chinò sopra la scrivania e cercò di respirare. *Lui lo sapeva. L'ha sempre saputo, ma non me l'ha mai detto. Sapeva che Lyle mi stava prendendo per il culo, sapeva che mi stava fregando.* Prese un paio di respiri profondi, che le permisero di calmarsi abbastanza per riuscire a sedersi. Raccolse le sue cose e si incamminò a passo deciso verso il parcheggio.

Quando ci arrivò, si ricordò che era venuta insieme a Pete e non con la sua macchina. Tornò alla scrivania di Edie, inghiottì il suo orgoglio e disse: «Chiamami un taxi, Edie.»

La donna annuì e prese il telefono. Jo tornò nel parcheggio ad aspettare.

Pete la raggiunse. «Non è come sembra. Non ho cospirato con Lyle per fregarti cinquantamila dollari,» si difese.

«Ma davvero?»

«No, l'ho saputo solo dopo che sei stata assunta.»

«Perché non me l'hai detto quando l'hai scoperto?»

Pete si bloccò.

«Perché non me l'hai detto un mese dopo? Perché non me l'hai detto tre mesi dopo? Perché non me l'hai detto la sera che mi hai chiesto di sposarti? Perché non me l'hai detto la notte scorsa?» lo aggredì Jo.

Il coach rimase in silenzio e cominciò a spostare nervosamente il peso da un piede all'altro. «Lyle me l'ha detto in confidenza. Se te l'avessi detto, mi avrebbe licenziato. Ho odiato dovertelo tenere nascosto. Mi dispiace, ho fatto la cosa sbagliata,» si scusò.

«L'hai fatto per salvarti la pelle? Non ti avrebbe mai licenziato, hai vinto il Super Bowl. Me ne vado,» ribatté Jo.

«Parliamone a cena,» la pregò Pete.

«No. Non me ne vado solo dai Kings, me ne vado da casa tua.»

«Cosa? Perché?»

«Mi hai tradita. Ecco,» disse Jo, sfilandosi lo stupendo diamante con mano tremante. «Prendilo,» ordinò.

«No.» Pete le fece richiudere le dita attorno all'anello. «Tienilo. Pensa a ciò che stai facendo. Tienilo per un paio di giorni e poi parliamone,» le disse.

«Non lo voglio.»

«Ti prego, ti sto supplicando.» Gli occhi di Pete si riempirono di lacrime e il coach le strinse il pugno più forte. «Non farlo, Jo. C'è qualcosa di speciale tra di noi.»

«C'è veramente? Come posso fidarmi di nuovo di te? Come farò a sapere se mi stai nascondendo qualcosa?» ribatté Jo.

Pete abbassò lo sguardo e si portò le nocche della donna alle labbra. «Tutto quello che so è che ti amo. Non posso vivere senza di te,» dichiarò.

«Cazzate. Hai vissuto senza di me per molto tempo.»

«Prima di conoscerti. Adesso, sono... sono rovinato. Sconvolto. Non esiste nessun'altra donna come te.»

«Che peccato... per te. Non è vero?»

«Ti prego, tieni l'anello, almeno fino a stanotte. Domattina potresti cambiare idea,» supplicò Pete.

Il taxi si fermò nel parcheggio e il conducente suonò il clacson. Con il pugno ancora chiuso attorno al diamante, Jo salì sul veicolo. Si sedette, raddrizzò la schiena e osservò dal finestrino Pete che rabbrividiva per il freddo, poi il taxi uscì dal parcheggio ed entrò in strada. Jo si sedette più comodamente e iniziò a sentire davvero gli effetti degli eventi dell'ultima mezzora. Non era nemmeno arrivata al punto di voler piangere, era ancora sotto shock.

Quando arrivò a casa di Pete, buttò alcuni dei suoi vestiti in valigia e mise il guinzaglio a Daisy, poi caricò i bagagli sulla sua auto e torno a casa. Entrò, diede da mangiare al carlino e si versò un grosso bicchiere di vino, poi prese a camminare su e giù davanti alla finestra, incerta sul da farsi.

Infine, aprì il portatile e fece una ricerca su internet. Trovò il sito dei Minnesota Meerkats e cercò finché non trovò il loro numero, chiamò e disse: «Sam Carrollton, per favore.»

«Chi lo vuole?»

«Josephine Parker.»

La chiamata venne passata immediatamente e Jo sentì una voce rauca all'altro capo della linea. «Jo Parker? Diavolo, come stai?»

«Bene, Sam. Tu?» rispose.

«Piuttosto bene. Oggi abbiamo battuto i Knights,» la informò Sam.

«Congratulazioni.»

«Che posso fare per te? Non riuscirò a convincerti a venire a lavorare per noi, vero?»

«In realtà, Sam, ti ho chiamato proprio per questo.» Jo si accomodò meglio sulla sedia, si rilassò e bevve un sorso di vino.

* * * *

La strada verso casa sembrò lunga il doppio del solito al Coach Bass. L'idea di scendere dalla macchina gli faceva paura, l'ultima cosa che voleva era stare da solo. I suoi passi riecheggiarono nella casa e gli mancò perfino il saluto entusiasta di Daisy, pronta a leccargli il viso e a saltargli sulla gamba. L'unico rumore che udì fu il quello della serratura mentre chiudeva la porta d'ingresso.

Non aveva fame, così andò nel suo studio e si versò due dita di buon scotch. Buttò giù il liquore e se ne versò un altro. Non gli andava di guardare i filmati delle partite. Diede un'occhiata alla guida televisiva, ma non c'era niente che avesse voglia di vedere. Andò alla finestra e osservò l'oscurità della notte e la luce della luna che risplendeva sulle onde.

Voleva Jo e non si sarebbe accontentato di nulla di meno della sua presenza.

«Stupido, maledetto coglione! Perché non gliel'ho detto? Perché non ho detto a Lyle di riconoscere quello che le doveva e di pagarla quanto si meritava? Ha sborsato centocinquantamila dollari per quel pezzo d'idiota, coglione, bastardo. Ma non per Jo,» si lamentò tra sé e sé.

Crollò su una sedia comoda e si prese la testa tra le mani. Non gli venne in mente alcuna soluzione. Aveva confessato, aveva supplicato, ma sapeva che Jo gli avrebbe comunque restituito l'anello. *Si licenzierà? Come potrebbe rimanere? Troverà un altro lavoro in città? Con tutto quello che ha fatto, potrebbe trovare un lavoro da P.R. ovunque. Se ne andrà? Oh, Dio, ti prego, non lasciare che se ne vada da Monroe.*

Il telefono squillò, ma non era Jo, quindi lasciò che partisse la segreteria telefonica. Era Lyle ed era fuori di sé dalla rabbia, stava urlando qualcosa riguardo a cause legali e puttanelle che si credevano chissà chi. Pete prese la segreteria e la scagliò contro il muro. La plastica si ruppe e la batteria saltò via, ma almeno smise di registrare il messaggio e lui non dovette ascoltare la conclusione della filippica di Lyle.

Immagino che la dottoressa Wendy McMillan direbbe che sono un uomo violento. Ho tirato qualcosa contro il muro. Però è Lyle che voglio strangolare, non Jo.

Finì il suo drink, poi tirò fuori un paio di avanzi di pizza dal freezer e li scaldò nel microonde. Mentre mangiava, pregò che le gemelle non lo chiamassero. «Cosa potrei dire? Ehi, vostro padre è un emerito coglione e ha perso l'unica donna che abbia mai amato? Probabilmente tutto questo mi rende anche un maschilista,» rifletté ad alta voce.

Le sue figlie sarebbero tornate a casa il giorno dopo per le vacanze di Natale. Doveva decidere cosa fare prima che succedesse. La verità, avrebbe detto loro la verità... ovvero, che il loro vecchio era un idiota.

Tirò un calcio al divano. E al divanetto. E all'ottomana, che volò dall'altra parte della stanza e urtò un tavolino, facendo cadere un vaso che si ruppe in mille pezzi. Pete ne fu grato. Adesso aveva qualcosa da fare. Qualcosa di reale, qualcosa di tangibile. Doveva raccogliere i pezzi di vetro rotto.

Il suo cellulare squillò, suonando un paio di accordi da *Can't Smile Without You*. Gli occhi del coach si riempirono di lacrime, sentendo quella canzone, che ormai considerava sua e di Jo. Era Bill, così rispose.

«Bill, tuo fratello è il più grande coglione sulla faccia della terra,» esordì.

«Ma hai vinto, lo scorso weekend,» ribatté suo fratello, confuso.

«Ho vinto la partita, ma ho perso la mia ragazza.»

«Cos'è successo?»

Pete si versò un altro drink, si accomodò sul divano e si preparò ad una lunga conversazione. Spiegò tutto a Bill, mentre lui lo ascoltava in silenzio.

«Domani è un altro giorno. Ecco cosa farei io, se fossi nei tuoi panni,» disse infine suo fratello.

La loro conversazione durò per un'altra mezzora. Alla fine, Pete attaccò, andò a farsi la doccia, bevve una bottiglietta d'acqua e si infilò sotto le lenzuola. Qualche minuto più tardi, si addormentò.

Passò una notte irrequieta e si svegliò più volte tendendo le braccia verso Jo. Il letto vuoto gli fece venire gli incubi e la dopo mattina si svegliò sentendosi stanco e arrabbiato. Tutto quel casino era colpa di Lyle. *Perché diavolo quello stronzo non l'ha pagata quello che si meritava fin dall'inizio? Cosa sono cinquantamila dollari per lui? Taccagno bastardo.*

Il Coach si fece la doccia e poi andò in ufficio. Era determinato a seguire i suggerimenti di Bill, ma quel proposito passò in secondo piano, rispetto alla divorante ostilità che provava nei confronti di Lyle. Wendy però gli aveva consigliato di non affrontare mai nessuno prima di aver ripreso il controllo sui suoi sentimenti. Cominciò a camminare su e giù e tese l'orecchio per udire un qualche segno di vita proveniente dall'ufficio di Jo, ma non ne captò nessuno.

Buttò giù due tazze di caffè mentre aspettava che l'ira scemasse, ma invece di diminuire aumentò e lui andò nel panico. *E se Jo avesse già lasciato la città? E se non la vedessi mai più? Era infuriata.* Non riuscì a trattenersi e si diresse verso l'ufficio di Lyle.

Si fermò davanti alla scrivania di Edie e le chiese: «Jo è già arrivata?»

«Sì. Si è fermata giusto per lasciare questo.» La donna gli passò un pezzo di carta.

Erano le dimissioni di Jo.

* * * *

Nella sua villetta a schiera, Jo stava preparando una valigetta per il suo viaggio in Minnesota. Daisy le girò attorno, poi corse in cucina e infine tornò in camera. Il carlino odiava vedere le valigie, e Jo si accucciò per accarezzarla e cercare di calmarla.

Mi chiedo se Sam Carrollton sia ancora interessato a me. Una volta, quando lei lavorava per i St. Louis Sidewinders e lui era in città, erano usciti a cena insieme. Sam aveva appena divorziato dopo venticinque anni di matrimonio e senza accorgersene aveva messo in chiaro che era interessato solo a farsi una scopata. L'istinto di Jo le permetteva di riconoscere subito gli uomini come lui, aveva capito le sue intenzioni quando erano ancora all'antipasto.

Sam le aveva praticamente sbavato addosso e si era messo a fissarle il seno come un dodicenne. Jo avrebbe voluto ridere di lui, ma non l'aveva fatto e aveva trovato una scusa per andarsene via il prima possibile senza doversi nemmeno avvicinare alla stanza d'hotel di lui. Sam le era sembrato deluso, ma non si era arreso. L'aveva chiamata altre tre volte per chiederle di uscire, anche se lei aveva continuato a rifiutare.

Jo Parker non aveva intenzione di diventare una tacca sulla testiera del letto di nessuno, non importava quanto fosse ricco. Quando si erano incontrati di nuovo un anno dopo, però, Sam era stato molto galante con lei e le aveva perfino fatto il baciamano. Sembrava che avesse smaltito un po' del suo bisogno di andare a letto con qualsiasi cosa si muovesse. Era a braccetto con una bella donna dai capelli rossi e il seno prosperoso, che non era sembrata affatto lieta di conoscerla.

Si sarà risposato, oppure starà continuando a saltare da un letto all'altro? Jo l'avrebbe scoperto quando sarebbe arrivata a Minneapolis, ma c'era un piccolo dubbio che la tormentava. Certo, Sam le era sembrato molto professionale al telefono, ma avrebbe pensato che fare sesso con lui dovesse far parte dei suoi doveri? Sperava di no. Prese la ciotola e il cuscino di Daisy e si diresse verso la macchina.

Fu dura lasciare la sua cagnolina al canile. Ci sarebbe rimasta solo per un paio di giorni, ma la casa le sembrava così vuota senza il ticchettio delle sue unghiette e il suo russare. Jo si stese sul letto per un paio d'ore irrequiete e cercò di dormire senza Pete né Daisy. Aveva posato l'anello di fidanzamento sul comodino, ma la sua mano le sembrava troppo nuda senza.

Represse quei sentimenti e sperò che svanissero e basta, come spesso faceva con le emozioni che non voleva provare, ma il dolore che sentiva per il tradimento di Pete si limitò a crescere. Sentì che stava per mettersi a piangere e, incapace di prendere sonno e piena di rabbia, scrisse la sua lettera di dimissioni. Consegnarla e svuotare il suo ufficio le fece male al cuore.

Poiché non riusciva a dormire, aveva scritto la lettera alle cinque di mattina, e la consegnò alle sei. Tutti gli uffici erano ancora vuoti e silenziosi. Prima di andarsene, Jo si fermò a dare un'occhiata a quello del Coach Bass. La presenza dell'allenatore permeava quelle quattro mura: dalle foto delle sue gemelle ai trofei e i premi che aveva vinto, fino alla vaga traccia del suo profumo, quel posto apparteneva a Pete Sebastian.

Si sentì ancora una volta sul punto di scoppiare in lacrime, quando toccò gli oggetti sulla scrivania e passò una mano sullo schienale della grossa poltrona. Amava così tanto quell'uomo. E adesso? Scosse la testa. Per una volta, la brillante Josephine Parker non aveva alcuna risposta. Sarebbe riuscita a perdonarlo? Lui l'avrebbe fatto di nuovo? Così tante domande e nessuna risposta.

Tornò a casa per buttare nella borsa da viaggio le ultime cose e finire di prepararsi per la partenza, poi controllò il cellulare.

C'erano sei chiamate senza risposta da parte di Pete. *Si arrende in fretta.* Jo non aveva niente da dirgli, benché le dolesse il cuore. La sua vita era andata in pezzi e il suo istinto le diceva di scappare via. Era proprio per questo che aveva chiamato Sam.

Ma Jo non aveva mai avuto nulla per cui rimanere e lottare prima di allora. Un nuovo dilemma le si presentava davanti e, per la prima volta, non sapeva cosa fare. Così fece ciò che aveva sempre fatto: progettò di andarsene. Un nuovo inizio, si era sempre detta, era la risposta a tutto. Ma lo era anche quella volta?

Il clacson della limousine la riscosse da quei pensieri. Andò alla porta e fece un cenno con la mano all'autista, poi andò a rinfrescarsi il viso, afferrò la borsa, scese di corsa i gradini e si diresse verso il veicolo che la stava aspettando.

Telefonò a Beth e la sua amica rispose proprio mentre il taxi si dirigeva verso l'autostrada.

Quando sentì la sua voce, Jo crollò. Una spalla su cui piangere era tutto ciò che le serviva.

«Che succede? Jo? Tutto bene?» chiese la voce spaventata di Beth.

Ora che le lacrime avevano iniziato a scorrere, Jo non fu più in grado di fermarle, ma cercò comunque di impedirsi di continuare a tremare e piangere.

La sua amica provò ancora: «Jo! Parlami!»

La donna prese un fazzoletto dalla borsa e si tamponò il viso, poi fece un respiro profondo e finalmente riuscì a parlare: «Beth. Beth, sto bene.»

«Non sembra che tu stia bene.»

«Ho solo il cuore spezzato.»

Mentre l'auto entrava in autostrada, Jo raccontò la sua storia alla sua migliore amica. Beth fu molto comprensiva e le consigliò di non fare nulla di avventato, ma ovviamente era già troppo tardi. Aveva già consegnato la lettera di dimissioni e il passo successivo sarebbe stato restituire l'anello di fidanzamento.

Non l'aveva lasciato nell'ufficio di Pete e si era detta che era perché costava un sacco di soldi e non voleva che qualcuno lo rubasse, ma la verità era che l'unica ad andare in ufficio prima del coach era Edie. Nessuno avrebbe rubato l'anello, se gliel'avesse lasciato sulla sedia, ma Jo non riusciva ad ammetterlo a se stessa. Aveva rimesso l'anello nella scatolina, che poi aveva infilato nella tasca della giacca. Mentre parlava con Beth, la strinse tra le dita.

«Non vorrai rompere il fidanzamento, vero?» le chiese lei.

«Come posso sposare Pete dopo tutto questo? E poi, se otterrò questo lavoro, mi trasferirò in Minnesota.»

«Quando la smetterai di scappare, Jo?»

Capitolo Quindici

Dei pettegolezzi stavano iniziando a girare per gli uffici e gli spogliatoi dei Connecticut Kings. Pete era andato a casa di Jo, ma l'aveva trovata vuota, anche se la sua auto era ancora lì. Quando aveva suonato il campanello, poi, nessun cane si era messo ad abbaiare. *Dov'è? E se le fosse successo qualcosa? Vive da sola, dopotutto. Se fosse capitato qualcosa, però, Daisy starebbe abbaiando.*

Lasciò correre l'immaginazione e arrivò perfino a chiamare la polizia, che gli assicurò che avrebbero fatto irruzione nella casa, se nessuno avesse saputo nulla della donna per più di un giorno. Infine, mandò un messaggio a Jo, che finalmente gli rispose.

Non sono morta. Sono fuori città. Non ho nulla da dirti.

Pete fu sollevato di sapere che stava bene, ma non poter parlare con lei lo frustrava. Quando le sue figlie arrivarono a casa, gli chiesero di Jo e lui raccontò loro tutta la storia. Non aveva mai mentito alle ragazze e non aveva intenzione di cominciare in quel momento.

Aveva bisogno di concentrarsi. Stava per giocare una partita contro i Montana Rams, e anche se i suoi avversari non avevano una buona posizione in classifica quella stagione, sapeva che ciò non significava che non fossero in grado di battere i Kings. Stavano lottando contro i Bobcats e i Sidewinders per arrivare ai playoff e ogni partita contava.

Non poteva permettersi di lasciare che il suo cuore spezzato interferisse con il suo tentativo di tenere insieme la squadra e trovare una strategia vincente. Stappò una fiaschetta e si versò un po' di whisky nel caffè. Doveva calmarsi prima di partecipare alla riunione settimanale.

Venerdì sera c'era la festa di Natale per le famiglie del rifugio. Pete aveva in programma di andarci con Jo e, quando le scrisse un messaggio per chiederle se voleva ancora venire con lui, lei gli rispose di sì. Forse c'era ancora speranza. Con il cuore più leggero, affrontò la sfida di battere i Rams con rinnovata energia.

Un paio di giocatori si fermarono per un po' dopo la riunione.

«Ehi, Coach, dov'è finita Jo Parker?» gli chiese Griff Montgomery.

«Giusto, non la vediamo più in giro. E il suo ufficio è stato svuotato,» aggiunse Buddy.

«Non lo so, ragazzi,» rispose semplicemente Pete.

«Emmy ha provato a chiamarla, ma Jo non risponde.»

«Credo che abbia bisogno di stare un po' da sola.»

Bullhorn Brodsky si unì ai suoi compagni di squadra e domandò: «Cos'è successo?»

«Niente. Sentite, non ne posso parlare, okay?» cercò di svicolare il coach.

I suoi uomini borbottarono tra di loro, ma poi gli diedero qualche pacca amichevole sulla spalla e scesero in campo ad allenarsi.

Il telefono di Pete squillò: era Bill.

«Ehi, fratello, come va?» chiese.

«Bene, Bill. Che c'è?»

«Cos'è successo con Jo? Hai fatto come avevamo detto?»

Pete spostò il peso da un piede all'altro, nervoso. «Non ancora,» rispose.

«Che diavolo stai aspettando? Non fare il coglione o lei troverà un altro e allora sarà troppo tardi,» lo rimproverò suo fratello.

«È già troppo tardi, non è vero?»

«Il cuore umano è molto incline al perdono. Non perdere tempo e comportati da uomo. È ora di effettuare il passaggio Hail Mary. Adesso devo andare,» gli disse Bill.

Pete mise via il cellulare e salì le scale, diretto verso l'ufficio di Lyle Barker. Sentì montare dentro di sé la rabbia e il bisogno di prendere a pugni qualcuno. «Lui c'è?» domandò, stringendo e riaprendo il pugno.

Edie annuì.

«Non passargli nessuna chiamata per quindici minuti.»

«Ma non posso...»

«Non voglio essere disturbato,» chiarì Pete.

Edie gli sorrise. «Va' a prenderlo, se lo merita. Niente violenza fisica, però. Il sangue non verrebbe più via dal tappeto.»

Lyle era seduto alla scrivania con una tazza di caffè. «Ehi, Pete. Che pronostici ci sono per la partita contro i Rams?» lo accolse.

«Dimenticati dei Rams. Dobbiamo parlare,» rispose Pete.

«Se si tratta della tua ragazza, scordatelo. Lei non lavora più qui.»

«Che diavolo c'è che non va in te, Lyle?» Il coach iniziò a camminare su e giù per la stanza. «A parte me, Jo ha fatto più di chiunque altro per questa organizzazione.»

«Non metterti troppo in alto su quella lista. Nessuno è indispensabile,» ribatté Lyle, muovendosi nervosamente sulla sedia.

«Davvero? Io sono il coach che ha vinto il Super Bowl. Sai quante telefonate da altre squadre ho ricevuto dopo la nostra vittoria?»

Il proprietario della squadra si allargò il colletto della camicia, poi lo sbottonò e si allentò la cravatta.

«Non lo vuoi sapere, Lyle? Non te ne faccio una colpa,» continuò Pete in tono sarcastico.

«Rimarrai qui, vero?» gli chiese Lyle.

«Non sono qui per parlare di me, ma per parlare del modo in cui hai fottuto la mia fidanzata.»

«Non l'ho nemmeno toccata.»

«Andiamo, Lyle, piantala di fare il finto tonto. L'hai fregata. Visto che è una donna, hai pensato che probabilmente saresti riuscito a pagarla di meno. Molto di meno,» ribatté Pete.

«E ha funzionato. Lei se l'è bevuta. Si tratta di affari e non c'è niente di male in questo,» si difese Lyle.

«Cazzate!» Pete sbatté forte il pugno sulla scrivania di legno e le penne, le matite e la tazza di caffè sobbalzarono. Lyle si ritrasse, appoggiandosi contro lo schienale della poltrona. «Cosa sono cinquantamila dollari per te? Guadagni milioni. Ma quei soldi sono un terzo del salario di quel coglione di Gowan e vorrebbero dire un sacco per Jo. Sei stato avaro, un taccagno. Un figlio di puttana. E adesso hai perso la migliore P.R. della NFL, e tutto perché sei un maledetto stronzo,» continuò l'allenatore.

«Attento a come parli, Pete,» gli intimò Lyle.

«No, Lyle, tu devi stare attento. Oggi potrei uscire da qui e trovarmi un altro lavoro, uno migliore.»

«Non esiste un lavoro migliore.»

«Non cambiare argomento. Che diavolo farai senza Jo Parker?» insistette Pete.

«Che posso farci? Lei si è licenziata,» provò Lyle.

«E ne sei sorpreso?»

«Non pensavo che si sarebbe comportata in modo così poco professionale.»

«Sei tu quello che non si comporta in modo professionale. Adesso, lei se n'è andata perché tu ti sei comportato da idiota.»

«Te lo ripeto, io non ci posso fare nulla,» insistette Lyle.

«Oh, sì, c'è qualcosa che puoi fare,» ribatté Pete in tono trionfante.

«Hai un'idea?»

«Certo che sì. E se tu vuoi tenermi in squadra, devi tenerti anche lei.»

«Perché non le hai detto nulla quando ha cominciato a lavorare qui? Io te l'ho detto già allora,» gli fece notare Lyle.

«Perché anch'io sono stato un maledetto stronzo,» rispose sinceramente Pete.

L'altro uomo scoppiò a ridere. «E adesso sei innamorato.»

«Qui non si tratta di amore, ma di giustizia e di etica professionale.»

«Davvero?» Lyle inarcò un sopracciglio.

«Non vuoi doverti difendere da una causa per discriminazione, vero?» gli chiese il coach.

«Lei ha già minacciato di farmi causa, ma le ho detto che se l'avesse fatto veramente ti avrei licenziato. Così sono riuscito a fermarla.»

«Bastardo! Jo ha rotto con me, quindi non pensare di poterti salvare. Ti farà causa fino a mandarti sul lastrico.»

Lyle impallidì.

«Esatto, e tutti i media parleranno di questa storia, perché la adorano,» aggiunse Pete.

«Porca puttana. Non ci avevo pensato.»

«Forse avresti dovuto pensarci quando l'hai assunta. Tu hai commesso un atto di discriminazione sessuale e adesso pagherai per questo. Cinquantamila dollari? Ti sembreranno noccioline, rispetto ai soldi che Jo otterrà per via dei danni morali. E pensa a tutta la cattiva pubblicità che riceverai per settimane, anzi per mesi!»

Lyle aveva la fronte madida di sudore.

«Tutte quelle chiamate da parte dei ragazzi del college e delle loro madri? Svaniranno nel nulla. Quelle madri diranno ai loro figli di non accettare nessuna offerta dai Kings, ora,» infierì ancora Pete.

Lyle chiuse gli occhi. «Oddio, no, non uno scandalo. Odio gli scandali.»

«Potresti venire buttato fuori dalla lega.»

«Devi salvarmi, Pete. Odio le cause legali. E la cattiva pubblicità? Cazzo.» Il proprietario dei Kings rabbrividì.

«Perché dovrei? Tu ti sei cacciato in questo casino, ora tiratene fuori da solo.» Pete fece per avviarsi verso la porta, ma Lyle balzò giù dalla sedia e si lanciò verso di lui per fermarlo.

«Andiamo, Pete, per favore. Devi aiutarmi. Tu la conosci, sai come trattarla. Fai in modo che non mi faccia causa. Ti sto pregando,» lo supplicò.

Il coach lo fissò. «Okay, ma tu dovrai fare tutto quello che ti dico,» replicò infine.

«Lo farò.» Lyle gli strinse più forte il braccio.

«Tutto! E senza fare domande. D'accordo?»

«D'accordo, lo prometto. Basta che non ci sia una causa legale. Non voglio che i reporter mi diano la caccia.»

«Farò ciò che posso.»

Lyle gli lasciò andare il braccio e tornò a sedersi. «Quando cominciamo?» chiese.

«Ordina del cibo e non accettare nessuna chiamata per un po'.» Pete si sbottonò la camicia, si allentò la cravatta e avvicinò una sedia alla scrivania dell'altro uomo.

Il proprietario della squadra si tamponò il viso con un fazzoletto e poi chiamò la sua segretaria.

Bill, sarà meglio che il tuo piano funzioni.

✳ ✳ ✳ ✳

Jo non riusciva a credere a quanto poco ci fosse voluto per mettere il cartello *Vendesi* davanti a casa sua. *Non c'è motivo di aspettare.* Lei e Daisy sarebbero andate in Minnesota subito dopo Capodanno e la compagnia di traslochi avrebbe cominciato a imballare tutti i suoi averi non appena fosse partita. Tutto grazie ai Meerkats.

Sospirò e guardò fuori dalla finestra, verso il cortile, dove il giacchio che ricopriva i rami spogli degli alberi rifletteva perfettamente l'involucro gelido che si stava formando attorno al suo cuore. Le mancava il calore del tocco del Coach Bass: le sue mani riuscivano sempre a riscaldare non solo l'aria gelida ma anche il suo corpo e la sua anima. Le notti che aveva passato senza fare l'amore con lui erano state lunghe e fredde. Non dormiva bene e sapeva che era perché lui non era lì accanto a lei a toccarla, amarla e baciarla.

Si sorprese a stringere ancora in mano la scatolina ricoperta di velluto che conteneva l'anello, ma la portò con sé da una stanza all'altra mentre sbrigava le faccende segnate sulla sua lista.

Aprì l'armadio e cercò qualcosa da indossare alla festa di Natale per le famiglie ospitate al rifugio. Scartò un vestito dopo l'altro, poi fece una pausa, mise il guinzaglio a Daisy e si infilò la giacca. Rabbrividì al pensiero degli inverni del Minnesota, ma, ehi, anche il Connecticut non era una passeggiata. Daisy trotterellò in strada e fece subito quel che doveva fare, ansiosa di tornare al caldo in casa.

Jo diede da mangiare al cane, poi scelse un vestitino senza maniche di velluto nero adatto all'occasione e un bolero coordinato. Se li infilò e poi si truccò. La festa era a casa di Emmy e Buddy, ed Emmy aveva acconsentito a riprendere il ruolo di Emerald e a suonare carole natalizie con la chitarra e cantare insieme ai bambini.

Jo si sedette alla finestra, stringendo forte la scatolina. Per lei, tradire la fiducia del proprio partner era un valido motivo per chiudere una relazione. Pete sapeva che qualcuno si stava prendendo gioco di lei e non aveva mai detto una parola. Come poteva tornare a fidarsi di lui? Se voleva sposarla, perché non le aveva detto che Lyle Barker le stava fregando un sacco di soldi?

Si trovò a riflettere sulle ragioni per cui il coach le aveva chiesto di sposarlo. *Starà solo cercando una compagna di letto che si prenda cura dei suoi figli e con cui parlare di football? Forse.* Scosse piano la testa, non le sembrava vero. Si era innamorata di Pete, dei suoi modi affascinanti e del suo atteggiamento galante, della sua dolcezza, della sua sensualità e del modo in cui la proteggeva. L'aveva sempre protetta, tranne in quel momento, quando aveva più bisogno di lui.

La luce violenta dei fari di una macchina in fondo alla strada attirò la sua attenzione. *L'auto di Pete.* Jo si alzò in piedi, si mise la giacca e prese la borsa dal bancone della cucina, poi salutò il suo carlino, che le diede un bacio umido, e aprì la porta.

Una volta che fu avvolta nel gradevole tepore del veicolo, si girò per guardare il coach. La prima cosa che la colpì fu l'espressione triste nei suoi occhi. Distolse lo sguardo e tese una mano tremante. «Ecco, ho preso la mia decisione,» annunciò, la scatolina di velluto calda nel palmo.

Pete guardò prima il contenitore e poi lei. «Vorrei che non lo facessi.»

«Non posso farci nulla. Non mi fido più di te.»

«Ho fatto solo un piccolo errore.»

«Piccolo? Quello lo chiami piccolo?» sbottò Jo.

«Non litighiamo. Stasera c'è una festa ed è Natale.» Pete si infilò la scatolina nella tasca dei pantaloni.

«Sono d'accordo. Non c'è nulla per cui litigare.»

Il coach mise in moto. «Ho visto il cartello. Vuoi vendere la tua casa? Non è un gesto un po' estremo?» chiese.

«Ho firmato un contratto con i Meerkats,» rispose Jo.

Pete frenò bruscamente e la macchina si fermò di colpo. «Cosa?»

«Hai sentito bene. Lavorerò per i Meerkats. Parto dopo Capodanno.»

Pete si prese la testa tra le mani, appoggiate sul volante.

Il cuore di Jo fece una capriola. *L'hai fatto piangere! Che ragazza senza cuore.* Gli toccò l'avambraccio e cercò di consolarlo: «Mi dispiace, ma non voglio vivere solo dei miei risparmi. Mi serve un lavoro.»

«Capisco. Ma perché uno così lontano?» chiese lui.

«Sam mi ha fatto un'offerta a lungo termine.»

«Quel porco?»

«Adesso ha una ragazza. Qui si tratta solo di affari.»

«Non per molto.»

Jo guardò fuori dal finestrino e Pete alzò il piede dal freno e premette sull'acceleratore. Lei sospirò e disse: «Non voglio litigare con te.»

«Mi hai appena tirato un calcio allo stomaco,» ribatté Pete.

«E tu hai fatto lo stesso con me.»

Pete si fermò a un semaforo rosso e le lanciò un'occhiata. «A me sembra che tu stia bene, come se niente di tutto questo sia nemmeno riuscito a scalfirti. In effetti, sei bellissima. Sei già pronta per il prossimo uomo?»

«Ti sbagli, Coach,» ribatté Jo.

«La tristezza ti dona.»

«Ovvio. È da molto tempo che ci convivo.»

Pete parcheggiò in strada vicino alla casa dei Carruthers. «Ti prego, Jo, dammi un'ultima possibilità,» la supplicò.

«Stiamo andando a una festa, non possiamo mantenere un'atmosfera leggera?» gli chiese lei.

«Non saprei come. Io non sono come te. Se mi taglio, sanguino.»

«Forse potremmo trovare un posto tranquillo dove parlare,» propose Jo.

Quando entrarono in casa, tutte le conversazioni si interruppero e fu come se gli sguardi di tutti fossero puntati sull'anulare della sua mano sinistra. Quando si tolse i guanti, un lieve sospiro di rassegnazione percorse tutta la stanza. Rendendosi conto che tutti la stavano fissando, Jo arrossì.

Pete lanciò uno sguardo al suo orologio. «Forza, sono quasi le sette,» disse, poi la accompagnò nello studio di Buddy e accese la televisione.

«Non sono qui per...» cominciò Jo.

Il coach la zittì alzando la mano e mostrandole il palmo aperto. «Aspetta.»

La stazione televisiva locale stava passando un vecchio film di Natale, quando la trasmissione venne interrotta da un'edizione straordinaria del telegiornale. «In diretta dal Nutmeg Stadium, una conferenza stampa con Lyle Barker,» comunicò l'annunciatore.

Jo si accomodò sul divanetto, tutta la sua attenzione era rivolta allo schermo.

«Volevo solo chiarire una cosa ai nostri fan, a tutti quelli che ci danno il loro supporto là fuori. Mi state attribuendo un sacco di meriti per i nostri nuovi programmi, per il corso sulla gestione della rabbia e tutto quello che stiamo facendo per le donne e i bambini del Rifugio New Life, e finora io me la sono un po' goduta. La verità è che quei programmi sono nati dalle idee della fantastica vicepresidentessa del nostro settore pubbliche relazioni, Josephine Parker. Stasera la signorina Parker non può essere qui perché sta organizzando una festa di Natale per i bambini del rifugio a casa di uno dei nostri giocatori. Ecco chi è quella donna, e noi siamo fortunati ad averla con noi. Tutto qua. Scusatemi per aver interrotto la vostra serata, ma dovevo chiarire questa faccenda. Buon Natale a tutti,» disse Lyle.

Jo spalancò la bocca, sbalordita. «Che diavolo gli è saltato in mente...» cominciò, ma venne interrotta dallo squillare del suo telefono.

Era il proprietario dei Kings. «Ha visto la mia conferenza stampa?» le chiese.

«L'ho vista, signor Barker.»

«L'ho convinta a tornare indietro?»

«Beh, non proprio. È bello avere un riconoscimento...» iniziò Jo.

«Oh, già, me ne stavo dimenticando. Che ne dice di un bonus di cinquantamila dollari, che le pagherò quest'anno? Con un assegno.

E poi, un aumento di duecentomila dollari a partire dal primo del mese?» le offrì Lyle.

La donna rimase senza parole.

«Pronto? È lì, signorina Parker?»

«Sono qui.»

«Che ne dice?»

«Posso pensarci?»

«L'offerta rimarrà valida fino a mezzanotte, come per Cenerentola,» ridacchiò Lyle.

«Okay, la richiamerò.»

«Per favore, dica a Peter cos'è successo.»

«Lo farò.» Jo attaccò e si voltò verso il coach.

Lui stava sorridendo. «Tornerai?»

«Ci devo pensare. Che gli hai detto per convincerlo a farmi quella telefonata?» Jo strinse gli occhi.

«Gli ho detto solo la verità, ovvero che è uno stronzo,» rispose Pete.

La donna scoppiò a ridere. «Non può essere tutto qui.»

«Okay, ho anche minacciato di licenziarmi anch'io.»

«L'hai fatto veramente? Per me?» si stupì Jo.

Pete si accomodò accanto a lei. «Allora, rimarrai qui?»

«Ci sto pensando,» gli rispose.

«Scommetto che i Meerkats non ti pagherebbero così tanto.» L'allenatore le passò un braccio sulle spalle.

Ha un profumo così buono, e un aspetto magnifico. Jo gli posò una mano sulla guancia. *Resisti.* «Grazie per aver fatto tutto questo per me.»

«Mi dispiace tanto, Jo, così tanto. Ho fatto una cazzata e ti ho delusa.»

Jo si alzò e uscì dalla porta sul retro. Fuori faceva freddo, ma non se ne accorse. Pete la seguì subito.

«Perché non vuoi accettare le mie scuse?» le chiese, stringendole le dita sulle spalle.

«La mia vita è stata piena di scuse. I miei genitori si saranno scusati un migliaio di volte perché non mi amavano quanto avevano amato Bobby, e non ha mai fatto alcuna differenza. Quando una cosa è stata fatta, non la puoi più cancellare. Non con un paio di semplici parole,» spiegò Jo.

«Non riesci a fidarti delle persone.»

«Non sai cosa si prova a crescere con una madre che non ti ama, che non vuole stare con te. Ti fai in quattro per cercare di farle piacere, per impressionarla, per ottenere una reazione positiva, ma ogni volta fallisci.» Le lacrime le pizzicavano gli occhi, ma non riuscì a trattenerle.

«Ti sbagli, so esattamente cosa intendi,» ribatté Pete con voce sommessa, offrendole il suo fazzoletto.

Jo lo accettò e si tamponò le guance. «Come puoi saperlo? I tuoi genitori ti amavano, ti hanno sempre appoggiato e incoraggiato.»

«L'ho vissuto ogni giorno. Ogni giorno delle loro vite, le mie figlie hanno lottato con l'abbandono della loro madre. Pensi che sia stato facile vederle soffrire?» le raccontò Pete con voce rotta. «Ho provato a fare tutto ciò che ho potuto, ma non ero in grado di sostituire una madre che non provava niente per loro, che non c'era mai, che non le amava. Non importava cosa facessi, non era mai abbastanza. Io non ero mai abbastanza. Lei non c'era mai per guarire le loro ginocchia sbucciate e i loro sentimenti feriti, non c'era per dare loro consigli su con chi andare al ballo di fine anno o per portarle a fare shopping. Nulla di tutto ciò. Io ho provato a rimediare, ma non potevo svolgere il lavoro di due persone. Quando tua madre non ti ama, ti rimane dentro per sempre.»

«Le tue ragazze non mostrano alcun segno della loro sofferenza,» si stupì Jo.

«Ci siamo impegnati come famiglia per aumentare la loro fiducia in se stesse, ma non è stato facile. Guarda Alyssa, che si è sciolta in lacrime perché tu e io potremmo volere un bambino. Ha paura di perdere l'unico genitore che le rimane. Un passo avanti, due indietro.» La donna vide gli occhi del coach riempirsi di lacrime, prima che si voltasse.

«Fa male da morire, vero?» gli chiese piano.

«Certo. Quindi, non dirmi che non capisco, perché capisco eccome.»

Jo cercò di toccarlo, ma Pete trasalì e si allontanò dalle sue mani.

Le spalle gli si accasciarono per un attimo, poi si girò verso di lei. «Pensi che potresti farti dare un passaggio fino a casa? Io sono pronto per andarmene. Non voglio che tu ti perda la festa, ma io qui ho finito. Non ho nient'altro da dire. Sai come mi sento, ora spetta a te decidere,» le disse.

Jo annuì. «Va bene. Va' pure, io mi farò portare a casa da Buddy o Emmy.»

Pete si chinò come per baciarla, ma le sfiorò solo la guancia con le labbra prima di voltarsi e andarsene. All'improvviso, Jo sentì il freddo penetrare oltre la giacca leggera, così tornò dentro.

Prese un biscotto natalizio e osservò il coach salutare gli altri invitati e dirigersi verso la porta. Si fermò un attimo per lanciarle un'occhiata e rivolgerle un lieve sorriso. Il cuore di Jo sobbalzò: le dita le prudevano dal desiderio di passargliele tra i capelli, le braccia le dolevano per il bisogno di stringerlo a sé e consolarlo.

Ma lui se n'era già andato. Forse, però, in fondo non era ancora troppo tardi.

* * * *

Emmy si offrì volontaria per riportare Jo a casa. Se ne andarono verso le nove, visto che i giocatori avevano un coprifuoco la notte prima della partita contro i Rams. Il servizio del catering si stava già occupando delle pulizie e Buddy stava guardando la televisione, così le due donne salirono sul SUV della cantante.

«Pensavo che avessi un'auto più lussuosa,» commentò Jo.

«Devo trasportare un sacco di roba: chitarre, leggii, attrezzature di tutti i tipi. E poi un giorno avremo un bambino, quindi ce ne servirà uno comunque,» ribatté Emmy.

«Tu e Buddy avete in programma di avere un figlio?»

«Non ce l'ha abbiamo in programma, non ancora. Buddy continua a dire che deve fare un sacco di pratica,» rispose la cantante, ridacchiando.

Jo sorrise. «È quella la parte divertente.»

«Parliamo dello scheletro nell'armadio,» cambiò argomento Emmy.

«Okay, cosa vuoi sapere?»

«Quand'è che tu e il Coach Bass rimetterete le cose a posto?»

«Cosa ti fa pensare che lo faremo?» chiese Jo.

«Siete fatti per stare insieme,» rispose semplicemente la sua amica.

«Le cose tra di noi sono un po' difficili in questo momento.»

«Non vuoi perdonarlo?»

«Conoscono tutti questa storia?»

«Certo. Conosci la squadra... sono un branco di ragazzine appassionate di gossip.»

Jo scoppiò a ridere. «Non ho mai pensato a loro come a delle ragazzine.»

«Naturalmente, sono molto tosti e tutto il resto, ma nel profondo sono dei romanticoni,» le assicurò Emmy.

«Probabilmente hai ragione.»

«Lascia che te lo dica, Buddy piange quando guarda i film d'amore. Non dire a nessuno che te l'ho detto, però.»

«Ne sono sorpresa,» commentò Jo.

«Non cambiare argomento,» la ammonì Emmy.

«Non lo so, Emmy, le cose si sono fatte più complicate,» ammise lei.

«Accetta la nuova offerta di Lyle e prometti di non fargli causa, poi perdona Pete e andrà tutto a posto. Che c'è di tanto difficile?»

«Fargli causa?»

«Ho sentito che stavi preparando una causa per discriminazione,» spiegò Emmy.

Jo ridacchiò. «Ci ho pensato, ma non ho fatto nulla... non ancora. Così è questo che ha spinto Lyle Barker a rimediare alle sue azioni, eh? Interessante.»

«Non dire a nessuno che te l'ho detto,» fu costretta a dire la cantante per la seconda volta. Quando accostò davanti alla casa della P.R., aggiunse: «Per favore, ripensaci. Sei come una sorella per me e ti voglio nella mia vita. Anche la squadra ti adora, hai fatto tanto per loro sia personalmente che professionalmente. Non lo ammetterebbero mai, ma il programma per il controllo della rabbia li ha aiutati un sacco.»

Jo abbracciò la sua amica e replicò: «Grazie, Emmy. Ci penserò.»

«Verrai a vedere la partita domani?» le chiese Emmy.

«Non me la perderei per nulla al mondo.»

«Spero che non sia l'ultima che vedrai.»

Le due donne si abbracciarono, poi Jo scese dalla macchina. Mentre Emmy ripartiva, lei mise il guinzaglio a Daisy, prese il cellulare e andò a fare l'ultima passeggiata di quella sera. Compose il numero di Lyle Barker.

«Beh, ragazzina. Volevo dire, signorina Parker. Cos'ha deciso di fare?»

Dopo la fine di quella conversazione, Jo si versò un bicchierino di brandy e andò alla finestra a guardare la luce della luna che si rifletteva sui rami ghiacciati. Rifletté sulla sua scelta, chiedendosi se avesse fatto progressi o se avesse deluso se stessa. Maledisse il fatto che la vita non fosse prevedibile quanto il risultato delle sue campagne pubblicitarie.

Che fosse giusta o sbagliata, però, aveva preso una decisione e non poteva più cambiarla, quindi avrebbe dovuto subirne le conseguenze. Finì il suo drink e si preparò per andare a letto.

Si infilò sotto le lenzuola fredde, con il suo carlino accucciato all'estremità del letto, e per la prima volta in giorni le venne sonno. Dormì bene e si svegliò riposata. Dopo la colazione, andò a fare una lunga camminata e poi pensò alla sua vita. Nella sua testa si affollavano già nuove idee per campagne pubblicitarie.

Non appena uscì di casa, il suo telefono squillò: era il suo agente immobiliare. «Ho ricevuto un'offerta per la sua casa. Prezzo pieno,» la informò.

«Davvero?» Jo alzò le sopracciglia.

«Anch'io ne sono rimasto sorpreso.»

«Accetti.»

«Meraviglioso, me ne occupo subito.»

Devo andare alla partita contro i Rams. Al botteghino c'era già un biglietto che la aspettava. Caricò un vassoio di carta di hot dog e patatine e prese una grossa tazza di caffè. Anche se non si gelava, faceva comunque freddo: c'erano quattro gradi. Stese una coperta sul suo posto e si avventò sul cibo.

I Kings corsero in campo e lei si alzò in piedi ed esultò. Emmy cantò l'inno nazionale e poi la partita iniziò. Jo provò a tenere d'occhio il Coach Bass e la squadra contemporaneamente, ma non ci riuscì. Fu grata del replay sullo schermo gigante, che le permise di tenere lo sguardo fisso su Pete.

Lui aveva lo stesso aspetto di sempre, anche se forse era un po' più imbronciato del solito. Le mancava più di quanto pensava fosse possibile. Non avevano discusso per niente riguardo ai Rams, anche se normalmente, prima della partita, avrebbero ripassato insieme i punti di forza e le debolezze della squadra contro cui i Kings avrebbero giocato. Pete diceva che sentire la sua strategia spiegata ad alta voce lo aiutava a capire se c'erano dei difetti o se andava bene.

Amava essere la sua confidente e parlare di football con lui, così come adorava la squadra e faceva il tifo per loro con tutto il cuore. I Rams avevano giocato bene nella seconda metà della stagione e avevano dimostrato di essere difficili da ostacolare. Il loro running back continuava ad oltrepassare la linea dei Kings e segnò un first down. Jo si morse le labbra.

Quella era la penultima partita dei playoff prima del Super Bowl. Proprio quando era convinta che il running back dei Rams stesse per segnare, perse la palla grazie a un forte spintone di Trunk Mahoney. Devon Drake li raggiunse immediatamente, raccolse la palla da terra e iniziò a correre a tutta birra. Kid bloccò un paio di uomini che stavano avanzando verso Dev e gli liberò la strada. Il cornerback corse con la palla in mano fino a segnare un touch-down.

I fan impazzirono di gioia, Jo fece un balzo e Pete si mise a ballare con il coordinatore della difesa. I Kings accumularono un vantaggio di quattordici a dieci e, mentre l'intervallo si avvicinava, sembrarono rinvigoriti da quei punti. La loro difesa, guidata da Mahoney, si avventò sul quarterback dei Rams e lo mise fuori gioco per due volte, facendogli perdere trenta iarde.

Considerato che i Kings dovevano effettuare il kick-off dopo la metà della partita, Pete sembrava abbastanza rilassato. Jo lo vide guardare nella sua direzione e i loro sguardi si incrociarono. Lui alzò una mano per salutarla e lei fece lo stesso. Per un attimo, sentì il suo cuore battere più rapidamente.

Quando venne proclamato l'intervallo, Jo si alzò e scese dagli spalti. Emmy prese il microfono e fece un annuncio: «Abbiamo un piccolo tributo dedicato al beneamato coach dei Connecticut Kings.»

Qualcuno fece partire una registrazione e l'altoparlante emise il fischio all'inizio di *Can't Smile Without You*. Jo, che era rimasta ad aspettare sotto l'arco dell'entrata, vide Pete alzare la testa di scatto. Prima che potesse uscire dal campo, la dolce voce di Emmy cominciò a cantare le parole della canzone. Il coach si bloccò sul posto e Jo si avvicinò alla panchina.

Quando la canzone finì, esitò per un attimo prima di andare da lui. Pete fece un passo in avanti, aprì le braccia e la avvolse nel suo abbraccio, mentre il pubblico esplodeva in un applauso assordante. Poi il coach la baciò.

«Rimarrai?» le chiese.

«Se tu vuoi che lo faccia,» rispose Jo.

Pete rovistò nella tasca dei suoi pantaloni, tirò fuori la scatolina ricoperta di velluto e si mise in ginocchio. «Vuoi sposarmi?»

Jo annuì. «Sì.»

Il suo fidanzato le infilò l'anello al dito, le sfiorò il dorso della mano con le labbra e poi scomparve negli spogliatoi insieme alla sua squadra.

Jo tornò al suo posto e vi rimase per il resto della partita. I Kings, che erano già partiti con un buono slancio, stracciarono i Rams, superandoli di trentuno punti a dieci. Jo urlò tanto da diventare rauca. Dopo la vittoria, andò da Pete e lui le passò un braccio attorno alle spalle.

Il suo cellulare squillò. «Ottimo. Sono pronta per firmare il contratto. Il mio avvocato la contatterà,» disse, poi attaccò.

«Il contratto?» ripeté Pete.

«Già. Sto per vendere casa mia.»

«Non andrai in Minnesota, vero?»

«No, ma ho pensato che sarei potuta andare a vivere con mio marito. E non ci serve una seconda casa,» rispose Jo.

Pete la fissò, raggiante. «Eccola qua, la mia Josie.»

Epilogo

Devon Drake accostò davanti all'edificio che una volta ospitava la vecchia scuola e che, ora che quella nuova era in fase di costruzione, era stato adibito a rifugio improvvisato. Era venuto a prendere sua sorella perché la sua macchina era ancora in negozio, ma trovò la porta d'ingresso chiusa a chiave e dovette suonare il campanello.

«Ci metterò solo un minuto, devo finire una cosa in cucina,» gli assicurò Samantha, lasciando la porta aperta. «Prendi un biscotto,» aggiunse, indicandogli la sala da pranzo.

Devon entrò per ripararsi dal freddo e si diresse subito verso gli allettanti biscotti con gocce di cioccolato.

Quando ne prese uno dalla cima del mucchio, una donna entrò dalla cucina.

«Finito?» gli chiese.

Quando lui annuì, prese il piatto e si voltò. Dev strizzò gli occhi e la fissò: c'era qualcosa di famigliare, nel modo in cui si muoveva.

«Stormy? Stormy Gregory?»

La donna si fermò e disse: «Deve avermi confusa con qualcun altro.»

Devon la afferrò per un braccio.

Lei fece una smorfia di dolore e si liberò dalla sua presa. «Ahi!»

Non l'aveva stretta così forte. Fissò la manica di Stormy, chiedendosi cosa ci fosse sotto. «Lo so che sei tu, Stormy, quindi smettila di fingere.» La donna cercò di sgattaiolare via, ma il giocatore di football fu più veloce e bloccò la sua ritirata. Riusciva a vedere solo metà del suo viso, poiché l'altra era coperta da lunghi capelli castano scuro con riflessi ramati. Scostò con delicatezza le ciocche e trasalì quando vide il livido che aveva sulla guancia e l'occhio nero. «Che diavolo ti è successo?» chiese, incredulo.

«Non sono affari tuoi, Dev. Dimenticatene.» Stormy si tirò di nuovo i capelli sul viso e tornò in cucina.

Fine

Sull'Autrice

Jean Joachim è un'autrice di best-seller romance i cui libri sono in cima alla classifica Amazon Top 100 dal 2012. Scrive prevalentemente romanzi contemporanei, inclusi sport romance e romance suspense.

The Renovated Heart ha vinto il premio Miglior Romanzo dell'Anno del Love Romances Café, *Lovers & Liars* è stato tra i finalisti del RomCon nel 2013, e *The Marriage List* è arrivato al terzo posto ex aequo nella classifica Miglior Romance Contemporaneo del Gulf Coast RWA. Nel 2014, *To Love or Not to Love* ha conquistato il secondo posto ex aequo nel concorso Reader's Choice del New England Chapter of Romance Writers of America. Jean Joachim è stata scelta come Autrice dell'Anno dal ramo locale della RWA di New York City nel 2012.

Sposata e madre di due figli, Jean vive a New York City. La mattina presto, la si può trovare al computer a scrivere con una tazza di tè, il carlino che ha salvato, Homer, al suo fianco, e la sua scorta segreta di liquirizia.

Della stessa autrice
Giff Montgomery – Qaurterback

Due persone, due tragedie, due segreti devastanti.

Griff Montgomery è il plurititolato quarterback e rubacuori dei Kings. È un donnaiolo alto un metro e novantacinque, di trentatré anni.

Lauren Farraday è una bellissima arredatrice d'interni, amaramente segnata dal divorzio, la cui vita sta cadendo a pezzi.

Anche se con violenza si scontrano uno contro l'altro in tribunale per amore di un carlino – lei pensa che lui sia arrogante e presuntuoso, lui pensa che lei sia una puttana su ruote – succede qualcosa...

Ecco le premesse di questo romanzo frizzante, pieno di passione, il primo di una nuova serie che saprà stuzzicare tutte le amanti del football americano, e che rimarranno incollate fino all'ultima pagina.

Griff sembra un supereroe con i suoi capelli mogano arruffati, il suo sorriso abbagliante, gli occhi scuri e sexy e un corpo che in un paio di jeans stretti è qualcosa di indescrivibile.

Anche se Lauren ha giurato di rinunciare per sempre agli uomini, un solo sguardo verso quell'uomo le fa scendere brividi lungo la schiena, facendola sentire più sola che mai.

I suoi lunghi capelli, quegli occhi verdi brillanti e le curve mozzafiato, faranno formicolare le dita al quarterback, al solo pensiero di poterla toccare.

Come faranno ad affrontare la loro crescente attrazione? Saranno in grado di abbandonare le loro facciate, quella di Griff per camuffare il dolore per la partenza della sorella e dei nipoti, ai quali ha fatto da padre negli ultimi dieci anni... e quella di Lauren dovuta alla separazione dal marito e alla perdita di un bambino?

Per Griff l'idea di innamorarsi è una cosa nuova, talmente strana che per lui sarebbe come indossare le ballerine e un tutù. Per Lauren sarebbe come mettersi le scarpe con i tacchetti e un casco, e correre le cinquanta yarde.

Riusciranno? Ci proveranno? Rischieranno? Non vi resta che scoprirlo.

Buddy Carruthers – Wide Receiver

Celebre per i record che ha battuto, e per la sua reputazione da sciupafemmine, Buddy Carruthers, ricevitore, rinuncerebbe a tutto pur di avere un'altra possibilità di conquistare l'unica donna che abbia mai voluto: Emmy Meacham.

Le partite alle quali ha dedicato tanti sforzi pur di vincerle e il fatto di passare metà della stagione in viaggio, però, gli hanno sempre impedito di inseguire la sua passione segreta. Anche se riuscisse a ottenere un momento da solo con la donna che ama, lei lo vorrebbe ancora?

Emmy, che ora è una rockstar conosciuta come Emerald, vive la sua vita sempre in viaggio e non ha tempo per l'amore. Nei suoi sogni, desidera solo spostare indietro le lancette dell'orologio e passare un'altra notte con Buddy, ma bugie e inganni li dividono ormai da cinque anni.

Riuscirà un incontro avvenuto per caso a spazzare via tutti quegli anni di distanza, o riaprirà soltanto delle vecchie ferite? Possono due vite che viaggiano in direzioni opposte trovare lo spazio per l'amore? O continueranno a girare come trottole, instabili ed eternamente sole?

www.ingramcontent.com/pod-product-compliance
Lightning Source LLC
Chambersburg PA
CBHW032114180726
48284CB00002B/567